Nüchtern betrachtet läuft alles ganz gut in der gemeinsamen Wohnung: Lukas pinkelt freiwillig im Sitzen, er denkt an Antonias Geburtstag und stellt benutzte Kaffeetassen in die Spülmaschine statt daneben. Doch häufen sich in letzter Zeit die Indizien, dass Antonias beste Freundin mit ihrer Theorie richtig liegt, wonach Männer sich hormonbedingt stets nach zwei Jahren entscheiden, ob sie mit ihrer Partnerin langfristig zusammenbleiben: Lukas spielt in letzter Zeit lieber mit der Playstation als mit Antonia, über »Kinder und so« will er irgendwann mal reden, Sex gibt's nur noch zweimal pro Pillenpackung.
Drücken Kurzmitteilungen wie »bring toast mit« tatsächlich den gleichen Grad an Liebe aus wie »freu mich auf dich, meine süße!«? Ist es normal, dass einem der eigene Freund die Batterien aus dem Epilierer klaut, weil die in der TV-Fernbedienung leer sind? Noch bevor Antonia diese Fragen beantworten kann, zieht Lukas' Exfreundin in die Stadt, und Antonia muss so schnell wie möglich herausfinden, ob es für sie und Lukas eine Zukunft gibt oder nicht …

Nina Schmidt, Jahrgang 1971, römisch-katholisch. 1,74 m, Schuhgröße 37/38, lebt und arbeitet sehr gern in Köln.

Unsere Adresse im Internet: www.fischerverlage.de

NINA SCHMIDT

Bis einer heult

ROMAN

FISCHER
TASCHENBUCH
VERLAG

Originalausgabe
Veröffentlicht im Fischer Taschenbuch Verlag,
einem Unternehmen der S. Fischer Verlag GmbH
Frankfurt am Main, Dezember 2007

Satz: Pinkuin Satz und Datentechnik, Berlin
Druck und Bindung: Nørhaven Paperback A/S, Viborg
Printed in Denmark
ISBN 978-3-596-17429-4

Für Marlene, Wolfgang und Oliver

Handlung, Personen sowie eines der Schiffe auf dem Rhein (und fast alles andere) sind frei erfunden!

EINS

Der Anfang vom Ende?

Warum muss es ausgerechnet diese Stadt sein? Warum muss die Ex-Freundin meines Freundes unbedingt in die Stadt ziehen, in der Lukas und ich unsere gemeinsame Wohnung haben? Als wenn es nicht genug Länder auf der Welt oder Städte in Deutschland gäbe, in die man ziehen könnte. Neuseeland soll sehr schön sein, hab ich mir sagen lassen. Und wenn schon Deutschland, warum dann nicht Bayern? Kaum Arbeitslose, keine Drogenabhängigen, die in irgendwelchen dunklen U-Bahnhöfen rumlungern, und kein Müll, der seit drei Wochen auf der Straße vor sich hin schimmelt. Oder Hamburg? Eine Stadt, in der die Menschen so distanziert sind, dass man von seinem Gegenüber auch dann nicht angesprochen wird, wenn man vier Stunden aneinandergekettet in der Alster schwimmt. In Hamburg hat man garantiert seine Ruhe. Warum Köln? Hat ihr denn niemand gesagt, dass Köln außer dem Dom architektonisch rein gar nichts zu bieten hat? Dass man in Köln – aus hygienetechnischen Gründen – die Häuser von außen gekachelt hat? Hat ihr wirklich keiner gesagt, dass einem der so hoch gelobte rheinische Frohsinn spätestens dann tierisch auf die Nerven geht, wenn man an Altweiber bereits morgens um halb elf die neunte Hand am Arsch hat, wobei es vollkommen egal ist, wie man aussieht? Und weiß sie denn nicht, dass diese Stadt so pleite ist, dass sie sogar Patenschaften für Schlaglöcher vergibt? Weiß sie anscheinend nicht.

»Sollen wir morgen Abend mal wieder was unternehmen?«, frage ich Lukas, der gebannt auf den Bildschirm starrt, auf dem gerade eine blondierte RTL-Nachrichtensprecherin erzählt, dass in Deutschland immer mehr Menschen vom Land in die Städte ziehen und dass Köln kurz vor der Millionenmarke steht. »Ich finde, wir könnten mal wieder zusammen ein Bier trinken gehen.« Es ist Donnerstagabend, und wir sitzen beide auf der Couch. Wenn man so gemeinsam auf der gemeinsamen Couch sitzt und nicht sofort übereinander herfällt, kann es leicht passieren, dass man sich gemeinsam sehr schnell sehr spießig auf der gemeinsamen Couch vorkommt. Man muss automatisch an die Eltern denken, wie sie beim Fernsehen zusammen auf dem Sofa saßen, während man sich selbst auf dem Sprung in einen damals noch abenteuerlichen Diskoabend befand. Damals dachte ich, bevor ich meine Abende auf dem Sofa verbringe, will ich lieber sterben.

»Mmmmmmh, morgen ist schlecht«, grummelt Lukas.

»Wieso?«

»Ich hab Sabine versprochen, ihr beim Umzug zu helfen.«

»Welcher Sabine?«

»Na, Sabine Schäfer. Meine Exfreundin aus Mainz. Hab ich dir doch erzählt, dass die nach Köln zieht.«

Stimmt, das hat er erzählt. Er hat nur nicht erwähnt, dass er ihr auch noch beim Umzug helfen muss. Überhaupt hat er nicht sonderlich viel über sie erzählt. Ich weiß, dass die beiden immerhin drei Jahre zusammen waren, bis Lukas angeblich genug von Sabine hatte, die anscheinend weniger Wert auf ihr Äußeres als auf ihr Inneres legte. Sabine fand es weniger wichtig, sich zu kämmen oder schöne Klamotten anzuziehen, sie beschäftigte sich mit Hilfe von Bachblüten und Kreistanz lieber mit der Pflege ihrer Seele und der Wiederentdeckung der weiblichen Spiritualität. Irgendwann ist es Lukas dann wohl zu viel geworden und die beiden haben sich vor ein paar Jahren getrennt. Allerdings habe ich mich schon immer gefragt, wie es sein kann, dass Lukas so lange mit einer Frau zusammen gewesen ist, die ein Monatsgehalt ausgibt, um sich von einer Hellseherin vorhersagen zu lassen, dass ihr Gehalt diesen Monat wohl nicht reichen wird. Vielleicht war es ja der Sex. Hat nicht auch Yoko Ono den armen John Lennon mit ihren esoterischen Sex-Spielchen zu einem sabbernden und willenlosen Waschlappen gemacht?

Grundsätzlich habe ich ja nichts dagegen, wenn sich mein Freund mit seiner Exfreundin trifft; da ich Kontakt zu meinen Verflossenen pflege, muss ich es ihm wohl auch zugestehen. Allerdings hab ich nur noch zu denen Kontakt, die mich nicht betrogen haben, denen, die mich in keiner Weise schlecht behandelt haben und denen, die sich nicht irgendwann als komplette Nieten geoutet haben: Michael und ich telefonieren regelmäßig. Das Exfreundinnen-Szenario mit ihm habe ich noch gut im Gedächtnis. An dem Abend, als er sich mit Tanja getroffen hat, saß ich dummerweise alleine zu Hause. Am Anfang war ich noch total cool und fand mich extrem großzügig, weil ich – im Gegensatz zu vielen anderen Frauen – in der Lage war, meinem Partner gewisse Freiheiten einzuräumen. Ich war vollkommen sicher, dass zwischen den beiden nichts passieren wird. Außerdem hatte er mir ja selbst erzählt, wie spießig und langweilig seine Ex war. Nach einer Stunde hab ich mich dann gefragt, was die beiden wohl gerade machen, worüber sie sich unterhalten, ob es vielleicht noch Gemeinsamkeiten gibt. Ich machte mir auch die eine oder andere Sorge, dass es doch noch verschiedene großflächigere Berührungspunkte, vor allem in der Körpermitte, geben könnte. Schließlich hat er sie ja mal sehr geliebt. Bleibt man tatsächlich mehrere Jahre mit einer Frau zusammen, die spießig und langweilig ist?

Nach anderthalb Stunden war ich mir dann schon ziemlich sicher, dass die Ex doch nicht so ungefährlich ist, wie ich ursprünglich mal dachte, allein schon weil meine Beziehung zu Michael zu dem Zeitpunkt nicht so lief, wie sie laufen sollte. Wie oft hatten wir in letzter Zeit gestritten, wann hatten wir zum letzten Mal Sex gehabt? Schon zwei Wochen her, also das mit dem Sex? Und der letzte Streit – vor zwei Tagen! Wie schnell kriegt man einen Mann rum, der zwei Wochen keinen Sex mehr hatte?

Nach drei Stunden habe ich dann die Musik aufgelegt, bei der Michael und ich uns kennengelernt haben, und die Flasche Rotwein war zwischenzeitlich auch schon drei Viertel leer. Die Überzeugung, dass zwischen Tanja und Michael was läuft, wuchs von Schluck zu Schluck, und Tanja stellte mittlerweile eine Bedrohung in der Größenordnung eines Mikrophons in den Händen von Florian Silbereisen dar. Obwohl ich mir vorher beim Leben meiner Mutter geschworen hatte, mich auf gar keinen Fall bei Michael zu melden, habe ich ihm sofort eine SMS geschrieben: »Alles klar bei dir?« Völlig bescheuert, aber eine Nachricht, die ihn eigentlich dazu zwang, zu antworten. Ab diesem Zeitpunkt war das Ganze dann erst recht die Hölle. Nachdem innerhalb von zehn Minuten keine Antwort gekommen war, war ich mir sicher, dass die Schlacht verloren war, die Fronten geklärt und die beiden bereits miteinander im Bett gelandet waren. Nachdem ich mit meiner Beziehung schon innerlich abgeschlossen hatte, bin ich ins Bett gegangen, um mich in den Schlaf zu weinen. Als ich dann aussah wie eine verquollene Kaulquappe, die acht Stunden in der Sonne gesessen hat, kam Michael endlich nach Hause, vollkommen angenervt von Tanja, die ihn wohl drei Stunden mit Geschichten über ihren langweiligen Job als Bürokauffrau in einem Unternehmen, das Zahnräder herstellt, genervt hatte. Die SMS hatte er nicht bekommen, weil sein Handy-Akku leer war. Ich habe behauptet, dass ich einen sehr entspannten Abend gehabt hatte und dass die geschwollenen Augen von einem plötzlichen Heuschnupfenanfall herrührten. Ich war so was von erleichtert und kam mir gleichzeitig unfassbar doof vor. Noch doofer fühlte ich mich allerdings drei Wochen später, da hat Michael nämlich Schluss gemacht – wegen Tanja. Das Ganze ist allerdings schon ein paar Jahre her, und mittlerweile haben wir uns auf eine freundschaftliche Ebene geeinigt, worüber ich sehr glücklich bin.

Die RTL-Nachrichtentussi ist thematisch mittlerweile bei einem Hubschrauberabsturz in Kirgistan angekommen. »Wieso musst du ihr helfen? Kann das nicht jemand anders machen?«, frage ich Lukas. »Hat sie nicht vielleicht ein paar Seelenverwandte, die ihr durch geistige Kraftübertragung die unbehandelten Öko-Holz-Möbel und die Kisten mit dem Lindenblütentee verrücken können?«

»Antonia, erstens warst du schon mal witziger und zweitens ist Sabine neu in der Stadt, die kennt hier niemanden außer mir. Ist ja wohl klar, dass ich ihr helfe.«

Was soll ich dagegen sagen? Dagegen kann man einfach nichts sagen, weil alles, was mir dazu einfällt, auf jeden Fall zickig und asozial klingen würde. Außerdem hätte ich wahrscheinlich wenig Respekt vor einem Mann, der seine Freunde im Stich lässt, nur weil die mir gerade nicht in den Kram passen. Ich würde mir von Lukas auch nicht verbieten lassen, einem Exfreund oder sonst wem zu helfen, der meine Hilfe braucht. Also atme ich im Geiste tief durch und nehme mir vor, die großzügigste Antonia aller Zeiten zu sein:

»Ist ja schon gut. Wann genau zieht Eso… äh … Sabine denn um?«

»Morgen Mittag in Mainz und dann abends hier in Köln. Kannst ja auch mithelfen, wenn du willst.«

Das würde mir ja gerade noch einfallen.

»Ach du, das ist jetzt aber blöd, ausgerechnet morgen kann ich nicht. Mein zweites Haus steht im dritten Mond und da sollte man jeglichen Kontakt zu Exfreundinnen auf jeden Fall vermeiden, sonst dreht der Aszendent völlig durch. Nee, ehrlich, morgen geht gar nicht.« Lukas muss lachen, und das Thema ist damit beendet – vorerst …

ZWEI
Thekenschlampen

Während andere sich am Freitagabend so langsam zum Ausgehen fertig machen, Singlefrauen noch voller Hoffnung sind, genau an diesem Abend den Richtigen kennenzulernen und zahlreiche Männer auf schnellen Sex spekulieren, habe ich beschlossen, mir den Abend nicht von irgendwelchen Ex-Frauen-Szenarien versauen zu lassen, sondern die wenigen Stunden, die ich mal alleine bin, auch zu genießen. Obwohl es mich schon extrem annervt, dass Lukas heute Abend Sabines Räucherstäbchen durch die Gegend schiebt, anstatt mit mir auszugehen. Aber da muss ich jetzt wohl durch. Ich schwöre mir, auf gar keinen Fall eine Beatles-Platte aufzulegen, sondern Lukas' Abwesenheit sinnvoll zu nutzen. Wann soll ich mir auch sonst die Augenbrauen zupfen oder Maske und Haarkur einwirken lassen? Schließlich raten ja alle einschlägigen Frauenmagazine davon ab, sich in Gegenwart des Partners die Bikinizone zu rasieren, zu pinkeln oder den Tampon zu wechseln. Ich halte mich aus Überzeugung daran. Außerdem kann ich mir endlich mal den größten Schrott im Fernsehen anschauen, ohne dass Lukas das Geschehen auf dem Bildschirm in irgendeiner Form kommentiert. »Musst du dir so einen Scheiß angucken?«, »Was is'n das für 'ne Handlung?«, »Mein Gott, das sind doch keine Schauspieler!« Ja, die Handlung ist leicht nachvollziehbar, der Hauptdarsteller spielt zwar schlecht, sieht dafür aber gut aus, und ich muss mir so einen Scheiß angucken, und zwar eben am liebsten alleine. Auch weil ich mich ein bisschen dafür schäme. Deutsche

Fernsehfilme, wie *Ich popp mich schlank* oder *Mann, bist du blöd,* finde ich großartig. Eine Handlung, bei der man gerne mal ein halbes Stündchen wegnicken kann, ohne den Faden zu verlieren. Man kann auch zwischenzeitlich die Wohnung renovieren, die Reifen am Auto wechseln oder eine Audienz beim Papst absitzen, und es ist trotzdem kein Problem zu verstehen, warum die Frau dem Mann gerade eine scheuert. Meine Nebentätigkeiten beschränken sich meist auf eine Flasche Cabernet Sauvignon, ein Nagellack-Armageddon oder eben den Versuch, meine Augenbrauen in eine halbwegs akzeptable Form zu bringen. Selbstverständlich werde ich vor Lukas niemals zugeben, dass ich den ZDF-Fernsehfilm geguckt habe, sondern frech behaupten, dass ich ein bisschen in der SZ-Bibliothek gestöbert habe. Mit dem Zweiten sieht man eben nur alleine besser.

Die Uhr im Büro zeigt exakt 17:00 Uhr an: Der Kuli fällt mir aus der schlaffen Hand, und ich mache mich mit meinen geliebten Kölner Verkehrsbetrieben auf den Heimweg. Wegen dieser bescheuerten Betriebe komme ich ständig zu spät. Ich kenne mittlerweile alle technischen Mängel, die so eine Bahn haben kann – Weichenstörung, Oberleitungsschaden, Triebwerkschaden usw. Mein Chef kennt die leider mittlerweile auch schon in- und auswendig. Nur die KVB weiß anscheinend nichts davon. Es ist Mitte April und immer noch lausig kalt. Wie die meisten Frauen friere ich grundsätzlich, sobald die Temperatur unter 22 Grad fällt. Lukas und ich streiten uns ständig deswegen. Wir haben an der Heizung einen Thermostat, der bei mir immer auf mindestens 23 Grad stehen muss. Dabei trage ich dann aber selbstverständlich ein langärmeliges Oberteil, eine lange Hose und Socken. Auf der Couch brauche ich zusätzlich noch eine Decke. Lukas trägt bei der gleichen Temperaturregelung ein T-Shirt und schwitzt und jammert. Er behauptet, dass er bei diesen Temperaturen nicht existieren kann, jämmerlich eingeht, vertrocknet und dann auch noch stirbt. Dann gibt er mir regelmäßig die Schuld an der stetig fortschreitenden Erderwärmung. Ich sei letztlich mit meiner Haarföhnerei, dem übertriebenen Heizen und dem regelmäßigen Benutzen der Badewanne für das Abschmelzen der Polkappen verantwortlich. Nur gut, dass ich den Herd nicht so oft benutze. Das findet Lukas allerdings nicht; zur Zubereitung von Essen dürfen die Polkappen seiner Meinung nach ruhig ein bisschen kleiner werden. Dann stellt er regelmäßig die Heizung auf unter 20 Grad. Um weiteren Diskussionen aus dem Weg zu gehen, tue ich so, als würde ich das akzeptieren und stelle den Regler ein paar Minuten später heimlich wieder nach oben. Irgendwann bemerkt er es, und das Spiel geht von vorne los. Man sollte es sich wirklich ganz genau überlegen, bevor man mit einem Mann zusammenzieht.

Es ist unangenehm kalt in der Bahn, und ich verfolge geistig den Weg, den sich die Kälte langsam durch meine Klamotten und Schuhe in mein Inneres bahnt, um sich dort radikal festzubeißen. Was Lukas wohl gerade macht? Mittlerweile müsste er bei Sabine in der neuen Wohnung stehen. Große Wiedersehensfreude bei den beiden? Bei dem Gedanken friert es mich noch mehr. Ich beschließe, auf jeden Fall vor meinem Fernsehfilm noch in die Badewanne zu gehen, auch auf die Gefahr hin, die Erde noch ein ganz kleines bisschen mehr zu erwärmen. Ich glaube sogar, dass ich mir den Luxus einer Badekugel mit echten Rosenblättern gönne – es ist schließlich Freitag, und das Geld, das ich nicht in Bier investiere, kann ich auch in die Wanne werfen, ist schließlich ebenfalls flüssig.

Nach circa der Hälfte des Heimweges, auf Höhe der Kölnarena, macht sich ein leichter Druck auf meine Blase bemerkbar. Ich hätte es wissen müssen, vier Tassen »Beste Bohne«

am Nachmittag (ein jämmerlicher Versuch, nicht mit dem Kopf auf die Resopal-Schreibtischplatte zu knallen und damit womöglich auch noch meine Kollegen zu wecken) konnten nicht gut gehen. Meine Blase hat in etwa die Größe einer Billardkugel. Wer schon mal in Köln Karneval gefeiert hat, weiß, wie hinderlich das sein kann. An Straßenkarneval ist aufgrund der Pipiproblematik nicht zu denken. Im letzten Jahr musste ich wegen »Wildpinkeln« zwanzig Euro bezahlen, weil ich hinter einen roten Alfa Spider gestrullert habe – bei minus zehn Grad sowieso schon kein Spaß. Ob es wohl billiger gewesen wäre, wenn ich gegen einen Fiat Uno gepinkelt hätte? Die Polizei wollte mir die Frage nicht beantworten, die wollten nur mein sauer Verdientes. So einfach spült man ohne Spülung Geld in leere Stadtkassen. Ich versuche, nicht an reißende Flüsse, die Niagarafälle oder tropfende Wasserhähne zu denken, was ich natürlich prompt tue, als ich daran denke, nicht daran zu denken.

Kurz vor der Haltestelle, an der ich aussteigen muss, stoppt die Bahn. Es folgt ein armseliges *Riiiiiiiinnnng*, das wohl so etwas wie eine Hupe sein soll, aber eher wie der neueste Retro-Klingelton im Jamba-Sparabo klingt. Ein Falschparker – auch das noch. Ich rutsche nervös auf meinem Sitz hin und her. *Riiiiiiiiiiing* – nichts passiert. So langsam steigt mir die Flüssigkeit in die Augen. Weitere fünf Minuten passiert rein gar nichts und ich bin der Verzweiflung nahe. Als ich gerade die Fahrerkabine stürmen und den Fahrer unter Zuhilfenahme meines Pfeffersprays zwingen will, die Türen zu öffnen, setzt sich die Bahn träge wieder in Bewegung. Der bescheuerte Falschparker hat anscheinend seinen kleinen Einkauf beendet und beschlossen, die Straße wieder freizugeben. Der kann froh sein, dass der Fahrer die Türen nicht geöffnet hat, ich hätte ihm nämlich garantiert in seinen Tank gepinkelt – also wenn ich ein Mann wäre …

Es ist kurz vor knapp, als ich die Haustür erreiche. Ich ziehe meinen Schlüssel aus der Tasche. Scheiße. Mir fällt ein, dass der gar nicht mehr oben in die Wohnungstür passt. Nachdem im Haus eingebrochen worden ist, haben Lukas und ich beschlossen, neue Schlösser einbauen zu lassen. Ich habe ständig rumgejammert und immer einen Baseballschläger mit mir rumgetragen, wenn Lukas nicht da war – aus Angst vor Einbrechern oder Freddy Krueger, der aus Versehen die Redwitzstraße mit der Elm Street verwechselt. Heute sollte der Schlüsseldienst kommen, und Lukas hat versprochen, den neuen Schlüssel in den Briefkasten zu werfen. Hektisch öffne ich den Briefkasten. Zutage kommen die neue *Neon*, die ich abonniert habe, zwei Rechnungen und sonst nichts. »Scheiße«, zum zweiten Mal. Vielleicht waren die Handwerker noch gar nicht da und der alte Schlüssel passt noch. Meine Blase drückt mittlerweile unerträglich. Ich jage die Treppe hoch. Auf dem Treppenabsatz in der dritten Etage, in der Lukas und ich wohnen, sehe ich aus der Entfernung schon das neue Schloss. Wenn man sich einmal auf die Unzuverlässigkeit von Handwerkern verlässt. Verdammter Mist! Ich muss so dringend auf die Toilette, und mir wird klar, dass ich es nicht mehr irgendwohin schaffe. Mein Blick fällt auf unsere kleine Abstellkammer, die sich im Flur befindet. Ich drücke den Türknauf, und die Tür geht auf. Gott sei Dank. Ich schnappe mir den roten Putzeimer. O mein Gott, ist das ätzend, aber es hilft nichts, ich stehe kurz vorm Platzen. Ich reiße mir die Jeans und die Unterhose runter. Als ich auf dem roten Eimer sitze, geht das Licht aus. Na wunderbar. Aber im Dunkeln lässt sich diese peinliche Situation wenigstens besser ertragen. Plötzlich geht das Licht wieder an. Vor Schreck falle ich fast von meinem Eimer. Ich höre, wie die Eingangstür unten ins Schloss fällt. Ich kann noch nicht von meinem Eimer aufstehen, ich würde mir auf jeden Fall in die Hosen pinkeln – dann wäre alles umsonst gewesen. Ich versuche, schneller zu pinkeln, die Schritte auf der Treppe werden eindeutig lauter. Meine Billardkugelblase hat sich anscheinend in einen Medizinball verwandelt und ist immer noch nicht leer. Es ist der Nachbar aus der vierten Etage, der dynamisch um die Ecke biegt. So ein Typ, den man sieht und eigentlich direkt wieder vergisst, weil er ein unscheinbares Gesicht und langweilige Haare hat, Hosen mit Bügelfalten und Schuhe in den Trendfarben von Waldgrün bis Kackbraun trägt. An guten Tagen kommt dann noch der beige Pullunder dazu. Er sieht aus wie ein alleinstehender Deutschlehrer aus den 80ern. Ich schaffe es nicht mehr rechtzeitig, meine Hose hochzuziehen, und stehe demnach im geblümten Slip neben einem roten Putzeimer im Hausflur. Außerdem riecht es auch noch unverwechselbar nach »Bester Bohne«. Herr Müller-Meier-Schmidt, wie auch immer er heißen mag, wird langsamer. Er starrt mich an. Hat der denn überhaupt keinen Anstand? Man starrt eine Dame nicht an, auch nicht, wenn sie mit Blümchenunterwäsche und der Jeans auf halb acht im Treppenhaus steht.

»'n Abend«, sage ich dementsprechend leicht gereizt und tue so, als wäre es das Normalste auf der Welt, im Hausflur sein Geschäft zu verrichten. Er wird noch langsamer, guckt auf mich, auf den Eimer und auf meine Hose, die ich gerade hochziehe und zumache. »Ja, wenn es schmutzig ist, muss man da halt auch mal nach Feierabend ran«, versuche ich mich rauszureden und weiß in dem Moment, in dem ich es sage, dass mir das kein Mensch und auch kein übrig gebliebener Germanist glauben kann. Ich drehe mich unauffällig zu unserer Wohnungstür, in der Hoffnung, dass sich mein Herr Nachbar in seinen Bundfaltenhosen schnellstmöglich vom Acker macht.

»Ja, dann … schönen Abend noch«, sagt er, und ich höre ganz genau, wie er debil dabei grinst. Wahrscheinlich bin ich seit Jahrzehnten die erste Frau, die der in Unterwäsche gesehen hat. Er geht die Treppe hoch, schließt seine Tür auf und ist weg. Gott sei Dank. Ich stehe immer noch mit dem Gesicht zur Wohnungstür. Mann o Mann, wie peinlich, dem kann ich doch nie wieder in die Augen schauen.

Zwar habe ich jetzt mein Blasenproblem gelöst, doch in die Wohnung komme ich immer noch nicht. Ich krame mein Handy aus der Tasche und wähle schweren Herzens Lukas' Nummer. Ich hatte mir – ähnlich wie bei Michael – geschworen, ihn auf gar keinen Fall, niemals und unter keinen Umständen anzurufen, selbst wenn man mich mit einer Sturzgeburt ins Krankenhaus bringen, oder total betrunken in eine drei Grad kalte Ausnüchterungszelle sperren würde. Aber hier handelt es sich definitiv um einen Notfall. Ich wähle seine Nummer und warte verkrampft auf das Tuten in der Leitung. Es klingelt und klingelt und klingelt, und niemand geht ran. Verdammter Mist. Was macht der nur? Tarotkarten legen? Zumindest seine Mailbox meldet sich irgendwann. »Lukas, ich bin's, ich komme nicht in die Wohnung, du weißt schon, unsere gemeinsame Wohnung, also da, wo du und ich zusammen wohnen, also die Wohnung, für die auch ich Miete zahle und für die ich verdammt nochmal auch einen Schlüssel haben möchte. Ruf mich an!« An dieser Stelle würde ich gerne den Hörer aufknallen. Beim Handy nicht so leicht, ich könnte mein Motorola allenfalls an die Wand donnern, statt den roten Telefonhörer zu drücken. Da das Ding aber fast neu ist, entscheide ich mich doch für den roten Knopf. Ich warte. Nachdem ich siebenmal das Licht wieder angemacht und währenddessen errechnet habe, dass eine Lichtphase genau drei Minuten und 35 Sekunden dauert, weil ich natürlich friere und mein Telefon immer noch nicht geklingelt hat, beschließe ich, in die Kneipe um die Ecke zu gehen. Ich nehme den roten Eimer und kippe den unappetitlichen Inhalt in den Gully vor der Haustür.

Ich gehe nicht gerne alleine in Kneipen. Man fühlt sich, als hätte einen jemand versetzt, obwohl man doch selbst am besten weiß, dass das nicht der Fall ist. Aber man denkt, dass die anderen das denken könnten, und schämt sich für etwas, von dem man doch weiß, dass es gar nicht so ist. Weibliche Logik – oder aber, mir fehlt einfach das entsprechende Selbstbewusstsein. Die Kälte treibt mich trotzdem ins Demmer. Ich nehme mir vor, nicht wie eine kleine Mauerblume zu denken, sondern ganz einfach alleine ein Bier trinken zu gehen. Das Demmer ist eine ganz normale Kneipe, in der meist angehende Zahnmediziner ihre erste halbwegs erfolgreiche Wurzelbehandlung feiern und gemeinsam von einer goldenen Rolex und dem neuen Porsche träumen. Die Wurzelbehandelten sieht man allerdings nie hier. Man findet aber auch den Alki von nebenan und den Finanzbeamten, der sein Feierabendbier hier trinkt. Heute ist nicht viel los. Freitagabend geht man anscheinend woanders hin. An einem Tisch in der Ecke sitzt eine Gruppe junger Männer, die aber eher nach spießigen Maschinenbauern als nach Schicki-Micki-Zahnklempnern aussehen. Ansonsten ist nur noch die Bedienung anwesend, die gerade dabei ist, ein paar Kölschgläser ins Regal zu sortieren. Ich setze mich an die Ecke der hölzernen Bar, lege demonstrativ mein Handy auf den Tresen und bestelle ein Kölsch. Nach circa drei Minuten ist mir auch schon langweilig. Mittlerweile ist es bereits das achte Mal, dass ich Lukas' Nummer wähle. Nix! Ich versuche beständig, den Vulkan der Wut in mir unter Kontrolle zu halten. Das seismologische Institut rät allerdings bereits zur Evakuierung der näheren Umgebung. Zur Beruhigung gehe ich durch meinen SMS-Speicher und freue mich über alte Kurzmitteilungen.

Wunderschöne Liebeserklärungen von Lukas, aus der Zeit, in der wir gerade frisch verliebt waren. Ich grinse beknackt in mein Handy. »Du bist das Beste, das mir passieren konnte«, »Ich liebe dich von hier bis nach Brasilien und zurück« oder »du bist die wunderschönste Frau der Welt«. Aus Versehen rutsche ich auf die letzte SMS: »Kannst du Wasser mitbringen?« Auch von Lukas. Von gestern. Mir wird schlagartig klar, wie sehr sich unser Verhältnis verändert hat. Gut, die Liebe ändert sich mit den Jahren nun mal, vor allem wenn man zusammenlebt … aber es sind doch noch nicht mal zwei Jahre, und wir wohnen erst seit zehn Monaten zusammen. Soll das jetzt etwa so weitergehen? Werden wir uns dann – weil es eben so ist – in einem Jahr anschweigen, ignorieren und nur noch zusammenbleiben, weil beide zu faul sind, sich jemand anderen zu suchen? Oder zu alt und hässlich? Und wo ist er jetzt? Bei seiner Exfreundin. Vielleicht schleppt er gerade gar keine Kiste, sondern liegt mit Sabine in derselbigen? Und den Schlüssel hat er auch vergessen. Ist das ein Zeichen, ist das der Anfang vom Ende? So wie bei Michael?

Leider habe ich das Talent, mich in große Krisen reindenken zu können. In dem einen Moment ist alles noch völlig in Ordnung, im nächsten habe ich gedanklich eine ausweglose Krisensituation herbeikonstruiert. Haben Lukas und ich uns heute Morgen noch zärtlich umarmt und uns einen tollen Tag gewünscht, habe ich jetzt, gerade mal zehn Stunden später, ohne überhaupt mit ihm gesprochen zu haben, das Gefühl, dass unsere Beziehung so gut wie zu Ende ist. Gott sei Dank fallen diese Gedankenkonstrukte meist schnell wieder in sich zusammen, und mittlerweile bin ich klug genug, nicht sofort Schluss zu machen.

»Noch 'n Kölsch?« Die Bedienung reißt mich aus den Abgründen meiner inneren Welt.

»Auf jeden Fall!«

Die Kneipe füllt sich so langsam. Einen Meter neben mir steht ein Typ, nicht sonderlich attraktiv, eher langweilig, so einer, der nur Dokumentationen und politische Magazine im Fernsehen sieht, und das auch nur, wenn er nicht gerade das Feuilleton der FAZ auswendig lernt. Kein Wunder, dass der alleine in der Kneipe steht. Dass ich auch alleine in der Kneipe stehe, ignoriere ich in diesem Fall geflissentlich. Ab und zu wechselt er ein Wort mit der Bedienung. Ein paar weitere Grüppchen haben sich mittlerweile eingefunden. Ich fühle mich unwohl und bete mir selbst vor, dass doch überhaupt nichts dabei ist, wenn man als Frau mal alleine ein Bier trinken geht, während der Freund sich mit seiner Ex trifft. Männer machen das doch auch, sogar die Feuilleton-Schnarchnase neben mir trinkt alleine. Ich ertappe mich selbst, wie ich ständig zur Tür schaue. Als ob Lukas da gleich reinspazieren müsste und ganz selbstverständlich sagen würde ›Hey ho, hier bin ich. Ich habe Sabine in ihren Kisten hocken lassen, um zu dir zu eilen, meine Prinzessin!‹. Der Typ neben mir spricht mich plötzlich an: »Na, dir merkt man aber auch an, dass du auf jemanden wartest.« Wumms, der hat gesessen.

»Ach ja?«, erwidere ich geistreich. Ist aber auch verdammt schwer, hier eine unverfängliche Antwort zu finden. Hätte ich gesagt »Stimmt ja auch«, dann denkt er in kürzester Zeit, dass man mich versetzt hat. Sage ich »Ich warte aber auf niemanden«, sieht das so aus, als ob ich jemanden beziehungsweise ihn gerne kennenlernen möchte, was nun mal definitiv nicht der Fall ist. Hier wird das Dilemma schon ganz deutlich. Anstatt was zu sagen, bestelle ich lieber noch ein Kölsch, und der Jeans-Typ blickt wieder in die Zeitung, die vor ihm auf dem Tresen liegt. »Das mit dem alleine Ausgehen klappt ja hervorragend«, lobe ich mich selbst. Es vergehen keine zehn Minuten und zwei weitere Kölsch, als sich einer der Jungs vom Stehtisch nebenan löst und zu mir rüberkommt. Gar nicht mal so hässlich, vielleicht ein bisschen jung.

»Du, wenn dir langweilig ist, kannst du dich auch gerne zu uns gesellen.« Ich gucke doof. »Ähhhh, vielen Dank, aber mir ist gar nicht langweilig«, erwidere ich extrem schlagfertig, finde das Angebot aber eigentlich ganz nett. Vielleicht besser, als den ganzen Abend hier alleine an der Theke zu sitzen.

»Dann ist ja gut. Falls du es dir doch noch überlegst, kannst du ja einfach rüberkommen«, antwortet er freundlich und trollt sich wieder an seinen Tisch. So langsam wird mir das alles sehr unangenehm. Ich muss ja einen tollen Eindruck hier an der Bar machen. Die Bedienung lehnt sich zu mir über die Theke.

»Sag mal, hat der dich da gerade angemacht?«

»Na ja, er hat gefragt … –«

Sie lässt mich erst gar nicht ausreden. »Ja, kann man denn als Frau nicht einmal alleine weggehen? Das gibt's doch gar nicht. Wir hatten das schon öfter hier«, regt sie sich auf, »ich versteh das einfach nicht«, ihre Stimme wird zusehends lauter, »wieso können Typen einfach an der Theke sitzen und in Ruhe ein Bier trinken, und Frauen können das nicht? Letzte Woche zum Beispiel hatten wir ein Mädel hier, die ist original fünfmal angequatscht worden, nur weil sie eine Stunde alleine an der Bar saß. Das ist doch echt zum Kotzen. Was denken sich diese Weichbirnen dabei?«

Ich überlege kurz, ob ich beleidigt sein soll, weil man mich nur zweimal angesprochen hat, entscheide mich aber spontan dagegen. Jetzt mischt sich auch noch der Doku-Glotzer ein:

»Na ja, man wird doch wohl mal fragen dürfen, oder?« Die Bedienung ist mittlerweile auf 180.

»Dich mein' ich ja gar nicht, ich mein' den Typen da drüben.«

Sie zeigt zum Nebentisch, der sowieso schon aufmerksam geworden ist. Der Jeans-Typ, der mich angesprochen hat, kommt an die Theke.

»Gibt es ein Problem?«, fragt er, Gott sei Dank ohne jegliche Aggressivität in der Stimme.

»Nein, das heißt ja, ich finde es absolut nicht in Ordnung, dass man als Frau nicht mal alleine in die Kneipe gehen kann, ohne dass einen irgendeine Schwachwurst anspricht.« Die Bedienung macht bei dem Satz ein Gesicht, als ob die Welt nur noch aus Machos und Zechprellern bestehen würde.

»Ich weiß überhaupt nicht, warum du dich so aufregst, das war pure Höflichkeit, sie sah aus, als ob sie sich langweilen würde, und beleidigend musst du ja auch nicht gleich werden.«

Pure Höflichkeit, was für eine Frechheit. Spricht man mich jetzt bestenfalls noch aus purer Höflichkeit an? Ich bin total entsetzt und will mich gerade echauffieren, als mein Handy vibriert. Lukas, endlich. Mittlerweile haben sich noch andere Gäste eingemischt und eine lautstarke Diskussion ist entbrannt. Ich nehme meine Jacke, meine Tasche, lege zehn Euro auf den Tresen und verlasse das Demmer. Alle sind so in das Streitgespräch vertieft, dass sie gar nicht merken, dass die, um die es ursprünglich mal ging, dieses unsägliche Etablissement erhobenen Hauptes verlassen hat. Ich drücke die grüne Hörertaste an meinem Handy:

»Mann Lukas, wo ist der Schlüssel?«

»O je, tut mir leid, Schatz, ich hab total vergessen, den Schlüssel in den Briefkasten zu werfen.«

»Und warum meldest du dich erst jetzt? Ich hab zigmal versucht, dich zu erreichen.«

»Mein Handy war in meiner Jacke, und die habe ich ausgezogen. Ich hab's nicht gehört.«

Mir liegt natürlich die Frage auf der Zunge, ob er sonst

noch was ausgezogen hat, aber ich kann mich gerade noch zusammenreißen. Diese Eifersuchtsblöße will ich mir einfach nicht geben.

»Und was jetzt? Wie soll ich denn jetzt in unsere Wohnung kommen?«, frage ich genervt.

»Ich hab einen ›Notschlüssel‹ versteckt.«

»Und wo, bitte schön?«, will ich wissen.

»In unserer Abstellkammer, in dem roten Eimer.«

Auch das noch. Schlimm genug, aber was ich fast noch schlimmer finde, ist, dass Lukas keinen Ton darüber verloren hat, wie es mit Sabine so läuft. Ich habe mir fest vorgenommen, nicht zu fragen, und das habe ich auch geschafft. Aber hätte nicht er von sich aus was erzählen können? Zum Beispiel, dass er Sehnsucht hat oder dass es ihm furchtbar leidtut und er selbstverständlich sofort nach Hause rennt, um mir die Tür aufzuschließen. Sabine hat schon nach kürzester Zeit einen schlechten Einfluss auf unsere Beziehung. Wahrscheinlich hat sie einen Fluch ausgesprochen, mich als Voodoo-Puppe nachgebastelt und stundenlang mit heißen Nadeln malträtiert.

Wie viel Demütigung kann ein Mensch an einem einzigen Abend ertragen? Mein Freund trifft sich mit dieser esoterischen Ex-Tante, und ich hänge im Dunkeln über dem nach Pipi und »Beste Bohne« stinkenden Gully vor unserer Haustür und wühle mit einem Stöckchen in den Resten unserer Zivilisation. Klar, dass andauernd irgendjemand vorbei kommt und einen völlig indiskutablen Kommentar abgibt: »Na, haste deine Unschuld verloren?« oder »Wenn du einen Schlafplatz suchst …« Meine Mutter hat mir mal erzählt, dass es in grauer Vorzeit so genannte Gentlemen gab, das waren Männer, die Frauen behilflich waren, die ganz genau darauf achteten, dass es einer Dame an nichts fehlte und die vor allem ganz männlich einen Gullydeckel gestemmt, und ohne eine Miene zu verziehen, den Schlüssel aus dem Dreck gezaubert hätten. Wahrscheinlich ist diese Spezies zeitgleich mit dem Tyrannosaurus Rex ausgestorben. Ich hätte den Gullydeckel auch selber aus seiner Verankerung hieven können, wäre nicht letzte Woche Papst »Papa Ratze« in der Stadt gewesen, um der katholischen Jugend der Welt zu predigen, dass sie keine Kondome benutzen soll. Aus der nachvollziehbaren Angst vor Attentaten hatte man sämtliche Gullydeckel zugeschweißt. Also ist der Vatikan Schuld daran, dass ich nicht in meine Wohnung komme und mitten in der Stadt mit einem zugeschweißten Gullydeckel Freundschaft schließe.

»Muss da auch mal wieder saubergemacht werden?«, ertönt es aus Richtung Haustür. Ich habe den Schlüssel mittlerweile gesichtet und hangele mit dem Stöckchen danach. Mein bescheuerter Müller-Meier-Nervtöter-Nachbar steht bedrohlich über mir. »Ja, schließlich gehört der Bordstein und damit auch der Gully noch zu unserem Haus, und es gibt Leute, die sich weitreichend um Dinge kümmern, und andere Leute, die sich eben gar nicht kümmern. Schönen Abend noch und auf Wiedersehen, Herr …, Herr …«

»Spiller, Siegfried Spiller.« Er sagt das tatsächlich so als wäre er Bond, James Bond. Wie kann man nur Siegfried Spiller heißen, das sagt doch schon alles.

»Dann auf Wiedersehen, Herr Spiller!«

Er dreht sich beleidigt um und entschwindet in die Nacht. Irgendwann schaffe ich es tatsächlich, den doofen Schlüssel aus dem doofen Gully zu fischen. Völlig mit den Nerven runter, verschmutzt und immer noch angeschickert, komme ich endlich in die Wohnung. Ich schmeiße fünf Badekugeln ins heiße Wasser und lege mich in ein Meer von Rosenblüten.

Lukas kommt um halb zwölf nach Hause, was ich, ehrlich gesagt, für eine Umzugshilfe schon ganz schön spät finde. Klar, dass ich noch wach bin. Ich liege im Dunkeln im Bett und lausche auf die Geräusche, die er macht. Im Bad höre ich die Tür der Duschkabine. Er duscht. O Gott, er duscht. Mein Herz schlägt augenblicklich schneller. Duscht man nicht so spät abends, wenn man den Geruch einer anderen wegwaschen will? Den Geruch nach Räucherstäbchen, Bachblüten und Sabine? Ein paar Minuten später kommt er ins Bett gekrochen.

»Tönchen? Bist du noch wach?«

Ich tue so, als ob ich schon geschlafen hätte, und antworte mit verpennter Stimme: »Jaaaaaaa … ein bisschen.«

»Wie kann man denn ein bisschen wach sein?«

»Indem man schon halb schläft, ganz einfach.«

»Hat noch alles geklappt mit dem Schlüssel?«, will er wissen.

»Klar. Und, wie war es so bei dir?«

»Anstrengend! Wir waren nur zu dritt und haben wie die Irren geschleppt. Ich war total durchgeschwitzt.« Aha.

»Und wie ist sie so?«

»Wer?«

So doof kann doch echt nur ein Mann fragen.

»Na, wer wohl. Eso-Sabine natürlich!«

»Och, die ist gar nicht mehr so Eso. Hat wohl mittlerweile auch kapiert, dass das nichts bringt.« Diese Aussage beruhigt mich nicht wirklich.

»Und wie ist sie dann jetzt so, wenn nicht mehr Eso?«

»Keine Ahnung, so richtig Zeit hatten wir ja leider nicht, um uns zu unterhalten. Ich glaube, sie engagiert sich ziemlich stark im Umweltschutz, bei Greenpeace.«

Umweltschutz hin, Greenpeace her, das will ich gar nicht wissen.

»Und wie sieht sie aus?«

»Ach Antonia, ganz normal sieht sie aus«, antwortet er genervt.

Normal? Was heißt denn normal? Normal hübsch? Normal hässlich? Normal geil?

»Man wird ja wohl noch fragen dürfen.«

»Klar, aber es ist spät und ich bin echt kaputt. Wir können doch morgen weiterquatschen.« Er dreht sich nochmal um und gibt mir einen Kuss auf mein beleidigtes Gesicht. »Gute Nacht, mein Schatz!«

»Gute Nacht.«

Ich hasse es, wenn er Gespräche beendet, ich will Gespräche beenden.

»Dann kann ich Eso-Sabs ja jetzt Öko-Sabs nennen.«

Von der anderen Seite des Bettes kommt nur noch ein mürrisches Grummeln.

DREI
Das Spinning Desaster

Als ich ein paar Tage später von der Arbeit nach Hause komme, liegt auf dem Küchentisch ein Umschlag, auf dem »Antonia« steht. Ich nehme ihn in die Hand und drehe ihn neugierig. Es handelt sich eindeutig um Lukas' Schrift. Es ist kurz nach sechs und er ist noch nicht zu Hause. Mir ist irgendwie mulmig zumute, während ich auf den Brief starre. Wieso schreibt mir Lukas plötzlich Briefe? Vielleicht ein Abschiedsbrief? Will Lukas sich von mir trennen und traut sich nicht, mir das ins Gesicht zu sagen? Ich springe auf und renne ins Schlafzimmer, reiße die Tür unseres gemeinsamen Kleiderschranks auf und bin zunächst erleichtert. Seine Anzüge hängen noch da, friedlich nebeneinander und völlig unberührt. Ich gehe zu seiner Kommode und öffne rabiat die oberste Schublade, darin liegt ordentlich gefaltet seine komplette Bündchen-Schlafanzug-Garnitur. Ich war noch nie so froh, diese ollen Dinger zu sehen. Aber vielleicht hat er ja nur eine Notfall-Garderobe mitgenommen. Ich stürze ins Bad. Seine blaue Zahnbürste steht in trauter Eintracht neben meiner grünen und sein Rasierwasser wie immer neben meiner Tagescreme. Es sieht nicht so aus, als hätte Lukas die Wohnung beziehungsweise unser gemeinsames Leben fluchtartig verlassen. Ich atme laut aus, gehe langsam zurück in die Küche und nehme den Brief erneut in die Hand. Gibt es irgendwas, was Lukas mir nur schriftlich mitteilen kann? Das Wort »Antonia« auf dem Umschlag glotzt mich unverschämt an, und ich glotze zurück. Vielleicht kann mir die Art und Weise, wie er meinen Namen geschrieben hat, etwas über den Inhalt des Briefes sagen. Die Schrift ist weder verwischt noch zittrig, sie sieht aus wie immer. Vielleicht will er mir auf diesem Weg sagen, dass er morgen gemeinsam mit Öko-Sabs auf der »Rainbow Warrior« das Land verlässt. Ich sehe die beiden *Titanic*-mäßig an der Reling stehen. Die Gesichter im Halbschatten, weil ich ja nicht weiß, wie Ökemöke Sabs aussieht.

Meine Gedanken fahren mal wieder Achterbahn, und bevor sie anfangen können zu kotzen, entschließe ich mich, den Brief endlich aufzureißen und der Wahrheit eiskalt ins Gesicht zu blicken. Ein blauer Flyer fällt aus dem Umschlag:

> Gutschein für ein Probetraining im Fitness Palace für ANTONIA. Dieser Gutschein berechtigt Sie zu einer freien Trainingseinheit an einem Tag Ihrer Wahl im Fitness Palace in Köln. Wir freuen uns auf Ihren Besuch!

Steht da. Für mich klingt das aber wie:

Gutschein für die fette, hässliche Kuh ***ANTONIA*** *im Fitness Palace. Dieser Gutschein berechtigt Sie dazu, Ihre unansehnlichen Rettungsringe und Ihre schwabbeligen Oberschenkel in einer freien Trainingseinheit in Wallung zu bringen. Wir freuen uns auf Ihren Besuch!*

»Weißt du, was er mir geschenkt hat?«, schreie ich Katta durchs Telefon ins Ohr. Katta heißt eigentlich Katharina und ist meine beste Freundin.

»Nicht so laut, Antonia, ich bin nicht schwerhörig. Einen Stabmixer?«

»Schlimmer!«

»Einen Angora-Nierenwärmer?«

»Noch schlimmer!«

»Stützstrümpfe?«

»Neeeeeeein, aber so ähnlich.«

»Na, sag schon!«

»Einen Gutschein für einen Fitnessclub.«

»Aber das ist doch super. Für welchen denn?«

»Für den Fitness Palace.«

»Noch besser, weil, da bin ich doch Mitglied, da können wir zusammen gehen.«

»Ich will aber nicht. Und es ist eine absolute Unverschämtheit, dass mein Freund mir einen Gutschein für einen Fitnessclub schenkt. Was will er mir denn bitteschön damit sagen?«

»Ach, komm schon! Vielleicht wollte er dir einfach eine Freude machen. Also, ich hätte mich gefreut, und ein bisschen Sport kann dir tatsächlich nicht schaden.«

»Jetzt fang du auch noch an. Und ob mir das schaden kann! Die meisten Unfälle passieren beim Sport.«

»Im Haushalt.«

»Wie, im Haushalt?«

»Die meisten Unfälle passieren im Haushalt. Aber klar, dass du das nicht weißt, du begibst dich ja nie in diese Gefahr. Ach, komm schon, Antonia, das macht echt Spaß.«

»Spaß ist für dich also, schwitzend in einem miefigen Raum zu sitzen, in dem aufgepumpte Muskelmänner sabbernd um irgendwelche Aerobic-Tussen kreisen? Also mein Spaß sieht anders aus.«

Als Lukas nach Hause kommt, tue ich so, als ob nichts wäre. Es ist ihm deutlich anzumerken, dass er eine Reaktion meinerseits auf sein Geschenk erwartet. Irgendwann hält er es nicht mehr aus:

»Tönchen, hast du den Briefumschlag gar nicht gesehen, den ich dir auf den Küchentisch gelegt habe?«

»Doch.«

»Und?«

»Nichts und.« Man merkt sofort, dass hier zwei Kommunikationsspezialisten miteinander reden.

»Wie, nichts und? Freust du dich nicht?«

»Na ja, rote Rosen sehen anders aus«, antworte ich.

»Wie meinste denn das jetzt? Du hast doch vor ein paar Tagen gesagt, dass du unbedingt in sportlicher Hinsicht was tun müsstest, oder? Ich dachte, ich unterstütze dich dabei ein bisschen.«

Sofort habe ich ein schlechtes Gewissen. Könnte es sein, dass er mir tatsächlich eine Freude machen wollte? Ich muss zugeben, dass ich neulich wirklich davon gesprochen habe, dass ich es vielleicht doch mal mit Sport probieren wollte. Das hat er sich anscheinend gemerkt. Ich schäme mich, weil ich Lukas Unrecht getan habe und wegen meiner üblen Gedanken, die ich einfach nicht im Zaum halten kann.

»Hast ja recht«, lenke ich ein. »Tut mir leid. Danke.«

»Ich hab zwar schon ein euphorischeres Danke von dir gehört, aber bitte schön. Vielleicht macht dir das ja mehr Spaß als du denkst.«

Wieso glauben eigentlich alle, zu wissen, was mir Spaß macht?

Tatsächlich stehe ich um Punkt 19:00 Uhr vor dem Fitness & Health Palace. Katta hat mir so lange zugesetzt, bis ich irgendwann verzweifelt ja gesagt habe, obwohl sich meine Meinung über Fitnessstudios nicht geändert hat. Ich finde es nach wie vor albern, nach den Vorgaben einer übermotivierten Tanzdohle im Dreieck zu springen, nur um einen winzigen Schokoriegel abzutrainieren, den man hinterher aus Frust über dieses blöde Fitnessstudio sofort wieder in sich hineinstopft. Allerdings muss ich zugeben, dass sich meine Figur in letzter Zeit doch verändert hat, und zwar nicht unbedingt zum Positiven. Nachdem das Höhenwachstum bereits seit einigen Jahren abgeschlossen ist, setzt nun so langsam das Breitenwachstum ein, und bei den mittlerweile auf der Hüfte sitzenden Jeans wagt doch die eine oder andere Rolle einen frechen Blick über den Hosenrand.

Einige sehr stylishe Frauen haben bereits den Weg an mir vorbei in die noble Sporthalle gefunden. Enge Designerhöschen um die schlanken Beinchen, die Füßchen in zarte Lederstiefelchen gesteckt, dazu coole Designerjäckchen mit kleinem Schälchen um das grazile Hälschen gewickelt. Ich frage mich, wofür diese Grazien noch Sport machen müssen und bin wider Erwarten doch ein bisschen neidisch. Wer weiß, vielleicht macht mir das Ganze ja tatsächlich Spaß, und ich werde auch bald mit Stiefelchen, Höschen und Schälchen hier täglich ein und aus gehen. Bei dem Gedanken muss ich lächeln.

Katta kommt endlich um die Ecke gebogen.

»Ach, ich freu mich so, dass du mitkommst! Und du dich anscheinend auch, so, wie du grinst«, begrüßt sie mich begeistert, hakt sich bei mir unter und zieht mich durch die Tür des Fitnessstudios.

»Neee, ich hatte nur gerade eine schöne Vision«, grummele ich.

Im geschmackvoll gestalteten Eingangsbereich des Clubs befindet sich eine holzverkleidete Theke, hinter der zwei freundlich lächelnde junge Damen stehen, die so aussehen, als ob sie nach Feierabend und dem täglichen Solariumsbesuch auch gerne mal die Hantel schwingen, und die mir zwei Handtücher in die Hand drücken und »Viel Spaß!« wünschen. In der Umkleidekabine wird mir schnell klar, dass sich die Sportmode in den letzten Jahren verändert hat, ohne dass ich an diesen Veränderungen partizipiert hätte. Ich fühle mich in meiner ausgebeulten grauen Joggingbutze und dem blauen Leibniz-Butterkeks-Werbe-T-Shirt in Größe »L« doch ein wenig underdressed. Auch wenn der Keks auf der Vorderseite nach all den Jahren immer noch ganz appetitlich aussieht, wie ich finde. Katta ist natürlich top ausgestattet mit ihrer schwarzen engen Nike-Hose, einem dazu passenden Trägerhemdchen und den silbernen, sehr teuer aussehenden Fitness-Turnschuhen. Überhaupt finde ich Katta sehr attraktiv. Sie hat kurze, schwarze Haare, ein hübsches Gesicht mit dunkelbraunen, sehr lebendigen Augen, ausgeprägten Wangenknochen und einer klassischen geraden Nase.

»Cool, du trägst ja Adidas Allround«, kommentiert Katta meine Turnschuhe, ignoriert aber höflicherweise mein ansonsten desolates Outfit.

»Wie, cool? Die sind uralt.«

»Die sind wieder total in. Retro, weißt du.«

Na herrlich, jetzt bin ich schon so alt, dass ich Modetrends bereits zum zweiten Mal erleben darf. Das steigert meine Laune nicht unbedingt. Wir packen unsere Klamotten in den kleinen Schrank und gehen in die große Halle, in der die verschiedensten Geräte stehen, von denen ich nicht die geringste Ahnung habe, wofür sie gut sein sollen und ob sie überhaupt für irgendwas gut sind. Zahlreiche sportiv anmutende Menschen bewegen sich konzentriert an den verschiedenen Maschinen, pumpen, drücken, ziehen, strecken, dehnen und malträtieren sich in den verschiedensten Formen. Einige stehen mit Gewichten vor großen Spiegeln und schauen sich dabei zu, wie sie Eisenstäbe in die Höhe hieven. Nix für mich und mein Outfit. Besonders kommunikativ ist das Ganze nicht gerade, die meisten hören entweder Musik oder starren in einen der Bildschirme, die an der Wand hängen und auf denen entweder Sport oder Musikclips laufen.

»Komm, Antonia, lass uns zum Aufwärmen erst mal auf den Crosstrainer.« Katta zerrt mich zu einem metallenen Ungetüm.

Den Crosstrainer beherrsche ich ziemlich schnell. Man muss nur die Füße bewegen, die Arme bewegen sich dadurch von ganz alleine. Das Ganze ist ein bisschen wie Langlauf. Es läuft gar nicht so schlecht. Ich hätte nicht gedacht, dass ich nach all den Jahren noch so lässig Sport machen kann. Ich sehe mich schon vor dem großen Spiegel stehen, mir dabei zugucken, wie sich die Muskeln meines eingeölten und stählernen Körpers unter den Gewichten geschmeidig wölben und von rechts die grazilen Mäuschen neidisch zu mir rüberschielen. Meine Freude hält allerdings nicht lange an, weil in meinen Beinen exakt nach sieben Minuten das Blut gegen Blei ausgetauscht wird. Links von mir ist Katta voll in ihrem Element und eiert sehr dynamisch auf dem Crosstrainer herum. Rechts von mir trainiert eine Blondine, die dabei eine Frauenzeitschrift liest. Ich blicke auf die elektronische Anzeige von Blondi. Bei der Trainingsdauer steht bei ihr tatsächlich eine Stunde und 47 Minuten. Ich versuche zu erkennen, was die Gute da für eine Zeitschrift liest, die dermaßen spannend ist, kann aber leider nicht genau sehen, um welches Mode-Diät-Käseblatt es sich genau handelt.

»Wie lange muss man denn auf diesem Ding bleiben?«, frage ich Katta.

»Also, 'ne Viertelstunde macht auf jeden Fall Sinn. Dann sind wir beim Spinning schon ein bisschen warm.«

»Spinning? Was ist das denn schon wieder?«

»Pulsgesteuertes Einradfahren zu treibender Musik.«

Ich bin beunruhigt: Fahrradfahren kann ich ja, aber Einradfahren und das auch noch pulsgesteuert? Na ja, vielleicht treibt mich die Musik ja so weit, dass mir ein Rad tatsächlich reicht.

Spinning Instructor Timo hat soeben seine Position eingenommen. Ich sitze auf einem hochmodernen und nicht gerade bequemen Fahrrad. Es sind ungefähr 15 ›Spinner‹, die an dem Kurs teilnehmen. Der Großteil sieht mit Radlerhose, speziellen Fahrradschuhen und vor allem extrem strammen Waden und Oberschenkeln sehr professionell aus.

»So, haben alle ihren Pulsmesser angelegt und den Sattel eingestellt?«, fragt Timo über sein Headset-Mikro. Ich muss ständig auf Timos unglaublich durchtrainierte und haarlose Männerbeine starren. Ansonsten sieht er eher ein bisschen lächerlich aus, in der knallengen, kurzen Hose, dem Muskelshirt und dem blonden Surfer-Pagenschnitt. Außerdem ist er vielleicht gerade mal 1,65 m groß, was für einen Mann eine indiskutable Größe ist. Wahrscheinlich kommt daher auch der Ehrgeiz, die männlichsten Waden der Welt zu bekommen.

Allgemein zustimmendes Gemurmel, was den Pulsmesser angeht. Auch ich habe mir das Band mit dem Messgerät mittlerweile um die Brust gewickelt und die Uhr um mein Handgelenk gebunden.

»Wir fangen erst mal ganz langsam an. Stellt bitte den Widerstand auf drei, und dann ganz locker treten.«

Sphärische Musik setzt ein und alle fangen an. Ich auch. Katta nickt mir aufmunternd zu. Mein Butterkeks klebt mir innerhalb kurzer Zeit am Rücken und sieht gar nicht mehr so lecker aus. Ich sehne mich sehr nach dem gemütlichen Sattel meines Hollandrades und kann überhaupt nicht verstehen, warum die Sättel von diesen Spinningrädern so unbequem sein müssen. Das Argument der Aerodynamik kann bei einem Fahrrad, das sich exakt keinen einzigen Zentimeter bewegt, ja wohl nicht greifen.

Instructor Timo, der noch so frisch aussieht, als ob er gerade von einem lockeren Waldspaziergang kommt, rückt sein Mikro zurecht: »So, dann geht es jetzt mal los.«

Ich schlucke. Wir haben noch gar nicht richtig angefangen? Ich bin bereits fix und alle. Mir ist unglaublich heiß und Durst habe ich ebenfalls wie ein Pony. Aber anscheinend bin ich da die Einzige, alle anderen haben noch nicht mal den Hauch von Schweiß auf der Stirn.

»Den Widerstand jetzt um drei Umdrehungen erhöhen! Aufstehen, die Damen und Herren! Wir machen eine kleine Bergfahrt.«

Alle erheben sich, und die Musik wird lauter und vor allem schneller; elektronische Beats erfüllen den kleinen Raum, und es wird in die Pedale getreten, was das Zeug hält. Dazu schießen Lichtblitze wie bei einer Technoparty durch den Raum. Timo feuert uns an, indem er dauernd »Hööp! Hööp!« in sein Mikro brüllt.

Ich will mir keine Blöße geben und versuche mitzuhalten, indem ich an die strammen Waden denke, die ich bestimmt schon fast habe. In meinen Ohren rauscht das Blut, und ich hänge keuchend über dem Lenkrad. Plötzlich ertönt ein Piepsen. Ich konzentriere mich voll darauf, einfach nur nicht zu sterben. Es piepst wieder, diesmal lauter. Dafür wird die Musik leiser. Ober-Instructor Timo spricht ins Headset: »Die junge Dame auf Bike sieben, bitte eine Pause machen, dein Puls ist viel zu hoch.« Alle gucken mich an, und mir dämmert, dass wohl mein Fahrrad das mit der Nummer sieben und wohl mein Puls deutlich zu hoch ist. Ich höre augenblicklich auf zu treten. Mein Kopf, der von der Anstrengung sowieso schon knallrot ist, gewinnt noch ein wenig mehr an roter Peinlichkeits-Farbe.

»Was zeigt deine Uhr denn an?«, fragt mich Timo. Ich schaue auf meine Pulsuhr.

»205.«

Ein Raunen geht durch den Raum. Das scheint ziemlich hoch zu sein.

»Oh, dann mach bitte mal ganz schnell eine Pause.«

Die nächste Etappe der Tour de France lasse ich also aus gesundheitlichen Gründen aus und versuche, wieder einigermaßen regelmäßig zu atmen. Das Piepsen hat Gott sei Dank mittlerweile aufgehört. Bei der Talfahrt steige ich dann wieder ein, weil es irgendwie keinen Spaß macht, tatenlos auf einem auch noch unbequemen Sattel zu sitzen, während bei allen anderen die Waden wachsen. Nach exakt einer Minute und zehn Sekunden piepst es erneut. Timo steigt diesmal vom Fahrrad, aber nicht ohne den anderen die Anweisung zu geben, dass sie schneller werden sollen. Er kommt auf mich zu und fasst an mein Handgelenk.

»Halt doch mal bitte kurz an.« Ich höre auf zu treten.

»Machst du zum ersten Mal Sport?«

»Na ja …«, keuche ich.

»Ich glaube, es wäre besser, wenn du jetzt aufhörst. Es ist nicht gut, wenn der Puls über längere Zeit so hoch ist. Vielleicht solltest du erst mal langsam anfangen. Mit ein paar Spaziergängen und dann ganz langsam Pensum und Tempo steigern.«

Zwischen meinen angestrengten Atemzügen versuche ich den Inhalt des Gesagten zu begreifen. Hat der Spazierengehen gesagt? Hat er.

»Klar«, gedemütigt steige ich vom Rad, »Spazierengehen ist toll«, japse ich, »das mache ich dann direkt, nachdem ›Essen auf Rädern‹ mir meinen Mittagsbrei gebracht hat und ich mit dem Treppenlift ins Erdgeschoss gefahren bin.«

Timo starrt mich irritiert an, aber was soll man von einem Spinning Instructor auch sonst erwarten.

»Soll ich mitkommen?«, fragt Katta

»Neee, mach du ruhig weiter. Ich geh schon mal duschen und warte dann im Foyer auf dich.« Ich nehme mein Handtuch und verlasse den Ort, von dem ich genau weiß, dass ich ihn nie wiedersehen werde, selbst wenn Lukas mir den ganzen Club schenken würde. Ich pfeife auf Hälschen, Jäckchen und Stiefelchen.

Eine Stunde später sitzen Katta und ich im Café »Einstein«, gleich neben dem Fitness Palace.

»Tut mir leid, Antonia. Ich dachte, dass du körperlich … na ja … mehr auf der Höhe bist«, entschuldigt sich Katta.

»Ist ja schon gut. Aber frag mich bitte nie wieder, also wirklich nie wieder, ob ich mit dir in ein Fitnessstudio gehe. Damit habe ich endgültig abgeschlossen.«

»Okay, versprochen.«

Dann bestellt Katta eine Apfelschorle und ich ein Kölsch und zwei Metthappen. Es dauert nicht lang, bis wir mal wieder bei Kattas Lieblingsthema sind: ihr nicht enden wollendes Pech mit Männern. Katta ist notorisch unglücklich, vor allem, was Beziehungen angeht. Wenn sie eine hat, dann ist sie unglücklich, weil sie eine hat, und wenn sie keine hat, ist sie unglücklich, weil sie keine hat. Im Moment befindet sie sich in etwas, das sozusagen dazwischen liegt, sie aber auch nicht glücklicher macht: ein Verhältnis mit einem verheirateten Mann, der auch noch Vater eines elfjährigen Sohnes ist. Der absolute Horror. Manchmal wundert es einen ja nicht, dass die Frauen in dieser Gesellschaft nicht wirklich vorankommen. Von Solidarität keine Spur. Aber mit Katta darüber zu sprechen hat wenig Sinn. Eigentlich will sie sich auch seit längerem von Norbert trennen, schafft es aber nicht.

»Weißt du, der trennt sich sowieso nicht von seiner Frau. Männer, die sich nicht innerhalb von sechs Monaten trennen, trennen sich nie. Das ist wissenschaftlich erwiesen«, lamentiert Katta zwischen zwei Schlucken Apfelsaftschorle.

»Dann beende die Geschichte doch endlich!«, entgegne ich genervt.

»Würde ich ja gerne. Immerhin haben wir beschlossen, dass wir uns nur noch so sehen, also nicht mehr miteinander ins Bett gehen.«

»Ach, und du glaubst ernsthaft, dass das funktioniert?«, frage ich ungläubig. Katta seufzt.

»Neeee, wenn ich ehrlich bin, nicht wirklich.« Sie seufzt erneut. »Aber jetzt mal zu dir, wie läuft es mit Lukas?«

»Och …«

»Was heißt denn, ›Och‹? Gibt's Probleme?«

»Nicht wirklich, es ist nur so, dass irgendwie im Moment so ein bisschen die Luft raus ist. Weißt du, früher hat Lukas mir ständig gesagt, wie toll er mich findet, war total aufmerksam, hat mir oft kleine Liebesbriefe geschrieben oder morgens den Kaffee ans Bett gebracht. Heute simst er mir Einkaufslisten und schenkt mir einen Gutschein für einen Fitnessclub. Man kann auch nicht gerade behaupten, dass wir ständig übereinander herfallen.« Ich seufze. »Du glaubst gar nicht, wie sehr ich mir wünsche, dass er mal wieder ›Ich liebe dich‹ sagt.«

»Tja, das ist nun mal so, wenn man längere Zeit mit jemandem zusammen ist. Der Alltag holt uns eben alle ein. Und nach zwei Jahren entscheidet sich ja dann sowieso, ob das Ganze eine Zukunft hat, oder nicht.«

»Wieso nach zwei Jahren?«, frage ich Katta und mich frage ich, woher Katta, die noch nie eine Beziehung hatte, die länger als sechs Monate ging, das wissen will.

»Ich hab vor kurzem eine wissenschaftliche Studie gelesen, die besagt, dass sich bei Männern über dreißig nach zwei Jahren Beziehung der Hormonhaushalt komplett umstellt.« Sie greift zu mir rüber und entfernt einen Fussel von meinem Pullover. Katta hat einen schrecklichen Sauberkeits- und Ordnungsfimmel und geht damit ihrer Umgebung und vor allem mir fürchterlich auf die Nerven. Ich glaube ja, dass man sie deshalb auch in den Außendienst versetzt hat: damit sie ihre Kollegen nicht mehr in den Wahnsinn treiben kann. Katta hat nämlich abends nicht nur ihren Schreibtisch penibel aufgeräumt, nein, Katta hat auch die Schreibtische ihrer Kollegen in einen für sie angemessen ordentlichen Zustand versetzt.

»Lass das, Katta!«

In einer Übersprungshandlung poliert sie den Salzstreuer.

»Entweder ist die Beziehung langfristig angelegt und der Mann entscheidet sich nach zwei Jahren, ob er bei einer Frau bleibt und Kinder mit ihr bekommt, oder er trennt sich nach kurzer Zeit, um seine Gene anderweitig unterzubringen.«

»Ach, das ist doch Quatsch, Katta.«

»Das ist erwiesen. Es handelt sich um eine höchst seriöse Studie eines wissenschaftlichen Instituts. Die meisten Beziehungen gehen nach genau zwei Jahren kaputt.«

»Ich glaub das einfach nicht.«

»Musst du ja auch nicht, ist aber so. Wie lange bist du denn jetzt schon mit Lukas zusammen?«

»Lass mich mal überlegen. Am 20. Mai haben wir uns kennengelernt … lass mich rechnen … also sind es in vier Wochen genau … zwei Jahre!«

»Ach du Scheiße!«

»Und weißt du, was erschwerend hinzukommt?«

»Nein.« Katta guckt mich mit großen Augen an.

»Seine Exfreundin wohnt seit neuestem in Köln. Diese esoterische Tante, von der ich dir mal erzählt habe.«

»O Gott, die, die mal fast Lukas' Wohnung mit einem Räucherstäbchen abgefackelt hat?«

»Genau die. Und rate mal, wer natürlich sofort Gewehr bei Fuß stand, um ihr beim Umzug zu helfen?«

»Lukas?« Katta ist fassungslos.

»Genau der. Und rate mal, wer vor lauter Ex-Freundinnen-Kisten vergessen hat, mir den neuen Haustürschlüssel zu geben, sodass ich einen ganzen Abend vor der Tür stand?«

»Lukas?«

»Genau.«

»Ach du Scheiße!«

»Genau.«

Auf dem Nachhauseweg merke ich, dass Katta mit ihrer komischen Hormontheorie ein Saatkorn des Zweifels in mir gepflanzt hat. Stimmt das vielleicht doch? Ist diese Hormongeschichte vielleicht doch kein Quatsch? Ich merke, wie ein kleines Pflänzchen das Licht der Welt erblickt und weiß auch sofort, dass es sich nicht um ein wunderschönes Rosengewächs handelt, sondern vielmehr um ziemlich hartnäckiges Unkraut.

VIER
Butt Ugly Martians

»Guck doch mal, Tönchen, nur 260 Gramm, bei einem 4.3-Zoll-Bildschirm im 16:9 Breitwandformat.« Es ist Samstagnachmittag, und Lukas steht im Saturn mit leuchtenden Augen vor dem Regal mit den verschiedenen Playstation-Modellen.

»Echt? Wie ist denn so was Unglaubliches überhaupt möglich?«, frage ich und reiße dabei theatralisch die Augenbrauen nach oben.

»Na ja, ich glaube, die haben die Chips einfach so verbessert, beziehungsweise verkleinert, dass man den Hauptspeicher auf eben genau dieses extrem kleine Format bringen kann …«

In diesem Moment merkt Lukas, dass ich das eigentlich gar nicht wissen möchte, und schaut mich an.

»Ach Antonia, du könntest dich ruhig mal ein bisschen für Technik interessieren.«

»Mach ich doch. Ich brauche dringend ein neues Epiliergerät. Und jetzt überlege ich, ob ich den Silk-épil Soft Perfection Easy Start 3370 mit dem ›Soft Lift System‹ zur Entfernung flach anliegender und kürzester Haare mit Effizienz-Aufsatz nehmen soll, oder den Satin Ice Epilierer all in one violett-metallic mit beweglichem Skin Cooler, der sich der Körperkontur anpasst. Was meinst du?«

Lukas lässt sich nicht so leicht irritieren:

»Also ich würde ja den mit dem Effizienz-Aufsatz nehmen, vorausgesetzt, der Preisunterschied ist nicht so groß, und er läuft mit Batterie.«

»Hmmm, die kosten beide ungefähr dasselbe und laufen auch beide mit Batterien.«

»Na, dann ist doch alles klar! So leicht wie du hätte ich es auch gerne. Ich hab ganz andere Probleme. Nehme ich die portable Playstation mit dem kleinen Display, mit der ich überall spielen kann, oder die, die man an den Fernseher anschließt, was bedeutet, dass man nur da spielen kann, aber einen wesentlich größeren Bildschirm hat?«, grübelt er.

»Du willst dir echt so ein Ding kaufen?«, frage ich erstaunt und mit einem »Bist du dafür nicht schon ein bisschen zu alt?«, versuche ich ihn abzuhalten, wobei ich weiß, dass mir das sowieso nicht gelingen wird.

»Wenn du dir ein Gerät kaufst, das einem schmerzhaft die Haare ausreißt, werde ich mir doch wohl eine Playstation kaufen können, mit der man Spaß hat. Und zu alt sind die Leute, die immer fragen ›Bist du nicht schon zu alt dafür?‹ Ich nehme die Portable.« Spricht's und zieht einen riesigen Karton aus dem Regal. Also wenn das Ding genauso groß ist wie der Karton, freu ich mich schon auf den Augenblick, wenn Lukas drei Kumpels anrufen muss, um die Playstation vom Wohnzimmer in die Küche zu tragen.

»Du wirst sehen, Tönchen, das wird ein Riesenspaß. Ich wette mit dir, dass du irgendwann diejenige sein wirst, die ich nicht mehr von dem Ding wegbekomme.« Wer's glaubt, wird selig, und ich bin Atheist.

Ich beobachte Lukas von der Seite. Ich finde ihn immer noch sehr attraktiv. Er hat unglaublich dunkle und dicke Haare, die so aussehen, als hätte er sie auch noch in zwanzig Jahren. Von Geheimratsecken keine Spur. Er hat eine ganz klassische, gerade und schmale Nase, einen feinen Mund und dunkle, fast schwarze Augen. Er könnte auch als Spanier durchgehen, was ich sehr sexy finde. Im Moment hält sich sein Sexappeal allerdings in Grenzen, da er seit über zwei Stunden auf der Couch sitzt und auf dieser bescheuerten Playstation rumhackt. Das Spiel heißt »Butt Ugly Martians«, mit dem sich Lukas innerhalb weniger Stunden von einem soliden Unternehmensberater in einen grenzdebilen Alienjäger verwandelt hat, der verzweifelt versucht, die Erde vor hässlichen Marsbewohnern zu retten. Es ist Sonntagnachmittag, und man könnte ja theoretisch mal gemeinsam was unternehmen oder vielleicht mal wieder einen Nachmittag im Bett verbringen. Ich habe mal gehört, dass Paare so was manchmal machen.

Lukas' Gesichtsausdruck ist konzentriert und sieht leider gar nicht so aus, als ob er mich gleich ins Bett zerren oder mich auf ein Picknick einladen wollte. Seitdem er gestern dieses Ding gekauft hat, hat er es, glaube ich, nur zum Schlafen aus der Hand gelegt. Und damit meine ich tatsächlich nur zum Schlafen gehen. Sogar auf dem Klo hat er gespielt. Und das Schlimmste: Er kommentiert fortwährend das Geschehen in der kleinen schwarzen Box. »Uuuuuuuuuarrrgh«, »Ich krieg dich, du Schwein«, »Och neee, ne« und »Boooooooooaah, sind das viele« ist nur eine kleine Auswahl an Ausdrücken aus Lukas' neuerdings marsianisch geprägter Sprache.

»Lukas?«

»Mmmmmmmh?«

»Kannst du nicht mal dieses blöde Ding aus der Hand legen?«

»Gleich, ich muss nur mal eben diese hässliche Type eliminieren, bevor er auch nur einen Fuß auf die Erde setzen kann … Nimm das! … Ach Kacke.«

Anscheinend konnte er den Außerirdischen nicht rechtzeitig stoppen. Da mit Lukas nichts anzufangen ist, beschließe ich ein Bad zu nehmen und mich ein bisschen um mein Äußeres zu kümmern. Nachdem ich aus der Badewanne gestiegen bin, hole ich den neuen Epilierer aus der Verpackung, um ihn gleich mal auszuprobieren. Leider funktioniert das Ding nicht. Ich baue alles, was man auseinanderbauen kann, auseinander und muss feststellen, dass die Batterien fehlen. Ich schaue nochmal auf die Verpackung, auf der steht, dass Batterien mit dabei sein sollen, kann aber definitiv keine finden. Ich öffne die Badezimmertür und rufe ins Wohnzimmer rüber.

»Lukas? Wir müssen den Epilierer zurückbringen.«

»Wieso? Geht das Folterwerkzeug nicht?«

»Keine Ahnung, die Batterien fehlen.«

»Ach so, ja. Hab ich vergessen, dir zu sagen. Ich hab mir deine ausgeliehen, für die Fernbedienung vom Fernseher, die ging nicht mehr. Bin gerade bei Level sieben. Wenn du ganz kurz wartest, kann ich dir die Batterien gleich wiedergeben.«

Als ich eine halbe Stunde später mit nass rasierten Beinen aus dem Bad komme – nur bekleidet mit meiner schönsten schwarzen Spitzenunterwäsche –, sitzt Lukas exakt genauso da wie vor einer Stunde. Ich versuche, seine Aufmerksamkeit auf mich zu lenken.

»Ich hab gebadet.«

»War's schön?«, fragt er mich, ohne aufzublicken.

»Sehr schön!«, gurre ich. Keine Reaktion. Ich mache Musik an. Keine Reaktion. Ich tänzle vor dem Sofa in meiner schwarzen Spitzenunterwäsche. Keine Reaktion. Ich öffne meinen BH. Keine Reaktion. Ich ziehe meinen BH aus. Keine Reaktion. Ich werfe meinen BH auf Lukas und treffe hervorragend. Das teure Spitzenteil landet genau über seinem Gesicht. Reaktion: »Spinnst du? Ich war soweit wie noch nie, und jetzt bin ich tot.« Er schaut hoch und bemerkt erst jetzt, was er da über dem Gesicht hat und dass ich fast nichts anhabe. »Hey, du hast ja fast nichts an.« Er hat den Umstand meiner Nacktheit zwar bemerkt, reagiert aber trotzdem nicht.

Ich ziehe mich wieder an und gebe es vorerst auf. Solange Lukas die Welt nicht von sämtlichen außerirdischen Invasoren befreit hat, bin ich abgeschrieben. Ich schnappe mir das Telefon und rufe Katta an, die sich in ihrem »Zwei-Jahres-Hormon-Horrorszenario« bestätigt fühlt, was die Sache auch nicht besser macht. Es gibt eben Tage, da geht man am besten einfach ins Bett.

Am Abend klingelt Lukas' Handy und der Miss-Marple-Klingelton holt ihn kurzfristig zurück auf die Erde.

»Ach, hallo Sabine.«

Auch das noch, Öko-Sabs. Was will die denn schon wieder?

»Hab ich doch gerne gemacht«, säuselt Lukas in sein Nokia. Ekelhaft ist das. Wahrscheinlich bedankt sie sich für die Umzugshilfe. Ich darf gar nicht dran denken, dass ich wegen dieser Trulla in einen roten Eimer pinkeln musste, sonst bekomme ich sofort wieder Harndrang und Aggressionen.

»Ja, klar hab ich das ernst gemeint.«

Ich frage mich, was er da wohl ernst gemeint haben könnte. Vielleicht das Angebot, sich jetzt öfter zu sehen? Oder das Angebot, mal wieder Sex miteinander zu haben, in Anlehnung an alte Zeiten?

»Nee, das passt mir gut. Nächsten Sonntag! Um 19:00 Uhr? … Alles klar … ja, ich weiß, wo das ist … prima … ja, bis dann … Tschüs.«

Lukas legt sein Handy zurück auf den Tisch und nimmt ungerührt die Playstation wieder in die Hand. Das darf doch wohl nicht wahr sein. Der muss doch ganz genau wissen, dass ich wissen möchte, was am Sonntag passieren soll. Das macht er garantiert mit Absicht, damit ich mir die Blöße geben und nachfragen muss. Um mich zu beherrschen, fange ich an, stumm zu zählen. Eins, zwei, drei …, nein ich frage nicht, …

vier, fünf, sechs, … auf gar keinen Fall gebe ich meiner Neugierde nach … sieben, acht, neun … »Was verdammt nochmal ist denn jetzt am Sonntag?«, poltert es aus mir raus.

Mein rüder Ton ist anscheinend nicht in Lukas' Bewusstsein vorgedrungen.

»Ein Greenpeace-Treffen für Menschen, die eventuell Interesse an einer Mitgliedschaft haben. Die brauchen dringend Leute, die sich engagieren. Sabine leitet das Treffen und hat mich gefragt, ob ich nicht einfach mal vorbeikommen und mir das anhören möchte«, sagt Lukas, ohne den Blick von seiner Spielbox zu heben.

»Ach, mich würde ja mal interessieren, seit wann du dich für Umweltschutz interessierst?«

»Ich wollte doch schon immer mal irgendwas Gemeinnütziges tun. Greenpeace ist schließlich eine ganz coole Organisation«, antwortet er ungerührt.

»Ach, und da trifft es sich ja ausgezeichnet, dass deine Exfreundin in die Stadt zieht und sich ganz zufällig bei der Organisation engagiert, zu der du ja schon immer unbedingt wolltest, den Weg aber irgendwie in den letzten 35 Jahren nie gefunden hast. Und dann auch noch Greenpeace. Greenpeace ist doch voll out. Greenpeace war achtziger Jahre. Die heutigen Kids glauben, dass mit Greenpeace ein Stück irisches Marihuana gemeint ist, so out ist das schon. Und war es nicht Greenpeace, die in den 80ern behauptet haben, der Wald stirbt? Und? Ist der Wald gestorben? Kein Stück. Fahr doch mal in die Eifel, überall Wald, Wald, Wald. Haben die nicht auch behauptet, dass unsere Flüsse umkippen? Im Rhein kann man mittlerweile sogar wieder schwimmen und es gibt Menschen, die sogar Fische aus dem Rhein essen. Und volle Panikmache mit der Luft«, ich atme gut hörbar und völlig übertrieben ein und wieder aus, fast so, als stünde ich kurz vor der Geburt eines Kindes, »total sauber! Mittlerweile hat doch jeder Fabrikschlot 18 000 Filter. Wozu also noch Greenpeace?«

Lukas bleibt total gelassen.

»Ach, vielleicht gefällt mir ja auch gar nicht, was die da machen, und dann hat sich das sowieso erledigt. Alles noch ungelegte Eier. Aber anhören werde ich mir das mal.«

Ich bin sprachlos. Das ist nicht der Lukas, den ich kenne. Der Lukas, der mir unter normalen Umständen gesagt hätte, dass ich unmöglich argumentiere, grundlos eifersüchtig bin und dass er auf diesem Niveau nicht mit mir spricht.

»Kannst ja auch gerne mitkommen, wenn du magst.«

Das ist ja wohl das Abstruseste, was ich seit langem gehört habe.

»Neee, lass mal. Ich verkühl mich immer so leicht, wenn ich mich an irgendwelchen Schornsteinen festkette.«

»Okay, kein Problem.«

Jetzt bin ich mir sicher, dass das eine oder andere Hormon bei Lukas bereits aus der Bahn geworfen ist. Wenn Katta mit ihrer komischen Theorie recht haben sollte, sieht es nicht wirklich gut für Lukas' und meine Beziehung aus. Dann wird sich in den nächsten Wochen entscheiden, ob wir uns trennen, oder ob es eine langfristige Zukunft für uns geben wird, also mit Familie und dem ganzen Pipapo. Aber Kinder? Heiraten? Ein Haus am Stadtrand? Will Lukas das? Will ich das? Wollen wir das? Gibt es überhaupt bald noch ein Wir? Ich muss das herausfinden, und zwar schnellstmöglich. Ich frage mich, wie viel Zeit mir dazu bleibt. Nach Kattas eigenartiger Zwei-Jahres-Theorie wären es noch knappe dreieinhalb Wochen. Eine kleine Schweißperle bildet sich auf meiner Stirn.

FÜNF
Eier auf Hartz IV

Es ist Dienstagabend, und die Playstation liegt seit dem Wochenende unbenutzt im Regal. Lukas sind die hässlichen Marsbewohner anscheinend langweilig geworden, vielleicht hat er sich aber auch schon entschieden, die Welt nicht mehr nur virtuell zu retten.

Ich liege in der Badewanne, in die ich selbstverständlich wieder eine sündhaft teure Rosenblätter-Badekugel geworfen habe, und denke darüber nach, wie ich a) herausfinden könnte, wie es wirklich um Lukas und mich steht, also ob es wirklich eine Veränderung in seinem Hormonhaushalt gibt, und wie ich es b) verhindern kann, dass verquirlte Hormone meinen Lukas in die Arme einer anderen schwemmen.

Ich überlege, was eine Beziehung wirklich ausmacht und denke sofort an die »gemeinsame Zukunft«. Gemeinsame Zukunft bedeutet im Normalfall Kinder, also Familie. Ob Lukas vielleicht ein Kind will? Ich bin mir nicht sicher und durchforste mein Gedächtnis nach irgendwelchen Formulierungen oder Handlungen, die darauf schließen lassen könnten, dass mein Freund tatsächlich Interesse an Nachwuchs haben könnte. Meine vierunddreißigjährigen Gehirnzellen ächzen unter der ungewöhnlichen Belastung, kommen aber trotz des fortgeschrittenen Alters zu einem Ergebnis. Vor ungefähr zwei Wochen hat Lukas allen Ernstes vorgeschlagen, *Der Kindergartencop* im Fernsehen anzuschauen. Klar, dass ich ihn ausgelacht habe und wir selbstverständlich was anderes geguckt haben. Ich dachte, er macht Witze. Aber vielleicht war das ja auch seine Art, mir zu sagen, dass er eine Familie gründen möchte. Und was mache ich? Ich lache ihn gnadenlos aus. Aber wenn Lukas sich wirklich fortpflanzen will, warum hat er mich noch nie darauf angesprochen? Weil – wenn Kinder, dann doch wohl mit mir, oder? ODER? Wenn Kattas Theorie stimmt, würde das bedeuten, dass Lukas sich entweder in den nächsten drei Wochen entscheidet, mit mir eine Familie zu gründen, oder aber, dass er zu einer anderen Frau geht, um mit der Kinder zu haben. Der Gedanke gefällt mir nicht. Außerdem geht es ja auch nicht nur um Lukas, sondern auch um mich. Will ich überhaupt Kinder? Schmutzige Windeln wechseln oder doch lieber mit Lukas durch das Outback von Australien wandern? Die Nächte aneinandergekuschelt durchschlafen oder doch lieber alle zwei Stunden als Tankstelle fungieren? Stilltee und Fencheltee statt Wein und Bier? Ich weiß nicht. Und dann noch die finanzielle Abhängigkeit: »Lukas-Schatz, kannst du mir ein bisschen Geld geben? Ich hätte gerne diesen kleinen Spitzenfummel von La Perla, kostet auch nur 350 Euro.« Bin ich dazu wirklich schon bereit? Geht man mal vom Alter aus, sollte ich es zumindest sein. Ab 30 geht es, nicht nur was die Fruchtbarkeit angeht, ja bekanntlich schwer bergab. Und ich bin jetzt schon 34. Ich horche in mich hinein. Nichts. Ich kann das viel zitierte Tick Tack meiner biologischen Uhr nicht hören. Das Einzige, was ich hören kann, ist mein knurrender Magen und das Plätschern des Badewassers. Vielleicht ist die Uhr ja auch bereits abgelaufen, das Uhrwerk kaputt, die Batterien leer oder in Lukas' Fernbedienung. Vielleicht haben sich meine Eierstöcke auch einfach gesagt: »Ach, das wird sowieso nix mehr mit der Antonia und Nachwuchs. Da können wir die Eierproduktion ja auch gleich einstellen. So viele Eier und immer umsonst« und sich daraufhin arbeitslos gemeldet. Mittlerweile sind meine Eier wahrscheinlich schon Hartz-IV-Empfänger. Was aber ist, wenn Lukas seine Gene tatsächlich anderswo unterbringen will?

Über meine miesen Gedanken bin ich schon ganz runzlig geworden und steige aus der Wanne. Ich schaue an mir herunter. An meiner Haut kleben noch zahlreiche Rosenblätter – sehen irgendwie ein bisschen verwelkt aus, denke ich. Zumindest rede ich mir ein, dass es die Rosenblätter sind, die verwelkt aussehen.

Am nächsten Tag mache ich relativ zeitig Feierabend. Ich muss noch in die Stadt, um mir was zum Anziehen zu kaufen. Wir sind mal wieder auf eine Hochzeit eingeladen und ich brauche noch ein schönes Oberteil zu meinem dunklen Rock. Bevor ich ein passendes Geschäft finde, komme ich an einem Kinder-H&M vorbei. Ich fühle mich magisch von diesem Laden angezogen, einem Laden, den ich noch nie wirklich wahrgenommen habe. Von dem ich eigentlich gar nicht wusste, dass es ihn gibt. Ich wage ein paar Schritte in Richtung Eingang. Die Glastüren schieben sich automatisch und lautlos auseinander und ich kann eigentlich gar nicht anders, als noch ein paar Schritte nach vorne zu gehen und den Laden zu betreten. Die beiden Türen schließen sich hinter mir wieder und ich fühle mich ein wenig gefangen. Ich stehe regungslos direkt neben den Strampelanzügen und überlege, was ich jetzt tun soll. Wieder raus, an die frische Luft, in die Freiheit, oder doch in die Höhle des Löwenbabys? Aber vielleicht ist die Höhle ja die Lösung. Vielleicht kann ich ja hier herausfinden, ob ich demnächst Mutter werden möchte, vielleicht geben mir die süßen Kleinen mit ihren niedlichen Miniklamotten ja ein Zeichen.

»Es ist ein Mädchen.« Die junge Mutter guckt mich ein wenig irritiert an. Klar, dass sie irritiert ist, schließlich starre ich seit circa fünf Minuten in den Kinderwagen, ohne etwas zu sagen.

»Ach ja, wie heißt es denn, ähm sie?«

»Elke«, antwortet sie stolz.

Ich bringe es nicht über mich, zu sagen, dass ich Elke für einen schönen Namen halte. Ich finde den Namen nämlich beschissen. Ich hatte mal eine Mitschülerin, die Elke hieß. So eine affektierte, doofe Ziege, die immer meinte, sie sei was Besseres. Mein damaliger Freund meinte das leider auch und hat mich wegen Elke sitzen lassen. Das werde ich der Elke und allen anderen Elken niemals vergessen.

»Mmmmmh, sehr hübsches Mädchen«, lüge ich.

Ich finde, Elke sieht eher aus wie eine zerdellte Pflaume. Und so ohne Haare … also so eine Elke will ich auf gar keinen Fall. Aber auch die Peters, Kathrins und Lenas, die ich alle noch an diesem Nachmittag begutachte, können mich nicht wirklich überzeugen. Manche sind zwar irgendwie ganz niedlich, aber der Funke will eben einfach nicht überspringen.

Ich fahre mit der Rolltreppe eine Etage tiefer und bekomme zur Begrüßung als Erstes einen Kinderwagen voll in die Hacken. Die gestresste Mutter, die nicht nur einen Säugling dabei hat, sondern auch noch einen kecken Vierjährigen an der Hand hält, bemerkt noch nicht mal, dass ich vor Schmerzen fast in die Knie gehe, geschweige denn, dass sie der Auslöser dafür sein könnte und sich entschuldigt. Zur Krönung sagt der Kleine auch noch »Mama, warum guckt die Frau da so komisch?«, und zeigt mit dem Finger auf mich. Die Mutter lächelt angestrengt und entschuldigend zu mir rüber und zieht den Kleinen mit einem »Komm schon, Daniel« in Richtung der Mini-Jeans-Hosen, worauf Daniel sofort anfängt zu plärren. Ich streife durch die Angebote und gelange in die Wäscheabteilung. Mein Gott, ist das alles klein. Unglaublich, dass auch mein Hintern irgendwann mal in so eine Unterhose gepasst haben soll. Ich nehme ein paar rosa-weiß-geringelte Säuglingssocken in die Hand, gerade mal so groß, dass ich sie mir über die Daumen ziehen könnte. Ich halte die eine Ringelsocke in der linken, die andere in der rechten Hand und schaue beide beschwörend an, in der Hoffnung, dass sich irgendetwas in mir regt. Nichts. Absolut nichts passiert. Bis ein kölsches »Kann isch Ihnen vielleischt helfen?« hinter mir ertönt.

Vor Schreck lasse ich fast die kleinen Daumenwärmer fallen. Ich schaue in das Gesicht einer vielleicht fünfundvierzigjährigen, ziemlich aufgebrezelten Verkäuferin. »Na ja«, sage ich, »können Sie mir sagen, ob ich diese Dinger hier jemals brauchen werde?« Sie sieht ein bisschen so aus, als ob ihr das großzügig verteilte Make-up gleich aus dem Gesicht bröckelt.

»Ja, wat weiß ich denn. Da müssen Se schon Ihre Kinder fragen, ob die Ihnen noch Enkel schenken wollen.«

Ich drücke ihr die Socken in die Hand und verlasse extrem frustriert das Geschäft. Das war ja wohl mal gar nichts. Ich weiß immer noch nicht, ob ich mich jetzt für ein Kind aufopfern möchte und mir meine nicht mehr ganz frische Jugend versauen lassen soll, oder ob ich im Alter lieber kinderlos und einsam in einem Seniorenheim brabbelnd vor mich hin vegetieren möchte. Und ein neues Oberteil für die Hochzeit hab ich auch nicht.

Am nächsten Abend stehen meine ehemalige Arbeitskollegin Susanne und ihr Mann Torsten, der die kleine Theresa auf dem Arm hat, bei uns im Hausflur.

»Nein, wirklich kein Problem für mich, mach dir mal keine Sorgen«, versuche ich Susanne zu beruhigen.

»Na gut, wenn was ist, ruf einfach an, wir sind dann in 15 Minuten bei dir.«

»Jetzt haut endlich ab, ich mach das schon«, sage ich und schiebe die beiden zur Tür.

Susanne und Torsten sind endlich draußen. Auf meinem Arm sitzt die kleine Theresa und schaut mich neugierig an. Theresa ist sieben Monate alt und spielt schon eine große Rolle in der ultimativen »Antonia will's wissen«-Kampagne.

Susanne und Torsten gehen für ihr Leben gerne ins Theater, also habe ich zwei Karten gekauft, die mich erstens ein Schweinegeld gekostet haben und die ich zweitens geschickt an die beiden weitergereicht habe:

»Ach weißt du, ich hab die Karten geschenkt bekommen und das Stück kennen Lukas und ich schon, deshalb dachte ich, ich frag euch, ob ihr sie haben wollt. Wäre ja schade, wenn sie verfallen«, log ich Susanne an.

Ich wusste, dass Torsten, der alte Geizkragen, es absolut nicht abkann, wenn irgendetwas verfällt.

»Ich muss erst mal wegen dem Babysitter gucken«, entgegnete mir Susanne erwartungsgemäß, als ich ihr das Angebot unterbreitete.

»Kein Problem, ich kann gerne auf Theresa aufpassen. Bringt sie mir vorbei und geht schön ins Theater.«

»Hmmmmm, ich weiß nicht, Antonia. Theresa ist zur Zeit sehr unruhig, weil sie Zähne bekommt, das ist ziemlich anstrengend.«

»Ach, das macht nichts. Wenn ich nicht klarkomme, ruf ich euch an.«

Das wirkte. Susanne sprach mit Torsten, der natürlich sofort ja sagte – er sparte sich ja schließlich auch noch den Babysitter.

Ich stehe noch im Flur, als Lukas den Haustürschlüssel ins Schloss steckt. Jetzt wird es spannend. Theresa guckt immer noch neugierig. »Hey hallo, wer ist das denn?«, fragt er.

»Das ist Theresa, die Tochter von Susanne und Torsten, ich passe heute Abend auf sie auf.«

»Aha, wie kommt das denn? Du babysittest doch sonst nie.« Er schaut mich von der Seite an und zieht die Augenbrauen hoch, was wohl Erstaunen ausdrücken soll, aber eher seltsam aussieht.

»Ein Notfall. Die beiden hatten einen dringenden Termin und niemanden, der auf Theresa aufpasst. Da bin ich spontan eingesprungen.«

»Aha«, wundert er sich und mit einem »Hallo Theresa, ich bin der Lukas, jaaaa, der Lukas« wendet er sich in peinlichster Babysprache an Theresa. Das Kind verzieht umgehend das Gesicht, die Mundwinkel fallen nach unten, die sonst so faltenlose Stirn runzelt sich, die Augen verengen sich zu Schlitzen, und Theresa fängt an zu brüllen, als wenn Lukas der größte Kinderschänder aller Zeiten und sie ihm hilflos ausgeliefert wäre.

»Au weia, ich glaub, die Kleine steht nicht auf mich«, kommentiert Lukas über das Geschrei hinweg.

Nachdem ich eine halbe Stunde mit Theresa auf und ab gegangen bin, hat sich das Kind halbwegs beruhigt.

»Lukas?«

Lukas sitzt mit seinem Laptop am Küchentisch:

»Mmmmmh?«

»Kannst du sie kurz nehmen, ich muss mal aufs Klo.«

Er erhebt sich unwillig von seinem Platz und nimmt das Kind ungeschickt in den Arm. »Na, du Süße, komm zu Onkel Lukas.«

Ich beobachte sein Gesicht. Na ja, man kann nicht sagen, dass er vor Begeisterung im Dreieck springt.

»Ich dachte, du musst auf die Toilette«, reißt er mich aus meinen Gedanken. Auf dem Klo höre ich die Kleine schon wieder schreien und beeile mich. Als ich wieder da bin, klingelt das Telefon. Ich nehme die schreiende Theresa wieder in meine Obhut und Lukas geht ans Telefon. Er verlässt den Raum, weil das Kind locker an die Lautstärke eines Presslufthammers rankommt.

»Tönchen, ich muss nochmal weg«, eröffnet mir Lukas, als er mit dem Telefon wieder ins Wohnzimmer kommt.

»Wie – du musst nochmal weg? Wir haben doch Besuch, da kannst du doch nicht einfach abhauen.«

»Ich glaube, der Besuch kann gut auf mich verzichten, so wie der Besuch immer anfängt zu schreien, wenn er mich sieht. Das war Sabine. Sie hat Probleme mit Power Point und muss bis morgen eine Präsentation fertig haben. Ich helfe ihr kurz.«

»Na toll, und wer hilft mir?«, frage ich beleidigt.

»Du wolltest doch auf sie aufpassen. Ihr könnt euch ja einen richtig schönen Frauenabend machen ihr zwei, Flasche Wein, bisschen quatschen. Obwohl ich glaube, dass du deiner neuen Freundin erst mal eine neue Windel anziehen müsstest. Hier riecht es ziemlich streng.«

»Lukas, Theresa ist noch nicht mal ein Jahr alt. Über was, denkst du, sollen wir sprechen? Dass sie sich letzte Woche in den zweijährigen Torben verliebt hat, er ihr aber statt Rosen zu kaufen, die Schaufel über den Kopf gehauen hat? Oder, dass sie in der Bienengruppe von der blonden Emily gemobbt wird, die ihr regelmäßig die Hand ins Essen patscht?«

»Ihr könntet doch vielleicht über die neueste Schlabberlätzchenmode sprechen oder welcher Brei die wenigsten Kalorien hat.«

»Ochhhh Mann, Lukas, ich dachte, dass wir beide uns ein bisschen um Theresa kümmern«, nöle ich.

»Ach Tönchen, ich kann Sabine doch jetzt nicht im Stich lassen.«

Er zieht sich die Jacke an, gibt mir einen schmatzenden Kuss und verlässt mit einem »Tschüs ihr beiden. Ich bin auch nicht lange weg«, unsere gemeinsame Wohnung.

Ich fühle mich ein bisschen so, als ob Theresa unser gemeinsames Kind ist, und Lukas mich wegen Öko-Sabs sitzen gelassen hat. Ich bin dementsprechend wütend. Ich bin so wütend, dass ich am liebsten die Couch in ihre Einzelteile zerlegen und dann die Playstation mitsamt den hässlichen Martians und der Fernbedienung mit meinen Batterien aus dem Fenster schmeißen würde. Ich hasse diese esoterische Ziege, die sich einfach so in unser Leben drängelt. Zum Kotzen ist das.

Das Telefon klingelt schon wieder. Ich hoffe, dass Lukas gemerkt hat, dass seine Samariter-Nummer hier nicht wirklich angekommen ist. Es ist Susanne.

»Antonia, ist alles in Ordnung bei euch?«

»Alles bestens. Theresa und ich verstehen uns wunderbar.«

»Das Theaterstück war super. Meinst du, wir können noch was trinken gehen? Aber sag ruhig, wenn es nicht geht.«

»Nein, überhaupt kein Problem. Geht ruhig und lasst euch Zeit.«

Da ich die beiden irgendwie für meine Zwecke missbraucht habe, will ich zumindest, dass sie einen schönen Abend haben. Theresa heult weiterhin fast ohne Unterbrechung, und ich heule einfach mit. Mittlerweile habe ich meine Joggingschuhe angezogen und bestimmt schon zehn Kilometer in der Wohnung zurückgelegt, um sie und mich zu beruhigen. Das Kind in meinem Arm fühlt sich irgendwie gut an. Ich schnüffele an Theresas Köpfchen, und es stimmt tatsächlich, dass kleine Kinder verdammt gut riechen. Theresa hört kurz auf zu schreien und schaut mich mit großen runden Augen an: »Wer bist du? Und warum weinst du?«, scheinen sie zu fragen.

»Ich bin die Antonia«, sage ich laut, »und ich weine, weil mein Freund mich hier wegen seiner Ex mit einem Säugling sitzen gelassen hat und noch nicht mal Alimente zahlt.« Theresa legt den Kopf auf die Seite, guckt mich direkt an und lächelt. Man hat fast das Gefühl, dass sie versucht, mich zu trösten. Mein Gott, ist das süß. Also, wenn Kinder immer so gucken würden, müsste ich nicht lange überlegen. Als hätte sie meinen Gedanken gehört und als wollte sie verhindern, dass ich auch nur auf die Idee komme, mir ein eigenes Baby zuzulegen, fängt sie wieder an zu schreien. Zu allem Überfluss klingelt es auch noch an der Haustür. Es ist mein Nachbar, aber Gott sei Dank nicht Herr Spiller aus der Vierten, sondern der glatzköpfige Pitbull-Freund aus der Wohnung gegenüber. Der Typ hat gar keinen Pitbull, sieht aber so aus, als ob er einen haben könnte. Die meisten Pitbullbesitzer sehen ja nun mal leider selbst aus wie Kampfhunde: klein, gedrungen, o-beinig und muskelbepackt, mit einem Ausdruck im Gesicht, der sagt: Eine falsche Bewegung, und du bist tot. Genau so sieht mein Nachbar aus. Allerdings muss ich zugeben, dass sein Aussehen anscheinend nicht viel mit seinem Wesen zu tun hat. Peter Olschinsky, so heißt Mr Terrier im richtigen Leben, ist nämlich eigentlich ein ganz netter Kerl. Er grüßt immer freundlich und hat mir sogar schon mal eine schwere Einkaufstasche hochgetragen. »Alles in Ordnung mit Ihnen und dem Kind?«, fragt er neugierig und versucht, an mir vorbei in die Wohnung zu gucken. Ich frage mich, was den das angeht, komme sehr schnell zu dem Schluss, dass den das überhaupt nichts angeht und bin trotzdem spontan bereit, Herrn Olschinskys Neugierde zu befriedigen:

»Alles bestens, das Kind, das ich vorhin entführt habe, ist

leider ein bisschen zickig, aber mit den entsprechenden erzieherischen Maßnahmen und der Valium-Tablette kriege ich das schon in den Griff. Machen Sie sich da mal keine Sorgen.« Theresa brüllt aus ihrem Reisebettchen. »Sorry, aber ich muss dann mal wieder …« Ich mache die Tür vor seiner Nase zu.

Um halb elf ist Theresa endlich eingeschlafen. Ich traue mich nicht, den Fernseher oder Musik anzumachen, vor lauter Angst, die Kleine nochmal aufzuwecken. Ich sitze also alleine, im Stillen und Halbdunkel, in der Luft noch der Duft voller Windeln, die ich unter einem großen Brechreiz gewechselt habe, während Lukas sich mit seiner bescheuerten Sabine amüsiert.

Um elf kommen Thorsten und Susanne extrem gut gelaunt aus ihrem kleinen Abend. Ich übergebe ihnen eine tief und fest schlafende Theresa, und fast tut es mir doch ein kleines bisschen leid, das Kind wieder abzugeben, jetzt, wo es so süß schläft.

»Und, war meine kleine Zuckermaus auch brav?«, fragt Susanne beschwingt. Man merkt, dass sie mehr als ein alkoholisches Getränk hatte.

»Ja, wirklich, gaaanz ganz süß, die Kleine. Selten so ein braves Kind gesehen.«

»Ach, Gott sei Dank, ich hatte schon Angst, sie schreit dir die Bude zusammen. Vielen Dank für die Karten und das Babysitten. Wir hatten echt seit langem mal wieder einen Abend für uns«, die beiden schauen sich ganz verliebt an, »weißt du, meiner Mutter ist das zu stressig, wenn die Kleine wegen der Zähne so viel schreit. Wenn du magst, bringe ich dir Theresa gerne mal wieder vorbei.«

»Sehr gerne, aber in nächster Zeit hab ich leider echt viel zu tun.«

Ich schließe die Tür hinter den beiden und schleiche ohne Fernsehfilm und Rotwein ins Bett. Lukas kommt ungefähr eine halbe Stunde später nach Hause. Er plumpst mit einem Seufzer ins Bett. »Hallo«, begrüße ich ihn. In dieses »Hallo« hat sich ein leicht beleidigter Unterton eingeschlichen, den ich eigentlich nicht bestellt hatte und den Lukas einfach ignoriert.

»Und wie war es noch mit Theresa? Hattet ihr einen schönen Abend?«, fragt er mich.

»Theresa hat zwar ziemlich viel geschrien, aber sie ist ja wirklich sehr süß. Findest du nicht auch?«

»Mmh. Das sah vor allem sehr lustig aus, du mit Theresa auf dem Arm.«

»Lustig?« Ich versuche, meine Stimme im Zaum zu halten.

»Ich finde halt, dass du absolut nicht wie eine Mama aussiehst. Ein Kind passt irgendwie nicht zu dir.«

»Ach ja, findest du. Was findest du denn, würde zu mir passen? Ein lustiger Hut vielleicht oder ein kurzbeiniger Rauhaardackel?«

Damit hat sich die Frage ja wohl geklärt, ob Lukas ein Kind mit mir haben möchte. Ich muss aber noch einen Schritt weitergehen:

»Ich fand ja, dass Theresa zu dir ganz gut gepasst hat.«

»Tja, schöne Frauen stehen mir eben gut. Die ganz jungen Dinger allerdings nur, wenn ich sie nur kurz ertragen muss. Meine Nerven spielen da nicht mit. Aber vielleicht ändert sich das ja in ein paar Jahren.«

Na toll. In ein paar Jahren bin ich vierzig, und meine Eier fallen wahrscheinlich komplett durch das soziale Netz. Ich bin zwar selber momentan auch nicht so scharf auf ein Kind, aber doch sehr enttäuscht, dass Lukas sich das mit mir so überhaupt nicht vorstellen kann. In diesem traurigen Moment frage ich mich, ob Öko-Sabs ein Kind vielleicht besser steht als mir:

»Und bei dir? Konntest du der armen Sabine aus der Patsche helfen?«, frage ich scheinheilig.

»Klar. War nur ein Fehler in den Einstellungen. Wir sind die Präsentation nochmal gemeinsam durchgegangen. War ganz interessant, ging über den Walfang vor der japanischen Küste. Das ist ja echt unglaublich, was sich die Japaner da rausnehmen. Die umgehen auf frechste Art und Weise die Gesetze und nehmen das Risiko in Kauf, dass bedrohte Walarten aussterben. Eine Riesensauerei ist das.«

Das wird ja immer besser. Dass irgendwelche bescheuerten Wale aussterben, darüber regt er sich auf, dass ich höchstwahrscheinlich auch keine Nachkommen haben werde, lässt ihn dagegen völlig kalt.

»Du, Lukas, wie alt ist Sabine eigentlich?«

»Sie müsste jetzt 29 sein. Wieso?«

»Ach, nur so.«

»Gut. Dann lass uns jetzt mal schlafen. Ist schon spät. Gute Nacht, Tönchen.«

»Gute Nacht, Lukas.«

Von der schlechteren Hälfte des Bettes kommt ein gurgelndes Geräusch, das sich allmählich in ein ausgewachsenes Schnarchen verwandelt. Lukas ist eingeschlafen. Ich fühle mich furchtbar alt, spüre plötzlich einzelne graue Haare aus meinem Kopf wachsen, Schlupflider, die sich über meine Augen schieben und Brüste, die nach unten ziehen, als ob 50-Kilo-Gewichte daran hängen. Außerdem leide ich bereits unter seniler Bettflucht und kann nicht schlafen. Von Altersgeilheit allerdings leider keine Spur.

SECHS
Schlauchkleid in XL

Lukas sitzt neben mir. Er trägt einen dunklen Anzug, der ihm verflucht gut steht. Ich habe den dunklen Rock an, der gerade an die Knie reicht, dazu ein enges, schwarzes Oberteil, das ich mir mal für Silvester gekauft habe, darüber eine zum Rock passende Jacke, Seidenstrümpfe und Schuhe mit Absatz, in denen mir schon im Sitzen die Füße wehtun. Lukas und ich sitzen in der St. Franziskus-Kirche irgendwo in einem idyllischen Kaff im Bergischen Land, in dem man weder tot noch lebendig über einem Zaun hängen möchte, und warten darauf, dass sich Franziska und Peter das Ja-Wort geben.

Lukas war nicht sonderlich begeistert über die Einladung, aber da es sich um einen guten Kollegen von ihm handelt, war es unmöglich, abzusagen. Ich kenne Peter und Franziska von exakt zwei Abenden, an denen wir gemeinsam mit ein paar anderen Bekannten unterwegs waren. Leider war die Zeit, einander besser kennenzulernen, recht begrenzt, weil Peter und Franziska an beiden Abenden die Ersten waren, die nach Hause gegangen sind, mit der Begründung, dass es jetzt ja doch schon ganz schön spät geworden wäre. Es war exakt 22:30 Uhr. An beiden Abenden. Schließlich musste man ja wieder früh raus am nächsten Tag. Lukas meinte, dass Peter auch beruflich eher der konservativen Fraktion angehört, sich nie was zuschulden kommen lässt, schon seit geraumer Zeit auf ein Eigenheim spart und niemals mehr als ein Glas Wein am Abend trinkt. Franziska trinkt gar kein Glas Wein, sondern nur Wasser oder einen leicht gesüßten Schachtelhalmtee.

Hochzeiten sind meiner Meinung nach meistens stinklangweilig, oberspießig und es passiert sowieso immer dasselbe: Mittags alle Mann in die Kirche, man sitzt auf unbequemen Holzbänken, weiß nie, wann man aufstehen muss und wann man sich wieder setzen soll und muss ständig aufpassen, während der Predigt nicht vor Langeweile mit dem Kopf auf die Bibelhalterung zu knallen. Erschwerend kommt hinzu, dass ich nur ein einziges kirchliches Lied so halbwegs mitsingen kann, und das ist das gerne genommene »Danke«, bei dem man sich für alle möglichen Dinge bedankt, die man eigentlich gar nicht haben will: z. B. für seine Arbeitsstelle, für Traurigkeiten und auch für gute Worte. Danke! Dann folgt der Sektempfang, alle gratulieren und versuchen irgendwie eine Unterhaltung in Gang zu kriegen: »Ach, Sie sind die Mutter des Bräutigams … Ach, Sie sind die Cousine des Trauzeugen … Sind Sie nicht der Halbbruder des Schwiegervaters der Schwester der Braut, der beim Einparken vorhin die Mülltonne mitgenommen hat?«

Das Brautpaar ist bald verschwunden, um Hochzeitsfotos anfertigen zu lassen: Brautpaar auf Wiese küssend, Brautpaar auf grünem Gras küssend, Brautpaar auf Rasen küssend, Brautpaar unter romantischem Torbogen küssend, Brautpaar unter Steinbogen küssend, Brautpaar vor mittelalterlicher Tür küssend. Ich finde, man sollte in jedem Fall darauf achten, sich so fotografieren zu lassen, dass man im Falle einer Trennung den Partner gut abreißen kann. Während der Fotosession fangen die Gäste dann schon mal an, sich gepflegt zu betrinken, bis es endlich zum Essen geht. Das ist das Beste. Da sich nun mal keiner lumpen lassen will, gibt es meist gutes bis sehr gutes Essen und reichlich teuren Wein. Die diversen Reden erträgt man nach drei Prosecco auch wesentlich besser. Aber selbst die Wirkung des Alkohols hat Grenzen. Was selbst mit 3,8 Promille und plötzlichem Wachkoma definitiv nicht zu ertragen ist, sind die nervigen Hochzeitsspielchen. Schick gekleidete Menschen laufen zu alberner Musik um zwei Stuhlreihen und versuchen verzweifelt ein Sitzmöbel zu ergattern, wenn die Musik aussetzt. Dabei kommt es dann zu Extremsituationen, weil es einen Stuhl zu wenig gibt. So landet zum Beispiel die verwitwete Tante Edelgard aus Heilbronn aus Versehen auf dem Schoß von dem ledigen Onkel Karl aus Dipfenbach, was alle natürlich total lustig finden. Oder ein paar arme Gäste müssen versuchen, schnellstmöglich Socken, Schmuck oder Unterwäsche von ihrem Publikum zu ergattern. Das Faszinierende ist, dass es bei diesem Spiel immer einen gibt, der total übermotiviert ist und der mit den besagten drei Gläsern Prosecco im Kopf und der Unterhose in der Hand schmerzhaft über das Parkett rutscht. Ich habe mir mittlerweile ausgefeilte Techniken zugelegt, nicht an diesen Spielchen teilnehmen zu müssen: Durchfall, der mich an die Toilette fesselt, ein noch nicht ganz verheilter Bänderriss oder totale Trunkenheit.

Lukas kennt meine Einstellung zu traditionellen Hochzeiten und umso mehr wunderte es ihn, dass ich sofort zusagte und nicht wie üblich spontan Fieber bekam oder ausgerechnet an diesem Tag meine fünfzehnte Oma beerdigen muss. Aber für mich ist die Hochzeit zu diesem Zeitpunkt ein Segen. Wo kann man schließlich besser herausfinden, wie ein Mann zu einer eventuellen Heirat steht, als auf einer Hochzeit?

Ich schaue mich in der Kirche um. Überall stehen kitschige weiße Blumenbouquets und jeder freie Zentimeter ist mit weißen Schleifen verziert. Die Hochzeitsgesellschaft hat sich schwer in Schale geworfen. Die Farbenpracht der verschiedenen Kleider, in die sich vor allem die etwas fülligeren Damen gezwängt haben, ist atemberaubend, und ein Papagei würde vor Neid von seiner Käfigstange kippen. In der ersten Reihe ist es am schlimmsten, also da, wo die engste Verwandtschaft sitzt. Ein knallenger, himmelblauer Traum in XL teilt sich die Kirchenbank mit dem rosafarbenen Schlauchkleid in Größe 56. Das gelbe Rüschenarmageddon hat dagegen in Reihe zwei Platz genommen, wahrscheinlich, um in die direkte Konkurrenz mit dem einschnürenden Ensemble in Spinatgrün zu treten. In der Kirche wimmelt es außerdem von lärmenden Kleinkindern, was mich grundsätzlich nervt, mir dieses Mal aber noch zusätzlich einen Stich versetzt. Wieso scheint es für alle anderen so selbstverständlich zu sein, Kinder zu bekommen, so als müsste man noch nicht mal fünf Sekunden darüber nachdenken? Wieso finden es alle anderen ganz normal, zu heiraten? Nur wir nicht. Wir haben bisher nie ernsthaft über das Heiraten gesprochen.

Anscheinend sitzt irgendwo, ganz tief in mir drin, doch eine kleine, spießige Antonia, die sich einen Mann wünscht, der es sich zumindest vorstellen kann, ein Leben lang mit ihr zusammenzubleiben und der das auch offiziell verlauten lässt. Und jetzt meldet sich dieses kleine, spießige Frauenzimmer plötzlich zu Wort und flüstert mir mit piepsiger Stimme grauenhafte Szenarien ins Ohr: »*Ach Antonia, es wird Zeit, dass du so langsam mal die Kurve kriegst – mit 34. Irgendwann haben alle anderen eine Familie, nur du nicht. Lukas wird sich von dir trennen, um mit einer anderen Kinder zu bekommen. Du bist dann schon über vierzig und kein Schwein will noch irgendwas von dir, weil die Cellulitis bereits von den Oberschenkeln auf die schlabbrigen Oberarme übergesprungen ist und die Mundwinkel zum Mittelpunkt der Erde zeigen.*« Ich rege mich sofort fürchterlich über diese unmögliche Person auf. Hat diese kleine, spießige Antonia eigentlich schon mal was von Emanzipation gehört? Hat dieses kleine Monster noch nicht kapiert, dass es nicht darum geht, blond gefärbt und mit botoxstarrem Gesicht irgendwelche Typen daran zu hindern, sich eine Jüngere zu suchen? Ich gebe ihr einen Tritt und schicke sie zu Alice Schwarzer in die *Emma*-Redaktion zum Nachsitzen.

Lukas tippt mich an und deutet mit dem Kopf in Richtung Altar: »Antonia, da vorne spielt die Musik. Die Braut muss jeden Moment kommen.«

Dass ich mir überhaupt über so was mal Gedanken machen würde, hätte ich mir in meinen übelsten Albträumen nicht vorgestellt. Ich schaue Lukas von der Seite an und frage mich, ob dieser Mann mir die Frage aller Fragen irgendwann mal stellen wird. Ich meine, ich könnte ja immer noch nein sagen. Lukas merkt, dass ich ihn anstarre. Ich bin mir durchaus darüber im Klaren, dass es grundsätzlich gefährlich ist, als Frau über dreißig einen Mann in der Kirche während einer Trauung intensiv anzugucken. Männer kriegen sofort Angst, dass man mit diesem Blick fragen möchte: »Und, wann fragst du mich endlich? Wann heiraten wir? Liebst du mich?«, was sie immens unter Druck setzt und sogar dazu führen kann, dass sie die Beziehung beenden. Ich wage mich also auf dünnes Eis mit meiner Glotzerei. Aber es muss sein, schließlich habe ich nur noch wenige Tage, und irgendwie fühle ich mich heute leicht genug für so ein Manöver.

»Du, von der Seite bist du mir aber wesentlich lieber als Peter von hinten«, flirte ich ihn an. Bräutigam Peter steht mit dem Rücken zu uns wartend vorm Altar.

»Das kann ich allerdings verstehen. Schließlich bin ich ein unglaublich gut aussehender und dynamischer Typ, auf den die ganze Frauenwelt abfährt.« Er streicht sich dabei arrogant durch die Haare. Wir müssen beide lachen und in diesem Moment setzt auch schon der Hochzeitsmarsch ein.

Die Köpfe der gesamten Hochzeitsgesellschaft drehen sich in Richtung Kirchentür. Franziska wird traditionell am Arm ihres Vaters in die Kirche gebracht. Das Hochzeitskleid passt hervorragend zu der überladenen Kirchendeko. Ein Albtraum in Weiß, mit gerüschten Puffärmeln, einem unglaublich weit schwingenden Rock aus Tüll, verziert mit zahlreichen Blümchen und Knospen aus weißer Spitze und einem Schleier, unter dem man Franziskas Gesicht nur erahnen kann.

Die Predigt dauert natürlich ewig. Es handelt sich um eine der katholischen Hochzeiten, bei denen die Ansprachen immer besonders tragend und deprimierend sind. Ich frage mich, warum um alles in der Welt man sich für eine Predigt entscheiden kann, die über eine Stunde dauert und davon handelt, dass wir alle nicht würdig sind, überhaupt zu existieren? Das ist meines Erachtens eine Zumutung, vor allem, wenn es in der Kirche auch noch arschkalt ist und die Bänke ungepolstert sind. Endlich ist es dann soweit. Pfarrer Hoffmann fragt zuerst Peter, ob er die hier anwesende Franziska Graf in guten und schlechten Zeiten … und so weiter und so fort. Und dann passiert für mich etwas sehr, sehr Seltsames. Als ich das Brautpaar so da vorne stehen sehe, wie sie sich tief und ehrlich verliebt in die Augen blicken, merke ich, dass ich das total romantisch finde und mir plötzlich die Tränen in die Augen schießen. Derartige Gefühlsausbrüche sind mir komplett fremd. Ich musste noch nie wegen einer Eheschließung heulen. Ich musste bisher noch nicht mal daran denken.

Und jetzt stehe ich hier bei der Hochzeit von zwei Menschen, die mir noch nicht mal sehr am Herzen liegen und bin kurz davor, loszuheulen, weil ich es so unglaublich toll finde, dass sich zwei Menschen hier und jetzt die ewige Treue schwören. Allein für diesen schwulstigen Gedanken könnte ich mich schon erschießen, und so langsam glaube ich, dass nicht Lukas unter Hormonschwankungen leidet, sondern ich. Im Alter wird man anscheinend sentimental. Wenn das so weitergeht, bin ich in zehn Jahren arbeitsunfähig, weil ich in Tränen ausbreche, wenn jemand »Guten Morgen!« sagt. Ich versuche, an was zu denken, was nichts mit Liebe zu tun hat. Ich denke an das Unemotionalste, was es gibt, nämlich an meinen Arbeitgeber Köllephonia. Genauer gesagt, denke ich an einen Kunden, Herrn Wolter, der mich gestern angerufen hat, um sich bei mir und über mich zu beschweren. Ich konnte in gewisser Weise nachvollziehen, dass er sauer ist. Schließlich hatte ich tatsächlich verschwitzt, den Antrag für seinen Telefonanschluss ins System einzugeben. Bei einem Privatkunden wäre das auch nicht so schlimm gewesen, die sind es ja noch aus Telekomzeiten gewohnt, ein halbes Leben auf ihren Telefonanschluss zu warten, aber leider ist Herr Wolter Geschäftskunde und in gewisser Weise auf das Telefon angewiesen. Zumal er gerade ein Call-Center eröffnet hat beziehungsweise eben eröffnen wollte. Kein Grund, mich als »unfähiges Sumpfhuhn« zu beschimpfen, und ich finde, es war mein gutes Recht, die »ungehobelte Arschkrampe« dagegen zu halten. Ich fürchte nur, dass mein Chef da anderer Meinung ist. Trotzdem muss ich Herrn Wolter dankbar sein: Ich habe meinen Tränenkanal wieder im Griff und bin schon ein bisschen stolz, dass nicht eine einzige Träne den Weg nach draußen geschafft hat. Danke für meine Arbeitsstelle!

Nach einem wirklich hervorragenden Essen, einigen Gläsern Rosé, Rot-, Weiß- und Portwein und nachdem wir die zahlreichen grausamen Spiele unbeschadet hinter uns gebracht haben, stehen Lukas und ich und ein paar von unseren Tischgenossen, die wir an diesem Abend kennengelernt haben, an der Bar.

»Noch 'n Drink, Tönchen? Komm, ich hol dir was.« Nicht, dass ich noch nichts getrunken hätte an diesem Abend. Lukas ist auch nicht mehr wirklich nüchtern und allerbester Laune. So hab ich ihn schon lange nicht mehr gesehen. Dann nimmt er mich auch noch sehr zärtlich in den Arm und guckt mir in die Augen. Ich bin freudig erregt und schmiege mich enger an ihn.

»Ach Tönchen …«, seufzt er.

»Was denn?«, frage ich.

»Wenn wir uns nicht schon kennen würden, würde ich dich garantiert heute Abend ansprechen.« Was für ein süßes Kompliment. Ich sage nichts darauf, sondern lasse ihn weiterreden. In solchen Momenten sollte man sich zurücknehmen.

»Weißt du … –« Er macht es mal wieder spannend und baut unerträgliche Pausen in die Sätze.

»Was denn?«

»Weißt du, Tönchen, irgendwie könnte ich mir so ein Leben auch ganz gut vorstellen«, haucht er mir ins Ohr.

O Gott, was meint er bloß? Vielleicht doch heiraten? Mein Herz macht einen kleinen unkontrollierten Hüpfer, der mich irgendwie peinlich berührt. Ich will mich nicht in die Riege von Frauen einreihen, die ihr halbes Leben nur darauf warten, dass sie irgendwann mal gefragt werden, ob sie geheiratet werden wollen, nur um sich sieben Jahre später wieder scheiden zu lassen. Das ist doch total bescheuert.

»Was denn für ein Leben? Was denn für ein Leben?«, frage ich ungeduldig.

»Weißt du, so ein bisschen wie Peter und Franziska.«

Mein Herz macht noch einen größeren unkontrollierten Hüpfer, es geht anscheinend tatsächlich in die richtige Richtung.

»Was meinst du genau?«, hake ich nach.

»Na, so wie die beiden zusammenleben. Er arbeitet, verdient gutes Geld und sie kümmert sich eben um alles andere.

Der Peter ist so erfolgreich bei uns in der Firma, weil Franziska ihm den Rücken frei hält, der muss sich um nichts anderes kümmern als um seinen Job.«

Ich habe sofort ein grauenhaftes Bild vor Augen, nämlich, wie Franziska rotgesichtig und völlig überfordert hinter Peters Rücken mit Hilfe von Bratpfannen und Kochtöpfen eventuelle Störenfriede zur Strecke bringt, während er wichtige Verhandlungen führt. Das kann nicht Lukas' Ernst sein.

»Lukas, du willst mir doch jetzt nicht im Ernst sagen, dass du dir eine Frau wünschst, die dir den Rücken frei hält. Die zu Hause die Wäsche bügelt, während du Karriere machst …?!«

»Ooch …«

»Und wieso bist du dann bitte schön mit mir zusammen? Du weißt doch genau, dass ich niemals zu einem Hausfrauchen mutieren werde.« Ich bin mittlerweile richtig sauer. Was passiert hier gerade. Habe ich mich so in Lukas getäuscht?

»Na ja, ich dachte, du findest doch irgendwann mal Gefallen an der klassischen Frauenrolle.«

Zu spät merke ich, dass Lukas mich total verarscht. Er fängt in diesem Moment auch schon an zu lachen.

»Haaaaaaaa, ein herrlicher Gedanke, wie du jeden Tag schön am Herd stehst, um mir mein Abendessen zu kochen. Das hat was.« Er lacht sich halb kaputt, während ich überhaupt nicht mitlachen kann. »Und vorher haben wir natürlich schön kitschig in Weiß geheiratet und unsere Freunde spielen auf der Hochzeit *Wer wird Millionär* mit uns. Du lässt mich natürlich gewinnen, damit ich als Mann mein Gesicht nicht verliere.« Er bepisst sich vor Lachen, bis er endlich bemerkt, dass ich das überhaupt nicht komisch finde.

»Hey Tönchen, was ist denn los? Das ist doch echt ein lustiger Gedanke, oder?«

»Wolltest du mir nicht noch was zu trinken bestellen?« Er merkt, dass ich mich jetzt nicht darüber unterhalten möchte und dreht sich leicht irritiert zur Bar um, um mir noch einen Weißwein zu bestellen.

Ich sitze zwischenzeitlich auf der Toilette, extrem frustriert und ziemlich betrunken. Für Lukas scheint der Gedanke, mich zu heiraten, zu unkontrollierbaren Heiterkeitsausbrüchen zu führen. Wo soll unsere Beziehung nur hinführen? Keine Kinder, keine Hochzeit. Keine Zukunft? Meine Füße brennen wie die Hölle und ich ziehe meine Schuhe aus. Ich frage mich, wofür ich mir das überhaupt antue mit solchen schicken und unbequemen Schuhen. Es will mich ja trotzdem keiner heiraten. Ich schiebe die Unterlippe vor und tue mir ganz schrecklich leid.

Plötzlich höre ich, wie die Tür zu den Toilettenräumen aufgeht.

»Boah, ist das öde. Das ist ja echt nicht auszuhalten!«, erklingt eine genervte Stimme.

»Spießiger geht's ja wohl echt nicht.« Die andere Stimme ist auch genervt.

Die Toilettentür der Kabine rechts von mir wird geöffnet, wieder geschlossen und verriegelt. Es befinden sich eindeutig mehr als eine Person auf dem Klo neben mir.

»Na ja, was anderes war ja von Peter nicht zu erwarten. Los, mach das Ding an«, sagt Stimme eins.

Ich höre ein angehendes Feuerzeug.

»Zieh doch!«, sagt die Stimme Nummer zwei.

»Mmmmmm, mach ich doch. Das Ding ist so festgedreht.«

Süßlicher Rauch steigt aus der Kabine neben mir auf. Riecht gut.

»Puuuuuh, ganz schön stark das Zeug.«

»Hab ich von Harry. Keine Ahnung, wo der dieses Kraut immer her hat.«

Ich frage mich, wer von dieser konservativen Hochzeitsgesellschaft neben mir auf dem Klo sitzt und kifft.

»Darf ich auch mal ziehen?«, traue ich mich tatsächlich in meinem alkoholisierten und frustrierten Zustand zu fragen.

»Ohhhhh …«, kommt es erschreckt von nebenan.

»Keine Sorge, ich arbeite bei der Sitte, nicht bei der Drogenfahndung«, beruhige ich die beiden. Es kichert von drüben und plötzlich kommt eine Hand unter der Klowand durch, mit einem brennenden Joint zwischen den Fingern.

»Aber Vorsicht, ist ganz schön hartes Zeug«, sagt die Hand.

»Kein Problem für mich«, erwidere ich großkotzig.

Ich weiß überhaupt nicht, was in mich gefahren ist. Ich habe schon seit ein paar Jahren keinen Joint mehr angerührt. Überhaupt, die Male, die ich gekifft habe, kann ich an einer Hand abzählen, und die Wirkung war auch eher dürftig. Ich habe auch nie jemanden gefragt, den ich nicht kenne beziehungsweise der neben mir auf dem Damenklo sitzt und den ich noch nie gesehen habe, ob ich an seinem Joint ziehen kann. Aber es heißt ja so schön, man bereut nur die Dinge im Leben, die man nicht geraucht hat, oder so ähnlich. Also ziehe ich kräftig, und es muss natürlich kommen, wie es kommen muss: Ich fange an zu husten.

»Tatsächlich, ganz schön hartes Zeug«, artikuliere ich zwischen zwei Hustenanfällen. Trotzdem ziehe ich nochmal und halte den Rauch so lange wie möglich in meiner Lunge, die sich anfühlt, als würde sie gleich auseinanderbersten.

»Danke«, zische ich und reiche den Joint wieder unter der Tür durch, bevor mich ein weiterer Hustenanfall schüttelt.

»Da nich' für«, kommt es kichernd zurück, und die Tür wird geöffnet. Die beiden Mädels verlassen mit einem »Viel Spaß noch« lachend die Toilette. Ich huste nochmal ausgiebig und ziehe dann Bilanz: Mir ist leicht schwindelig, aber alles in allem fühle ich mich stark genug, um ebenfalls die Toilette zu verlassen. So langsam wird es auch Zeit. Ich gehe kurz ans Waschbecken, überprüfe meine Frisur, atme einmal tief durch und marschiere zurück in den Saal. Ich fühle mich besser und finde das mit dem Heiraten und dem Kinderkriegen gar nicht mehr so wichtig.

Als ich zurück an die Bar komme, erzählt Lukas gerade eine Anekdote aus seiner Studentenzeit. Unsere Tischgenossen scheinen sich gut dabei zu amüsieren.

»… und dann ist Rumpel, einer unserer Kommilitonen, in seinem Hochzeitsanzug ins Wasser gesprungen. Ihr hättet den Gesichtsausdruck seiner Braut sehen sollen. Die war stinksauer. Schließlich musste er dann in seinem nassen Anzug vor den Traualtar. Ein Bild für die Götter! Ach Tönchen, da bist du ja.«

Alle lachen und ich ganz besonders laut, obwohl ich die Story schon mindestens siebenmal gehört habe. Überhaupt finde ich alles sehr lustig, was die Leute so erzählen. Hätte nie gedacht, dass ausgerechnet auf dieser Hochzeit so dermaßen witzige Leute rumlaufen. Ein paar wirklich lustige Geschichten später spielt der DJ eines meiner Lieblingslieder: »I'm outta love« von Anastacia und ich muss grinsen, weil der das auf einer Hochzeit auflegt. Ich habe einen unheimlichen Bewegungsdrang und groove in Richtung Tanzfläche. Die Musik streichelt mich, umfasst mich und zieht mich in ihren Bann. Mit ausgebreiteten Armen drehe ich mich und vergesse total, wo ich bin und warum ich da bin. Ich will meine Freude unbedingt teilen. Ich tanze und drehe mich an den Rand der Tanzfläche und greife die erstbesten männlichen Hände und ziehe sie mitsamt dem Körper, der daran hängt, auf die Tanzfläche. Franziskas Opa ist zwar jetzt nicht sehr begeistert über seinen spontanen Auftritt, gibt aber seinen Möglichkeiten entsprechend sein Bestes und wippt ein wenig mit den Hüften. Ich find ihn wahnsinnig süß und drehe ihn im Kreis, bis Franziska auf die Tanzfläche kommt und mir ihren Opa brutal entreißt. Plötzlich ist Lukas neben mir und hält mich fest.

»Antonia!«, schreit er mir ins Gesicht.

»Was ist denn?«, lache ich. Ich könnte die ganze Welt umarmen und umarme stattdessen Lukas.

»Mensch Antonia, hör auf. Was ist denn los mit dir?«

»Was soll schon los sein? Ich tanze und finde es einfach unglaublich lustig hier!«

»Ich ehrlich gesagt nicht! Wieso hast du keine Schuhe an?«

»Keine Schuhe?«, frage ich blöd und schaue an mir runter, und tatsächlich – ich habe keine Schuhe an. Außerdem ist durch das schuhlose Tanzen meine Strumpfhose auf beiden Seiten total kaputtgegangen und meine Beine zieren riesige Laufmaschen, die bis unter den Rock gehen. Ich finde das urkomisch und breche in lautes Gelächter aus. Habe mich selten so amüsiert.

»Hast du irgendwas genommen?«, fragt mich Lukas und schaut mir tief in die Augen.

»Neeee, nich genommen, nur geraucht.«

»Geraucht? Was hast du geraucht?« Lukas kommt mir vor wie der Aufseher der obersten Schulbehörde und geht mir so langsam auf die Nerven.

»Einen Joint natürlich, was denn sonst?«

»Mensch Antonia, wieso machste denn so'n Scheiß?«

»Weil du mich nicht heiraten willst«, antworte ich trotzig.

»Weil ich dich nicht heiraten will?«

»Genau!«

Am Rande der Tanzfläche stehen die zwei 17-jährigen blonden Cousinen von Bräutigam Peter und biegen sich vor Lachen. Jetzt weiß ich auch, von wem ich den Joint habe.

»Antonia, du redest wirr. Du hast doch immer gesagt, dass du niemals heiraten willst. Das muss ja ein übles Zeug gewesen sein, das du da geraucht hast. Komm, wir suchen jetzt deine Schuhe.«

»Besorg mir lieber zehn Snickers! Ich könnte den Mount Everest aus Schokolade vertilgen.«

Anstatt mir auch nur ein einziges Snickers zu besorgen packt er mich am Ellenbogen und zieht mich in Richtung Klo. In der Damentoilette stehen meine Schuhe tatsächlich noch ganz brav in der linken Kabine. Ich nehme sie und zwänge meine geschundenen Füße in die viel zu schmalen Schuhe, überlege es mir anders, ziehe die Schuhe wieder aus und gehe auf meinen Laufmaschen raus.

Der nächste Tag verläuft wie in Watte gepackt. Ich habe höllische Kopfschmerzen und versuche den Abend so einigermaßen zu rekonstruieren. Als ich meine Strumpfhose in die Finger bekomme, tauchen äußerst lebendige Bilder vor meinem geistigen Auge auf, die ich sehr gerne von meiner und vor allem von Lukas' Festplatte löschen würde. Lukas fragt mich süffisant, wie es mir denn geht, macht ein paar Witze über Menschen, die nach einem Joint tanzen wie ein durchgeknallter amerikanischer Laienprediger, dem gerade die nackte Jungfrau Maria erschienen ist, verliert aber ansonsten kein Wort über den Abend, wofür ich ihm sehr dankbar bin. Ich bin so fertig, körperlich und auch seelisch, dass ich mich noch nicht mal mehr darüber aufregen kann, dass Lukas abends zu seiner Greenpeace-Veranstaltung geht.

SIEBEN
Stephan Derrick

»Was ist denn los?«, frage ich in mein Handy. Eine völlig aufgelöste Katta ist am anderen Ende der Leitung. Ich sitze im Café Krümel und warte eigentlich auf Lukas, mit dem ich nach der Arbeit mal wieder einen Kaffee trinken wollte.

»Du musst mich abholen«, schnieft Katta.

»Wo bist du?«

»Komm, so schnell du kannst!«

»Katta, jetzt beruhig dich doch. Sag mir, wo du bist, sonst kann ich dich nicht abholen. Außerdem würde ich gerne wissen, was passiert ist.«

»Die halten mich hier fest.«

Ich sehe vor mir ein paar vermummte Taliban-Krieger, die der knienden Katta eine Kalaschnikow an die Schläfe drücken.

»Sind sie maskiert?« Ich mache mir ernsthaft Sorgen.

»Maskiert? Der Sicherheitsdienst? Spinnst du?«

»Wo verdammt nochmal bist du?«

»Ich bin im Saturn.«

»Im Saturn?«

»Jaaaaaaaaaaa!«

»Und wer hält dich fest?«

»Hab ich doch gesagt, der Sicherheitsdienst.«

»Der Sicherheitsdienst? Hast du etwa was mitgehen lassen?«, frage ich entsetzt.

»Nein«, schluchzt sie. Ich merke, dass es keinen Sinn hat, irgendetwas aus Katta rausbekommen zu wollen.

»Also gut, ich komme jetzt vorbei, und du erzählst mir in Ruhe, was passiert ist.«

»Jaaaaaaaaaaa.«

»Ich bin gleich bei dir!«

Ich ziehe meine Jacke vom Stuhl, schmeiße drei Euro für den Milchkaffee auf den Tisch und gehe zum Ausgang des Cafés. Noch im Gehen wähle ich Lukas' Nummer.

»Tönchen, ich bin schon auf dem Weg. Mein Chef wollte noch was von mir, deshalb hat's ein paar Minuten länger gedauert.«

»Lukas, irgendwas ist mit Katta. Ich muss sie im Saturn abholen.«

»Wieso, was ist passiert?«

»Keine Ahnung.«

»Heißt das, wir gehen jetzt doch nicht Kaffee trinken?« Sherlock Holmes hätte das nicht besser kombinieren können.

»Ja, das heißt es leider. Sorry, aber ich kann Katta jetzt nicht im Stich lassen.«

»Okay. Kein Problem. Sag einfach Bescheid, sobald du was weißt.«

Als ich nach zwanzig Minuten im Saturn ankomme, muss ich mich erst mal zum Sicherheitsdienst durchfragen. Der sitzt in der obersten Etage, und man muss durch ein paar Türen und triste Gänge, die den Kunden normalerweise verwehrt sind.

»So, hier ist das Büro vom Sicherheitsdienst«, sagt die Dame aus der Abteilung »Haushaltstechnologie«, die so nett war, mich hierhin zu begleiten und zeigt auf eine graue Tür. Neben der Tür hängt ein Schild, auf dem steht: Security. Kurt Goldstein. Leitung. Ich bin nervös, weil ich nicht weiß, was mich hinter dieser Tür erwartet. Katta mit Handschellen nackt an die Heizung gekettet? Vielleicht brabbelt sie vor sich hin, weil sie seit Stunden in weißes Licht starren muss, um endlich mit der Wahrheit rauszurücken? Oder ist sie gefesselt und ihre gesalzenen Fußsohlen werden von einer Ziege abgeleckt? Heutzutage weiß man ja schließlich nie, wie man in Polizeigewahrsam behandelt wird. Ich stehe nun bereits seit über zwei Minuten vor dieser Tür, und da Katta so wahrscheinlich am wenigsten geholfen ist, verbanne ich diese schrecklichen Bilder aus meinem Kopf und klopfe fest an die Tür. »Ja bitte«, ertönt es dumpf, und ich trete ein. In dem Raum stehen ein großer Holzschreibtisch, ein Regal mit Aktenordnern und ein Sideboard, auf dem eine einfache Kaffeemaschine vor sich hin brodelt. Es ist unglaublich, aber dieser Raum sieht eins zu eins so aus wie das Büro von Horst Tappert in *Derrick*. Bestimmt kommt er gleich rein und fragt mich nach meinem Alibi. An dem Schreibtisch sitzt ein dürrer und graugesichtiger Mann, der so aussieht, als ob ihm das Leben nicht immer positiv mitgespielt hätte. Vor dem Schreibtisch hockt ein Häuflein Elend.

»Na endlich!«, begrüßt Katta mich mit schwacher Stimme.

»Schneller ging es leider nicht. Was um Himmels willen ist denn passiert?«

»Und Sie sind wer?«, blökt der dünne Mann dazwischen. Ich versuche es auf die höflich schleimige Tour, die ich immer bei Behörden benutze, um schnellstmöglich ans Ziel zu kommen:

»Ach, entschuldigen Sie bitte vielmals. Ich hab mich ja noch gar nicht vorgestellt. Antonia Roos ist mein Name«, flöte ich und strecke ihm meine Hand entgegen, die dieser Stoffel geflissentlich ignoriert. Herr Derrick wäre bestimmt nicht so unhöflich gewesen.

»Könnte ich bitte Ihren Ausweis sehen!«

Ich reiche ihm das Dokument, das er wortlos entgegennimmt.

»Also, was ist passiert?«, frage ich Katta.

»Ihre Freundin hier hat sich unsachgemäß an den CD-Regalen zu schaffen gemacht«, schaltet sich der Aushilfs-Horst-Tappert ein, »außerdem hat sie einem unserer Mitarbeiter gegen das Schienbein getreten und die komplette CD-Abteilung zusammengeschrien, woraufhin wir die Dame abführen mussten.«

»Was soll das heißen ›unsachgemäß zu schaffen gemacht‹?« So langsam reißt mir hier der Geduldsfaden. Ist denn keiner mehr in der Lage, kurz und verständlich einen Sachverhalt zu erklären? Ich schaue Katta an.

»Ich wollte doch nur helfen«, verteidigt sie sich, »die Anordnung der CDs war wirklich total schwachsinnig, kein Mensch hat sich da zurechtgefunden.«

Mir schwant Übles. Katta und ihr Ordnungswahn.

»Heißt das, dass du die CD-Regale neu sortiert hast?«

»Nur eins und auch das nur bis zur Hälfte. Dann hat man mich ja wie eine Schwerverbrecherin abgeführt.« Sie wirft einen bösen Blick in Richtung von Herrn Goldstein.

»Und jetzt? Warum halten Sie sie hier fest? Sie hat schließlich nichts gestohlen.«

»Die Dame hat zwar nichts gestohlen, aber auch das Umräumen von Waren, die sich nicht im eigenen Besitz befinden, ist unter Umständen strafbar. Wenn das jeder machen würde, dann hätten wir hier aber ein schönes Chaos. Außerdem könnten wir sie wegen Körperverletzung und Hausfriedensbruch anzeigen.« Er seufzt.

»Also gut. Und was jetzt?« Er nimmt einen Zettel in die Hand und schiebt ihn mir rüber.

»Bestätigen Sie mit Ihrer Unterschrift hier, dass es sich bei der Dame um Katharina Uelzen handelt. Wir lassen in diesem Fall Gnade vor Recht ergehen und sehen von einer Anzeige ab. Frau Uelzen bekommt allerdings Hausverbot. Wenn wir sie noch einmal in unserem Laden erwischen sollten, kommt es zu einer Strafanzeige.«

Ich nehme den Zettel, unterschreibe, dass es sich bei der »aufgegriffenen Person« um Katharina Uelzen handelt und verlasse mit der geknickten Katta das Oberkommissar-Stephan-Derrick-Goldstein-Büro. Ich bin sehr froh, dass die staubigen 70er Jahre und der dürre Herr Goldstein wieder hinter der grauen Tür verschwinden.

Ich schicke Lukas eine SMS, um ihm zu sagen, dass ich Katta den Fängen der Justiz entrissen habe und jetzt noch seelischen Beistand leisten muss. Zwanzig Minuten später sitzen Katta und ich im »Spirits«, einer schicken Cocktailbar, in der die Barkeeper hinter der Theke mehr Platz haben als die Gäste davor. Katta war der Meinung, dass Bier heute nicht ausreichen würde. Da es noch relativ früh ist, sind nur wenige Gäste in der Bar. Wir sitzen am Tresen in einer Ecke, von wo aus wir den Raum gut im Blick haben, aber trotzdem einigermaßen ungestört sind. Katta hat bereits das zweite riesige Glas mit »Long Island Ice Tea« vor sich stehen. Sie schaut traurig hinein und saugt relativ häufig an dem Strohhalm. Ich habe mir einen Mojito bestellt. Nachdem wir im Taxi nicht über den Vorfall gesprochen haben, frage ich sie jetzt endlich:

»Sag mal, Katta, was ist denn los mit dir? Was sollte diese Aufräumaktion?«

»Ach, ich weiß auch nicht. Es kam irgendwie über mich. Ich habe mich fürchterlich über Norbert geärgert und wollte mir aus Frust die neue CD von Rosenstolz kaufen.«

»Rosenstolz? Kein Wunder, dass du durchdrehst«, rutscht es mir raus, was mir einen bösen Blick von Katta einbringt.

»Wenn du Rosenstolz suchen würdest, wo würdest du gucken?«, will Katta von mir wissen.

»Erstens würde ich niemals eine CD von Rosenstolz kaufen, aber wenn man mich unter Gewaltandrohung zwingen würde, würde ich es unter »G« versuchen.«

»G?«

»Ja, G wie Großer Mist.« Bei Rosenstolz kann ich mich einfach nicht beherrschen.

»Antonia!« Katta wird langsam sauer.

»Entschuldige bitte!«

»Schon gut. Ist ja auch egal. Auf jeden Fall – als ich dann vor dem Regal stand und die CD nicht finden konnte, weil alles total blöd sortiert ist, hab ich angefangen, die CDs neu zu sortieren. Dann kamen auch relativ schnell zwei Security-Heinis, die einfach nicht einsehen wollten, dass das System total bescheuert ist. Als der eine mich dann am Arm gepackt hat, hab ich ihn getreten. Daraufhin haben mich diese beiden Muskelaffen dann aus der Abteilung gezerrt. Oberpeinlich. Na ja, und den Rest der Geschichte kennst du ja.«

Sie nimmt einen großen Schluck von ihrer Alkoholbombe. Wie sie da so traurig in ihren Cocktail guckt, tut sie mir unendlich leid. Die Sache mit Norbert geht ihr anscheinend doch näher, als ich gedacht habe.

Am Anfang hat es ihr nichts ausgemacht, dass er nicht ständig verfügbar war, sie meinte, das wäre ja irgendwie auch ein Stück Freiheit für sie. Sie hat ernsthaft geglaubt, das würde auch so bleiben. Mit der Zeit musste sie dann aber feststellen, dass ihr das doch nicht genug ist. Nie konnte sie ihn spontan anrufen, nie konnten sie gemeinsam ein paar Tage verbringen, nie war er da, wenn sie ihn brauchte. Klar, dass sie immer unzufriedener wurde und sich mittlerweile mehr und mehr nach einer normalen Beziehung sehnt.

Und Norbert? Norbert ignoriert ihre Wünsche einfach, nach dem Motto: »Du wusstest doch von Anfang an, dass ich verheiratet bin.« So einfach ist das.

»Aber, was hat Norbert denn jetzt konkret angestellt, dass du so einen Scheiß baust?«

»Ach …«, sie seufzt, »wir waren gestern zusammen im Supermarkt, um einzukaufen. Wir sind in den Laden rein und jeder ist ausgeschwärmt und hat ein paar Sachen in den Wagen gelegt, von denen ich dachte, dass sie für einen gemeinsamen Abend gedacht sind. Als wir dann an der Kasse standen, hat er plötzlich angefangen, die Sachen zu sortieren. Vorne aufs Band kamen seine Einkäufe, nach hinten meine. Auf meine Seite kam das Maggi-Ein-Teller-Fertiggericht, auf seine Seite die Großpackung Nudeln. Die Flasche Wein nach hinten, der 1,5-Liter-Familien-Tetrapak Milch nach vorne. Es hat ein bisschen gedauert, bis ich geschnallt habe was da passiert. Der hat doch tatsächlich mit mir zusammen für seine Familie eingekauft.«

»Das gibt's doch nicht.« Ich bin total entsetzt.

»Die Krönung kommt ja erst noch. Nachdem er alles fein säuberlich voneinander getrennt hat, hat er festgestellt, dass er nicht genug Bargeld dabei hat und wollte sich auch noch zwanzig Euro von mir leihen.«

»Du hast ihm das Geld doch hoffentlich nicht gegeben, oder?«

»Natürlich nicht. Stattdessen bin ich in Tränen ausgebrochen und aus dem Supermarkt gerannt.«

»Und Norbert?«

»Ist mir hinterher, hat überhaupt nichts verstanden. Ich hab ihn einfach stehen lassen, den Arsch, mitsamt seinen beschissenen Einkäufen.«

»Und das zu Recht!«, pflichte ich ihr bei. »Hast du seitdem nochmal mit ihm gesprochen?«

»Er hat ein paar Mal versucht, mich zu erreichen. Ich bin nicht drangegangen.« Katta nimmt einen großen Schluck von ihrem Long Island Ice Tea. »Ach, Antonia, was soll ich nur machen? Ich leide wie ein Hund, wenn ich nicht mit ihm sprechen kann. Obwohl der sich so arschig verhält, komme ich trotzdem einfach nicht von ihm los.«

»Hast du ihn denn mal gefragt, ob er sich vorstellen kann, seine Frau zu verlassen?«

»Klar, aber er weicht mir immer aus. Ich kriege einfach nichts aus ihm raus. Noch so 'nen Eistee bitte.« Der gut aussehende Barmann nickt und macht sich an die Arbeit. Die Bar ist mittlerweile gut gefüllt, Katta auch.

»Weißt du, Antonia«, sie lallt bereits ein bisschen, »irgendwie sind wir ja Leidensgenossinnen.«

»Inwiefern?«, frage ich erstaunt. Lukas ist weder verheiratet noch geht er für seine Familie mit mir einkaufen.

»Na ja, bei euch läuft es im Moment doch auch nicht so rund. Und die zwei Jahre sind demnächst auch vorbei und wenn du mich fragst, steht seine Ex schon in den Startlöchern. Antonia …«, bei meinem Namen erhebt sie den Zeigefinger, »glaub mir, wenn sich bei euch nicht ganz schnell was ändert, ist der Ofen demnächst aus. Echt.« Katta ist nach dem dritten Long Island mittlerweile richtig betrunken. »Du musst mir eins versprechen«, lallt sie und wird dabei auch noch immer lauter, »du musst mir versprechen, dass du endlich was tust und nicht einfach so zusiehst, wie diese Öko-Trulla dir den Freund ausspannt. Versprichsss du mir dassss?« Katta schreit und die komplette Bar starrt zu uns rüber.

»Katta, ich verspreche dir alles, wenn du nur nicht mehr so rumschreist!«

»Gut!« Dann bricht sie in Tränen aus. Ich bezahle die Cocktails und schleppe Katta unter den abfälligen Blicken der feinen Cocktail-Gesellschaft aus dem Spirits und bringe sie mit dem Taxi nach Hause.

Kattas Wohnung ist so unglaublich aufgeräumt, dass ich mich frage, ob sie tatsächlich hier wohnt. Ich schiebe sie ins Schlafzimmer, in dem sie auch sofort auf das perfekt gemachte Bett kippt. In dem Zimmer liegt kein einziges Kleidungsstück herum und auf dem Nachttischchen steht lediglich ein Wecker. Sonst nichts. Auf dem hellen und hundertprozentig fleckenfreien Teppichboden sieht man noch die Spuren des Staubsaugers. Ich ziehe Katta die Schuhe und die Jeans aus, gehe dann in die Küche, um ihr ein Aspirin und eine Flasche Wasser zu holen. Als ich wiederkomme, schläft Katta bereits. Sie trägt plötzlich ein Snoopy-Schlaf-T-Shirt und die Klamotten, die sie anhatte, sind auf wundersame Weise verschwunden. Wahrscheinlich hat sie sie bereits gewaschen, gebügelt und ordentlich in den Schrank geräumt, während ich in der Küche war. Diese Frau ist echt unglaublich. Ich stelle Aspirin und Wasserflasche auf das Nachttischchen, mache das Licht aus und verlasse die Wohnung. Es liegt ein Hauch von Frühling in der Luft und ich beschließe, zu Fuß nach Hause zu gehen. Die frische Luft tut mir gut und ich habe das Gefühl, dass ich alles ein bisschen klarer sehe, trotz oder vielleicht auch gerade wegen der zwei Mojitos. Katta hat recht, ich muss endlich aktiv werden, ich muss dafür kämpfen, dass Lukas' und meine Beziehung nicht einfach so den Bach runtergeht.

Nachts träume ich von diesem Bild: Ich stehe an einem Flussufer. Aus dem Augenwinkel sehe ich, wie etwas von der Strömung flussabwärts gerissen wird. Ich erkenne sofort, dass es Lukas' und mein gemeinsames Leben ist. Ich zögere kurz, springe dann aber umso entschlossener ins Wasser und kraule kraftvoll hinterher. Schlingpflanzen, die aussehen wie Sabs, also so, wie ich mir vorstelle, dass Sabs aussieht, wickeln sich um meine Beine und versuchen mich zurückzuhalten. Es ist ein harter Kampf, aber ich reiße mich schließlich los und hole konsequent auf, bin irgendwann auf gleicher Höhe, packe unsere Beziehung, schleppe sie im Rettungsgriff an Land und lege sie, nachdem wir uns beide ein wenig erholt haben, zum Trocknen in die Sonne. In diesem Moment wache ich auf, fühle mich sehr erleichtert und mein Entschluss steht fest.

ACHT
Mr und Mrs Smith

Am Tag danach frage ich Lukas, wann denn das nächste Greenpeace-Treffen ansteht. Ihm hat das Rekrutierungs-Treffen so zugesagt, dass er sich zu meinem Leidwesen entschlossen hat, dem grünen Haufen beizutreten.

»Heute Abend. Wir planen eine Aktion zur Säuberung des Grüngürtels, mal was Regionales, da gibt es ja auch noch mehr als genug zu tun.«

»Ich würde gerne mitgehen.«

»Was? Wie kommt das denn? Hast du nicht vor ein paar Tagen gesagt, dass Greenpeace total out, noch aus den achtziger Jahren ist und nach irischem Marihuana klingt?«

»Intelligente Menschen ändern eben ihre Meinung.«

»Okay. Klar kannst du mitkommen. Wir treffen uns um halb acht im Ramada-Hotel, heißt, wir müssen so gegen sieben hier los.«

»Herrlich. Ich freu mich.« Lukas schaut mich ungläubig an. Er kann ja auch nicht wissen, dass ich es mir zum Ziel gemacht habe, ab sofort zukunftsfähige Gemeinsamkeiten zwischen uns beiden zu schaffen.

Das Wichtigste in einer Beziehung ist es, Gemeinsamkeiten zu haben und Interesse an den Dingen zu zeigen, die der andere macht. Und genau das tue ich jetzt.

Pünktlich um sieben stehe ich fix und fertig gestylt im Wohnzimmer. Klar, dass ich meine schönste Jeans anhabe, die Haare frisch gewaschen sind und das Make-up nicht nur aufgefrischt, sondern komplett erneuert wurde. Lukas müsste jeden Moment nach Hause kommen und da höre ich auch schon den Schlüssel im Schloss.

Ich bin ein bisschen aufgeregt, als wir am Ramada-Hotel ankommen. Schließlich ist es das erste Mal, dass ich auf Sabs treffen werde. Ich atme nochmal tief ein und nehme mir ganz fest vor, die charmanteste Antonia aller Zeiten zu sein und auf gar keinen Fall in einen albernen Zickenkrieg zu ziehen. Lukas und ich betreten den Raum »Graf von Hohenzollern«, wo das Treffen stattfinden soll. Der Saal ist schon gut gefüllt. Etwa 40 Umweltschützer sitzen in 8er-Gruppen an runden Tischen, auf denen verschiedene antialkoholische Getränke stehen. Vorne ist eine Art Podium aufgebaut, an dem vier Menschen Platz finden. In diesem typischen 70er-Jahre-Fortbildungsraum, der selbstverständlich im schönsten Neonlicht erstrahlt, wirkt alles fürchterlich verstaubt, vor allem die anwesenden Greenpeace-Anhänger. Ich will gerade etwas zu Lukas sagen, als ich sehe, dass sich eine Frau aus einer Gruppe löst und direkt auf uns zugeschossen kommt. Das muss Sabs sein. Sabs ist circa 1,60 m groß, hat lange, dunkelblonde Haare, die sie zu einem lockeren Zopf gebunden hat. Sie trägt eine ovale, rahmenlose Brille, eine altrosa Bluse aus unbehandelter Baumwolle und eine Jeans. Ihre Lippen sind schmal und wirken leicht zusammengepresst. Zumindest, als sie mich kurz anguckt. Lukas dagegen zeigt sie ihre geraden Zähne in Form eines strahlenden Lächelns. Trotzdem nicht gerade eine Schönheit.

»Lukas, schön, dass du da bist.« Sie küsst ihn innig auf die Wange und drückt ihn an ihren Ökobusen. »Komm, ich sitze da vorne.« Sie nimmt seine Hand und zieht ihn in Richtung eines Tisches in der ersten Reihe, an dem noch Plätze frei sind. Mich ignoriert sie einfach.

»Sabine?«, ruft ihr Lukas hinterher. Sabine bleibt stehen »Das ist übrigens meine Freundin Antonia.«

Klar, dass sie mich längst gesehen hat, und klar, dass sie auch genau weiß, wer ich bin. Das sieht mir ganz stark nach dem Anfang einer wunderbaren Freundschaft aus. Ich versuche mich nicht zu ärgern, was mir natürlich nicht gelingt. Also versuche ich zumindest, es mir nicht anmerken zu lassen.

»Ach, hallo.« Sie schaut mich leicht abfällig an und reicht mir dann die Hand. Ihr Händedruck ist weich und feuchtwarm und es fühlt sich an, als hätte ich an ein gegeltes Kuheuter gefasst.

Wir setzen uns gemeinsam an einen runden Tisch in der ersten Reihe, an dem noch vier weitere Weltverbesserer sitzen. Sabs hat es so eingerichtet, dass ich links neben Lukas sitze und sie rechts von ihm. Ich fühle mich extrem unwohl und es wäre mir erheblich lieber gewesen, wenn wir uns auf mir bekanntem Terrain begegnet wären. Hier hat sie definitiv ein Heimspiel.

An der Wand hinter dem Podium hängen zwei große Banner, auf dem einen steht »SOS Weltmeer. Komm an Bord! Werde Meeresschützer! 27. Treffen der Greenpeace-Gruppe Köln«, und auf dem anderen: »Jeder für sich ist ein Tropfen, aber zusammen sind wir ein Ozean. Ryunosuke Satoro.« Die Veranstaltung hier sieht allerdings eher nach einer Pfütze aus.

Ein vollschlanker Mann mit grauem Vollbart in einem karierten Hemd ergreift vorne nicht nur das Mikrophon, sondern auch das Wort und begrüßt uns alle »sehr herzlich zum 27. Treffen der Greenpeace-Gruppe Köln. Die meisten von euch kennen mich ja bereits, aber für die, die mich noch nicht kennen: Mein Name ist Winfried Künster und ich leite hier unsere kleine, bescheidene Ortsgruppe. Schön, dass ihr alle da seid. Aber lange Rede, kurzer Sinn. Kommen wir doch gleich zu den wirklich wichtigen Dingen: Ich freue mich sehr, dass der Meeresbiologe und langjährige Greenpeace-Mitarbeiter Dr. Helmut Bäuerlein den weiten Weg aus Stuttgart hierher gefunden hat, um uns heute etwas über die Ausbeutung der Meere, die Mobilisierung der Meeresschützer und die damit möglichen Wege, Druck auf Regierungen, Firmen und die Vereinten Nationen auszuüben, zu erzählen. Bitte, Herr Bäuerlein.«

Es folgt Applaus und Herr Dr. Helmut Bäuerlein betritt die Bühne. Dr. Bäuerlein sieht irgendwie genauso aus wie Winfried Künster und trägt ebenfalls Vollbart und Waschtrommelbauch, anscheinend Mode bei Greenpeace.

»Lukas, wieso sind die denn alle so dick? Ich dachte immer, dass Bio-Nahrung schlank macht?«, flüstere ich Lukas ins Ohr, der spontan lachen muss.

»Das Problem ist, dass Ökobier leider genauso dick macht wie normales Bier, vor allem, wenn man jeden Abend fünf davon trinkt«, flüstert er zurück. Öko-Sabs gefällt es überhaupt nicht, dass wir uns so fröhlich unterhalten, sie guckt missbilligend und sagt etwas zu Lukas, das ich nicht verstehen kann. Herr Bäuerlein fängt mit seinem Vortrag an, und ich steige geistig direkt aus. Nicht nur, dass die Ausführungen von Herrn Bäuerlein sehr wissenschaftlich sind, der Mann spricht auch noch schwäbisch. Aus dem Augenwinkel sehe ich, dass Öko-Sabs fleißig mitschreibt und Lukas ihr Geschreibsel ständig unter die Nase hält.

Nachdem Herr Bäuerlein alle Fragen der sehr interessierten Ortsgruppe Köln beantwortet hat, ergreift Herr Künster wieder das Wort: »Nach dem überaus informativen Vortrag von Herrn Bäuerlein kommen wir jetzt zu einem regionalen, aber durchaus auch sehr wichtigen Thema. Wie die meisten von euch ja wissen, steht auch dieses Jahr wieder die Grüngürtel-Reinigungsaktion an. Ich freue mich besonders, dass unsere zwei Neuen, Sabine und Lukas, sich netterweise bereit erklärt haben, die Aktion dieses Jahr zu leiten.« Spontaner

Applaus bricht aus, während mir das eingemeißelte Lächeln aus dem Gesicht fällt. »Sabine, möchtest du vielleicht noch ein paar Worte zu unserer Aktion sagen?«

»Ja, sehr gerne. Danke, Winfried.«

Sabs steht auf und geht nach vorne. Man merkt, dass sie die Aufmerksamkeit genießt.

»Liebe Greenpeacer, erst mal möchte ich betonen, wie froh ich bin, dass ich auf eine so engagierte und freundliche Greenpeace-Abteilung treffen durfte, und möchte mich bedanken, dass ihr mich so nett aufgenommen habt.« Was für eine Schleimerin. »Wie Winfried ja schon gesagt hat, kümmern Lukas und ich uns dieses Jahr um die Grüngürtel-Aktion, worüber ich mich sehr freue.« Sie schaut zu Lukas und lächelt. Ich frage mich, worüber sie sich mehr freut, den Grüngürtel oder Lukas. »Das Ganze findet morgen um 16:00 Uhr statt. Wir treffen uns auf der Luxemburger Straße, Ecke Sülzburgstraße und gehen dann gemeinsam zum Aktionsort. Wer so früh noch nicht kann, kann auch gerne später zu uns stoßen. Arbeitsmaterial werden Lukas und ich besorgen und an die Helfer verteilen, das heißt, ihr müsst einfach nur eure Arbeitskraft zur Verfügung stellen. Ich denke, dass wir ungefähr drei Stunden brauchen werden, bis wir den ersten Teil des Grüngürtels von Unrat und Zivilisationsmüll befreit haben. Ich freue mich schon sehr auf euer zahlreiches Erscheinen und vor allem aber auf zukünftig saubere Grünflächen hier in Köln. Danke schön.« Es folgt erneuter Applaus und Sabs kehrt stolz zurück zu ihrem Stuhl neben mir. Leider muss ich gestehen, dass ihr Auftritt nicht unsouverän war. Was hätte ich mich doch gefreut, wenn sie über das Mikrophonkabel gestolpert wäre und Herrn Bäuerlein mit sich gerissen hätte, oder der Ryunosuke-Satoro-Spruch von der Wand gefallen wäre und Sabs unter sich begraben hätte. »Lukas und ich«, hallt es noch in meinem Ohr nach. Irgendwie fühle ich mich wie Jennifer

Aniston, als sie zum ersten Mal die Sexszenen zwischen Brad Pitt und Angelina Jolie in *Mr und Mrs Smith* gesehen hat.

Ich stehe auf und mache ein paar Umweltschützern Platz, die sich um Lukas und Sabs drängen. Ich gehe zum Fenster und schaue mir die Szene feindselig aus einiger Entfernung an. Nach ein paar Minuten, als alle ihre Informationen bekommen haben, kommt Lukas zu mir.

»Tönchen, ein paar Leute wollen in der Kneipe um die Ecke noch was trinken gehen. Wir gehen doch mit, oder?«

Lukas und Sabine. Lukas und Sabine. Lukas und Sabine, schwirrt es in meinem Kopf.

»Klar gehen wir noch was trinken.«

Die Kneipe um die Ecke ist eine Kölschkneipe und heißt »Bei Regina«. Wir sind zu fünft: Lukas, Öko-Sabs, Ralf, Sascha und ich. Ralf und Sascha sind etwa in unserem Alter und machen einen ganz vernünftigen Eindruck. Die beiden wirken zumindest nicht wie fanatische Umweltschützer, die sich ständig fragen, wie man am besten ein Sterbehospiz für Eintagsfliegen baut.

»Ach, und du interessiert dich jetzt also auch für den Umweltschutz?«, fragt mich Sabs über den runden Biertisch hinweg. Die Frage habe ich erwartet und bin vorbereitet:

»Ich hab mich schon immer für Umweltschutz interessiert. Die Frage ist jetzt, ob ich mich auch aktiv engagieren will.«

»Und, willste dich aktiv engagieren?«

»Das weiß ich ehrlich gesagt noch nicht. Das wird sich noch zeigen.«

»Aber bei der Grüngürtel-Aktion machste doch mit, oder?«

Du musst was tun! Du musst was tun! Du musst was tun!, flüstert mir eine unsichtbare Katta ins Ohr.

»Klar!«, sage ich, als wäre es das Normalste auf der Welt für mich, anderer Leute Müll aus dem Wald zu schippen. Ich verfluche Katta. Katta kann mir schön dabei helfen, beschließe ich, schließlich hat sie mir das Ganze ja auch eingebrockt.

»Super, Lukas und ich freuen uns auch über die kleinste Hilfe.«

Spätestens an dieser Stelle ist mir klar, was ich von Sabs zu erwarten habe. Das war eine eindeutige Kriegserklärung. Ich schaue zu Lukas, der natürlich wieder nichts mitbekommen hat. Er unterhält sich mit Ralf und Sascha über den Walfang vor der japanischen Küste, während hier seine eigene Freundin mit wesentlich schlimmeren Waffen als Harpunen und Netzen angegriffen wird.

Nach zwei Bieren gehe ich auf die Toilette, weil ich pinkeln muss und eine kurze Pause brauche. Ich sitze auf der Kloschüssel und zähle ganz langsam bis zehn, wobei ich zwischen jeder Zahl tief ein- und ausatme. Ich habe mal gelesen, dass das die Nerven beruhigt. Danach wasche ich mir die Hände, lächle in den Spiegel und sage laut zu mir selber: »Aber gerne räume ich mit dir den Wald auf, liebe Sabine.«

Immer noch lächelnd gehe ich aus der Toilette und geselle mich wieder zu den anderen.

»Ach, Antonia, da bist du ja wieder«, begrüßt mich Öko-Sabs, »ich erzähle gerade, wie schön ich es finde, dass Lukas sich wieder für etwas engagiert, wo er doch die letzten Jahre so gut wie gar nichts gemacht hat.« Dabei schaut sie ihn ganz verliebt an. Mein Lächeln verschwindet innerhalb eines Sekundenbruchteils und ich verspüre große Lust, Sabs mein volles Kölsch, das der Köbes gerade vor mich auf den Tisch gestellt hat, ins Gesicht zu schütten, stattdessen sage ich:

»Och, das kann man so nicht sagen. Lukas hat sich in den letzten Jahren schon engagiert, aber eben nicht in Sachen Bachblüten und Kreistanz.«

Sabine hat begriffen. Ihre bebrillten Augen schießen Millionen von Giftpfeilen in meine Richtung. Eigentlich bin ich ja grundsätzlich gegen offene Feindseligkeiten, aber bei dieser blöden Kuh kann ich einfach nicht anders. Sie hat es verdient und, na ja, zumindest sind die Fronten jetzt geklärt. Ich frage mich wirklich, was Lukas je an dieser Frau gefunden hat. Wenn sie wenigstens hübsch wäre. Auf dem Nachhauseweg verlieren Lukas und ich kein einziges Wort über seine Ex. Lukas freut sich allerdings sehr, dass ich bei seiner Grüngürtelaktion dabei bin. Schließlich ist er Mitinitiator, und das macht natürlich was her, wenn die eigene Freundin auch mit anpackt. Ob Sabs das auch so gut findet? Ich glaube eher nicht, und genau aus dem Grund bin ich auch bereit, bei dieser total bescheuerten Aufräumaktion mitzumachen.

NEUN
Kippen-Katta

»Frau Roos, ehrlich gesagt, finde ich nicht, dass Sie in der Situation sind, mich danach zu fragen.«

Ich stehe seit ein paar Minuten im Büro meines Chefs, der hinter seinem viel zu großen Schreibtisch sitzt.

»Aber Herr Maybach, ich möchte doch nicht die Firma übernehmen, sondern lediglich heute eine Stunde früher gehen.«

»Frau Roos, Sie haben wirklich eine sehr seltsame Art von Humor. Allerdings kann ich darüber nicht lachen und Herr Wolter schon gar nicht.« Klar, dass er mir die Geschichte mit dem Arschkrampen-Callcenter nochmal aufs Brot schmieren muss.

»Ich habe mich dafür bei Herrn Wolter entschuldigt, obwohl er mich unfähiges Sumpfhuhn genannt hat. Das muss ja wohl jetzt reichen und … –«

Maybach seufzt. »Von mir aus gehen Sie. Aber ich werde Sie im Auge behalten, Frau Roos, und wenn so was nochmal vorkommt, dann kann ich für nichts mehr garantieren.«

»Das sagten Sie bereits.«

Ich verlasse sein Büro. Was für ein Arsch, denke ich mir. Wenn ich Überstunden mache, kommt kein Schwein und sagt: »Ach Frau Roos, ich finde nicht, dass Sie in der Situation sind, hier einfach eine Stunde länger zu arbeiten.« Ich packe meine Sachen und verlasse das Büro, exakt 1,5 Stunden vor meinem offiziellen Feierabend. Schließlich geht es hier nicht nur um einen guten Zweck, sondern vor allem um die Rettung meiner Beziehung. Katta musste ich nicht lange überzeugen. Sie war sofort Feuer und Flamme bei dem Gedanken, dass sich Menschen treffen, um gemeinsam aufzuräumen. Ich glaube, insgeheim hegt sie die Hoffnung, dort vielleicht einen Mann kennenzulernen, der ihr liebstes Hobby mit ihr teilt. Oder zumindest eine Gesprächspartnerin, die Verständnis dafür hat, wenn man ungefragt die Waren in einem Laden nach dem eigenen System umsortiert und weiß, mit welcher Zahnbürste man die Rillen zwischen den Badezimmerfliesen am besten sauber kriegt.

Katta und ich haben uns kurz vor dem Greenpeace-Treffpunkt an einer Straßenbahnhaltestelle verabredet. Lukas ist schon seit 13:00 Uhr mit Sabine unterwegs, um das Arbeitsmaterial zu besorgen. Der hat sich echt einen halben Tag dafür freigenommen. Bei dem Gedanken steigt sofort Ärger in mir auf und ich wische ihn weg, in der Hoffnung, dass sich mein Puls schnell wieder beruhigt. Wenn ich bei jedem schrägen Gedanken ein Zewa-Wisch-und-Weg bräuchte, um ihn wegzuwischen, gäbe es wegen meines unglaublichen Papierbedarfs bald keinen Regenwald mehr und Greenpeace würde Banner aufhängen »Stoppt Antonia!«

Katta steht bereits an der Haltestelle. Sie trägt wie ich Sweatshirt, Jeans und Turnschuhe. Das frische Make-up und die schicken Klamotten habe ich mir dieses Mal gespart, um neben der blassen Sabs nicht auszusehen wie ein Apache auf dem Kriegspfad.

»Und, wie hast du dir das jetzt vorgestellt?«, fragt mich Katta, nachdem wir uns begrüßt haben.

»Was meinst du?«

»Na ja, hast du irgendeinen Plan? Was mit Sabs vielleicht?«

»Klar, in einem unbeobachteten Moment hauen wir ihr einen Ast über den Schädel und binden sie an einen einsamen Baum, an dem sie von 18 Millionen Ameisen ganz langsam aufgefressen wird. Lukas erzählen wir, dass Sabs' Traumprinz auf einem riesigen Öko-Laubbläser vorbeigekommen ist und sie mitgenommen hat.«

»Super Plan, ich bin dabei! Nee, aber jetzt mal ernsthaft, willst du irgendetwas erreichen, bei dem ich dir vielleicht behilflich sein kann?«

»Also, ehrlich gesagt, geht es mir vor allem darum, der guten Sabs nicht einfach so das Feld zu überlassen. Die soll ruhig mitkriegen, dass Lukas eine Freundin hat.«

Katta und ich machen uns auf den Weg zum Greenpeace-Treffpunkt. Als wir dort ankommen, sind die meisten Helfer bereits da. Lukas und Sabs verteilen Müllpicker, Arbeitshandschuhe und Müllsäcke. Ich gehe zu ihm hin.

»Ach Tönchen, da bist du ja.« Er gibt mir einen Kuss. »Hat dein Chef dich doch so früh gehen lassen?«

»Ja, war kein Problem«, lüge ich.

»Lukas, kommst du mal? Ich glaube, wir haben zu wenig Müllpicker«, tönt eine schrille Stimme von rechts.

»Neee, Sabine, wir haben noch welche. Warte, ich komme«, antwortet Lukas ihr und wendet sich danach wieder mir zu, »ich muss mal eben, Tönchen. Bis gleich.«

Er nimmt mich in den Arm und flüstert mir ins Ohr: »Schön, dass du da bist und uns hilfst.« Ich freue mich über diese Geste, obwohl mir das ›uns‹ nicht in den Kram passt.

»Klar helf ich dir.« Er lächelt mich an und verschwindet Richtung Sabs. Neben mir taucht Katta auf.

»Uiuiuiuiuiuiui … da hat es aber jemand auf deinen Freund abgesehen. Das ist doch Sabs, oder?«

»Neee, das ist die wiederauferstandene Mutter Teresa«, antworte ich gereizt.

»Und das ausgerechnet in der schwierigen Zwei-Jahres-Phase. Das ist echt gefährlich.«

»Katta! Hör doch mal auf mit deiner bescheuerten Theorie. Lass uns lieber anfangen.«

Katta und ich bekommen ebenfalls einen Müllsack, einen Müllpicker und Handschuhe und machen uns gemeinsam auf den Weg zum Grüngürtel, der ein paar hundert Meter entfernt beginnt. Lukas und Sabs laufen als Organisatoren vorneweg, während ich von hinten imaginäre Giftpfeile auf Sabs schieße und mir ausmale, wie diese in ihrem Hintern stecken bleiben und dort implodieren. Katta läuft neben mir, traut sich aber nicht mehr, irgendetwas über die beiden zu sagen. Dann ergreift Feldwebel Sabs das Wort: »So, am besten verteilen wir uns jetzt auf die Grünfläche. Geh du doch in diese Richtung, du in diese und so weiter.«

Die Greenpeacehelfer verteilen sich prompt in alle vier Himmelsrichtungen. Das aufzuräumende Areal ist ziemlich weitläufig, eine riesige Grünfläche, die von Bäumen und Sträuchern umgeben ist. Katta und ich stehen etwas unschlüssig auf der Wiese.

»Was ist denn mit dir, Lukas?«, wage ich meinen Freund zu fragen.

»Sabine und ich müssen noch ein paar Listen durchgehen. Fangt ruhig schon mal an. Ich komme gleich nach.« Eins zu null für Sabs!

»Okay!«

»Am besten da hinten in der Ecke.« Sabs zeigt in Richtung Wald. Da es mir egal ist, ob ich diesen Unsinn jetzt in der einen Ecke oder in der anderen mache, gebe ich Sabs' Wunsch nach. Katta ist bereits losgestiefelt und sieht aus wie ein Soldat, der fest entschlossen ist, die Schlacht gegen die schmutzigen Verfehlungen der Konsumgesellschaft zu gewinnen. Ich laufe ihr hinterher und fange an, lustlos im Gras herumzustochern.

Diese ganze Aktion ist doch der totale Schwachsinn. Morgen kommen die Leute, die ihren Müll hier hingeworfen haben, wieder, und das ganze Spiel fängt von vorne an. Katta ist im Gegensatz zu mir voll in ihrem Element und hat bereits einen Quadratmeter Gras gesäubert und die Grashalme in eine Richtung gekämmt.

»Guck mal, was ich gefunden habe.« Katta fuchtelt mir mit ihrem Müllpicker vorm Gesicht rum, auf den ein benutztes Kondom gespießt ist.

»Bääääh … Katta, du bist widerlich!«

Katta und ich fangen an zu picken. Wie zwei Hühner, die nach Wochen des Hungerns das erste Mal wieder ein Korn zwischen die zwei Schnabelhälften bekommen. Wir arbeiten schweigend – ich, weil ich mit meinen Gefühlen zu kämpfen habe, Katta, weil sie in ihrem Element ist. Als mein Müllsack fast voll ist, hebe ich den Blick. Katta pickt ein paar Meter entfernt konzentriert herum. Ihr Müllsack ist ebenfalls so gut wie voll. Ich schaue hinter mich und sehe lediglich grün. Es ist kein Mensch zu sehen. Vor lauter Kippen und Plastik habe ich irgendwie den Grund für unsere Anwesenheit hier aus den Augen verloren.

»Sag mal Katta, wie lange picken wir denn jetzt schon?« Katta schaut irritiert auf.

»Keine Ahnung«, sie sieht die Straße zum Aachener Weiher vor uns und die große Grünfläche hinter uns liegen, »ach du lieber Himmel! Wir sind ja voll vom Weg abgekommen.« So kann man es auch nennen. Ich seufze, weil ich jetzt auch noch den vollen Müllsack zurückschleppen muss. Als Katta und ich wieder an unserem Ausgangspunkt angekommen sind, arbeiten die meisten immer noch fleißig. Wir bringen die Müllsäcke weg und holen uns neue.

»Sag mal, wo sind eigentlich Sabs und Lukas? Ich kann sie gar nicht mehr sehen.« Ich lasse meinen Blick über die Grünfläche schweifen. Nichts. Ich merke, wie sich mein Herzschlag beschleunigt und sich fiese Schweißflecken unter meinen Achseln bilden. Die beiden sind nirgends zu sehen.

»Katta, wir müssen sie suchen, komm.«

Ich laufe zu den Bäumen direkt hinter uns. »Aber wir sind doch noch gar nicht fertig, hier sieht es doch immer noch aus wie in einer amerikanischen Kleinstadt nach einem Hurrikan.«

»Katta! Entweder du kommst jetzt mit oder wir sind die längste Zeit Freundinnen gewesen.«

Sie schaut mich an, schaut auf ihren Müllpicker und schaut wieder mich an. Wenn sie sich jetzt für den Müllpicker entscheidet, fange ich sofort an zu heulen. Sie wirft den Müllpicker weg und folgt mir. Ich atme erleichtert aus, wenigstens meine beste Freundin bleibt mir erhalten. Bei den Bäumen angekommen, schleiche ich mich wie Häuptling *Eifersüchtiges Herz* von Baum zu Baum, gefolgt von Squaw *Aufgeregtes Putzhuhn*, die zwischendrin immer noch Müll aufsammelt. Als wir ungefähr auf der Höhe sind, auf der Sabs und Lukas vorhin noch waren, höre ich Stimmen.

Wir schleichen uns noch einen Baum weiter. Ich sehe Lukas und Öko-Sabs von hinten. Die beiden sitzen auf einem Baumstumpf, eng beieinander. Sabs hat ein paar Zettel und einen Stift in der Hand, schreibt aber nichts. Die beiden unterhalten sich, aber leider so leise, dass ich nichts verstehen kann. Ich höre nur ihr helles und sein dunkles Lachen, die harmonisch miteinander verschmelzen. Die beiden wirken sehr vertraut. Eine unsichtbare Hand greift nach meinem Herzen, um dann hemmungslos zuzudrücken. Es ist faszinierend, wie körperlich ein emotionaler Schmerz sein kann, wie sehr man das Gefühl haben kann, dass da tatsächlich etwas ist, was einen zu zerreißen droht, und man spürt, wie unsichtbare Kräfte an einem zerren, jemand einem einen riesigen Felsbrocken auf die Brust legt, sodass man kaum noch atmen kann. Ich fühle mich in diesem Moment schwach und furchtbar ausgeschlossen. Kann es wirklich sein, dass mir diese Frau die zweisame Zukunft klaut?

Man sagt ja, dass bei Sterbenden das ganze Leben noch einmal in Bildern vorüberzieht. Vor meinem geistigen Auge läuft in diesem Moment meine komplette Beziehung zu Lukas ab, wie wir uns in der unmöglichen Karaoke-Bar kennengelernt haben, uns das erste Mal geküsst haben, wie wir auf Mallorca den Flieger verpasst haben, weil wir zu lange Sex hatten, wie Lukas mir bei meinem Einzug einen Lageplan gebastelt hat, damit ich weiß, wo ich alles finde, wie er das von mir selbst gemalte Bild »Berg mit Wiese« in unseren gemeinsamen Flur gehängt hat, obwohl er es total hässlich findet. Natürlich wurden alle schlechten Szenen ausgeblendet und man könnte aus meinem persönlichen Film die schmierigste Rosamunde-Pilcher-Schmonzette aller Zeiten machen.

»Unglaublich, oder?« Katta steht neben mir und hält mir ihre geöffnete und behandschuhte Hand vor die Nase, in der mindestens zwanzig alte Kippenstummel liegen »Was die Leute so alles wegschmeißen.«

»Katta, das ist mir jetzt ehrlich gesagt scheißegal! Igitt!«

Lukas und Sabs drehen sich prompt um und schauen in unsere Richtung.

»Ähhhh hallo!«, rufe ich und winke den beiden peinlich zu. Lukas steht von dem Baumstamm auf und kommt zu uns rüber. Nur ein absolut debiler Vollidiot würde nicht denken, dass wir hier spionieren.

»Na, was macht ihr denn hier?« Lukas lässt sich nichts anmerken, wofür ich ihm sehr dankbar bin. Trotzdem weiß ich keine Antwort.

»Ähhhhhhh …«

Katta hält in diesem Moment Lukas ihre Hand mit den

Kippen vors Gesicht. »Unglaublich, oder? Was die Leute so alles in den Wald werfen. Hätte ich nicht gedacht.«

Und wer hätte gedacht, dass *Aufgeregtes Putzhuhn* in der Lage ist, eine Schlacht ganz alleine für uns zu gewinnen. Winnetou wäre stolz gewesen und hätte sie bestimmt seinem Freund Old Shatterhand sofort zur Frau gegeben.

»Oh, ihr wart ja schon richtig fleißig. Super«, freut sich Lukas.

»Luuuuuuukas?«, tönt es über die Grünfläche. Das gibt es doch nicht. Sabs kann es anscheinend nicht ertragen, dass sich Lukas auch nur eine Minute mit mir unterhält. Man könnte echt meinen, dass sie seine total eifersüchtige Freundin ist und nicht ich.

»Ich komme gleich!«, ruft Lukas ihr zu.

»Da ist jemand vom Ordnungsamt, Lukas! Mit unserer Genehmigung stimmt irgendwas nicht. Wäre gut, wenn du sofort kommen könntest.«

»Hätte nicht gedacht, dass ökologische Arbeit so anstrengend ist«, meint Lukas zu uns und seufzt, »bis gleich dann! Ach ja, wenn wir hier fertig sind, gibt es eine Brotzeit für alle. Das habt ihr euch echt verdient.«

»Bis gleich«, antworten Katta und ich synchron und starren ihm hinterher.

»Luuuuuuukas? Wäre gut, wenn du sofort kommen könntest!«, äffe ich Sabs nach, nachdem Lukas außer Hörweite ist. »Die geht mir ja so was von auf den Geist. Und mein Freund springt auch noch sofort, wenn die Olle nach ihm ruft. Das darf doch echt nicht wahr sein.«

»Es tut mir ja leid, wenn ich jetzt etwas altklug klinge, aber ich habe dich gewarnt. Lukas ist das beste Beispiel für den Hormonumschwung nach zwei Jahren Beziehung. Das musst du jetzt einfach mal zugeben, Antonia.«

Ich seufze. »Komm, Katta, lass uns weitermachen. Ich muss

mich irgendwie abreagieren. Sonst kette ich Sabs doch noch an einen Baum und füttere sie mit den alten Kippen.«

Als wir wieder an der Stelle angekommen sind, an der wir angefangen haben, zieht es mir plötzlich den Boden unter den Füßen weg. Diesmal nicht emotional, sondern ganz real. Ich rutsche aus und setze mich hart auf meinen bejeansten Hosenboden. Der Schmerz schießt mir von meinem Steißbein direkt ins Hirn, um da zu explodieren. Katta lacht sich halb kaputt: »Das sah ja vielleicht doof aus.«

»Vielen Dank für dein Mitgefühl!« Ich stehe mit dröhnendem Kopf auf. Katta, die vom Lachen schon einen ganz roten Kopf hat, steht neben mir. »Sag mal, was riecht denn hier so komisch?« Sie schnüffelt. In diesem Moment rieche ich es auch. Eindeutig Hundekacke. Ich schaue an mir runter und sehe einen widerlichen braunen Streifen und einige Brocken hinten an meiner Hose und auch an meinem Sweatshirt kleben. Jetzt weiß ich auch, warum ich ausgerutscht bin. Ich schaue mich um und entdecke zahlreiche Hundehaufen. Es handelt sich definitiv um die Ecke des Grüngürtels, in der die Hunde ihr Geschäft verrichten. Jetzt wird mir auch klar, warum Sabs wollte, dass wir hier sauber machen. Der Gestank, der von mir ausgeht, ist unerträglich. »Scheiße, was soll ich denn jetzt machen?«

»Ich glaube, da hilft nur eine neue Hose und ein neues Sweatshirt.«

»Hast du vielleicht zufällig eine neue Hose und ein neues Sweatshirt dabei, liebe Katta?«

»Nein, leider nicht.«

»Na prima, dann kann ich ja jetzt nach Hause gehen. Toller Plan. Einfacher kann ich es der ja fast nicht machen. Mann, ist das bescheuert!« Ich bin stocksauer, stocksauer auf mich, stocksauer auf Sabs und vor allem stocksauer auf alle scheißenden Hunde, also auf alle Hunde.

»Katta, es hat keinen Sinn, ich muss nach Hause. Was ist mit dir?« Katta hat sich mittlerweile ein paar Meter von mir entfernt.

»Also, wir sind doch hier noch gar nicht fertig. Und wenn ich mal angefangen habe, möchte ich das auch zu Ende machen. Sei mir nicht böse, Antonia, aber ich bleib noch ein bisschen. So kann ja wenigstens eine von uns nach deinem Freund gucken.«

Ich hätte es wissen müssen. Katta ist gar nicht in der Lage, etwas nur halb aufzuräumen. Sie wird so lange weitermachen, bis der komplette Abschnitt von allem was nicht Wiese ist, befreit ist. Man kann nur hoffen, dass sich sämtliche Insekten, die normalerweise auf so einer Wiese leben, schnellstmöglich vor Katta in Sicherheit bringen.

»Na gut. Dann ruf mich nachher an.« Ich will ihr wie immer ein Küsschen auf die Wange zum Abschied geben, aber sie weicht zurück. »Puuuuuuh, sorry Antonia, aber du stinkst!«

Schön, wenn man so gute Freundinnen hat. Ich gehe zu Lukas, der immer noch mit Sabine diskutiert. Die beiden haben noch nicht einen Handschlag aufgeräumt, sondern schön die anderen die Drecksarbeit machen lassen.

»Ach, hallo Antonia«, begrüßt mich Sabs scheinheilig, »alles klar?«

»Alles bestens! Lukas, kann ich dich mal kurz sprechen?«

»Was riecht denn hier plötzlich so komisch?« Sabs rümpft die Nase.

»Das bin ich!«

Ich ziehe Lukas ein Stück weg von Sabine.

»Boah, Tönchen, sag mal, bist das wirklich du? Entschuldige, aber du riechst nach Hundescheiße.«

»Das ist richtig. Weil ich im Gegensatz zu euch beiden hier versucht habe, diese blöde Wiese von Hundescheiße und sonstigem Müll zu befreien. Und da kann es eben schon mal passieren, dass man sich in selbige reinlegt, und das riecht dann vielleicht ein bisschen streng.«

»Ein bisschen streng? Ist zwar sonst gar nicht deine Art, aber diesmal untertreibst du.« Der macht mich wahnsinnig.

»Lukas, ich muss nach Hause. So kann ich unmöglich unter Menschen bleiben und mir ist auch schon ganz schlecht von dem Geruch. Kannst du mich eben fahren?«

»Ich kann jetzt hier nicht weg. Der Mann vom Ordnungsamt kommt gleich nochmal, da muss ich hier sein.«

»Kann deine Sabine das nicht machen? Die kann doch sonst alles!«

»Was ist denn los? Ich kann doch nichts dafür, dass du in diesen Haufen gefallen bist und Sabine auch nicht. Also was soll das jetzt?«

»Was das soll? Du hängst die ganze Zeit mit dieser Ökofanatikerin rum, während ich hier in der Scheiße wühle und fragst mich, was das soll?«

»Das ist doch albern. Hast du deine Tage, oder was?«

Jetzt reicht's. Das war nun wirklich das Allerletzte. Ich hasse diesen Satz. Abgrundtief. Wenn Männer überfordert sind, stellen sie diese Frage. Sie ziehen noch nicht einmal in Betracht, dass das Verhalten der Frau vielleicht mit ihrem eigenen Verhalten in irgendeiner Form in Verbindung stehen könnte. Nein, der Mann hat damit rein gar nichts zu tun und ist natürlich vollkommen unschuldig an der Situation. Die Tage sind schuld und damit natürlich die Frau, sind ja ihre Tage. So einfach ist das.

»Ach, leck mich doch!«

Ich bin einfach zu sauer, um noch weiter mit ihm zu diskutieren. Außerdem sehe ich Sabs aus dem Augenwinkel, die so tut, als würde sie in ihren Listen lesen, dabei feiert sie wahrscheinlich einen inneren Reichsparteitag mit Feuerwerk und Tanzkapelle. Ich kann gar nicht in Worte fassen, wie wenig ich ihr diese Genugtuung gönne und stapfe wutentbrannt davon, ohne mich auch nur ein einziges Mal umzudrehen. Ein kleiner Foxterrier kommt angelaufen und fängt an, neugierig an mir zu schnüffeln.

»Hau bloß ab, du scheiß Köter«, schreie ich ihn an. Das Tier erschreckt sich total und weicht drei Meter zurück. »Genau, komm mir bloß nicht zu nah!«

»Sagen Sie mal, was haben Sie denn für ein Problem?« Der Hundebesitzer. »Das geht Sie einen Scheißdreck an, einen riesengroßen Scheißdreck geht Sie das an!« Ich lasse Hund und Besitzer stehen und stapfe wütend weiter.

ZEHN
Grunge-Look

Wie soll ich jetzt nach Hause kommen? Kein Taxifahrer wird mich so mitnehmen und Laufen ist definitiv zu weit. Also Straßenbahn. Ich gehe zur nächsten Station, immer kurz davor, mich zu übergeben, so widerlich ist der Gestank, oder loszuheulen, so traurig bin ich über den Verlauf des Nachmittags. Ich versuche, mich so gut es geht von den Menschen auf den Gehsteigen fern zu halten, und fühle mich ein bisschen so, wie sich ein Penner fühlen muss, der sich seit vier Wochen nicht mehr gewaschen hat und den die Leute schräg von der Seite angucken, wenn er an ihnen vorübergeht. Ich steige in die Bahn und drücke mich in die hinterste Ecke. Die Tür will sich gerade schließen, als eine Horde von Teenagern auf die Bahn zustürmt. O nein, bitte nicht. Ich könnte jetzt höflicherweise den Knopf drücken, damit die Tür wieder aufgeht, was ich aber natürlich nicht tue. Stattdessen bete ich, dass das blonde Mädchen, das vorneweg läuft, über ihre eigenen Füße stolpert, alle anderen darüber fallen und die Bahn mit mir und ohne sie abfährt. Das Mädchen bekommt gerade noch den Fuß zwischen die Tür. Die Lichtschranke reagiert, und die Tür geht wieder auf. Die zehn Jugendlichen stürmen lautstark in die Bahn und drängeln sich im Gang, während ich mich so gut es geht in die Ecke verkrieche.

»Booaaaaah … was stinkt denn hier so? Bist du das, Horky?«

»Neeeeeee, so kann noch nicht mal Horky furzen. Das

riecht nach Hundekacke«, brüllt ein blonder Junge mit halblangen Haaren und Hosen, bei denen der Hintern in den Kniekehlen hängt. »Wer von euch Blindgängern ist in Scheiße getreten?« Alle heben ihre Füße hoch und können natürlich nichts entdecken. Ich schaue unbeteiligt auf den schmutzigen Boden der Bahn.

»Das kommt von da drüben.« Ein etwa 15-jähriger Skater-Typ mit Baseballkäppi zeigt in meine Richtung. Ich tue so, als würde mich das alles nichts angehen und drehe mich zur Seite, was sich als grober Fehler herausstellt, da nun der braune Hundestreifen eindeutig zu sehen ist. Zwei von den Teenies stecken auch prompt die Köpfe zusammen und starren mich kurz darauf an. Sie haben die Luftverpesterin identifiziert und geben diese Information mit großer Freude an die anderen weiter.

»Ob das das neue Chanel Nummer fünf ist?«

Alle lachen.

»Oder vielleicht der Duft der großen weiten Welt?«

»Neeee, so riecht der Sommer!«

Die lieben Kleinen kommen jetzt aus dem Lachen gar nicht mehr raus und stimmen gemeinsam den alten Langnese-Song an. Zehn Teenager singen nun lautstark »So riecht der Sommer!« und schauen mich dabei an. Selbstverständlich haben mittlerweile auch alle anderen Fahrgäste mitbekommen, dass ich es bin, die die Bahn mit ihrem Geruch verseucht. Ein absoluter Horror für einen Menschen wie mich, der schon im Erdboden versinkt, wenn man ihm ein Geburtstagsständchen bringt. Mir wird in diesem Moment klar, wie schnell es gehen kann, dass sich die Gesellschaft gegen einen wendet. Man muss nur anders riechen als die anderen, und schon wird man ausgeschlossen und beschimpft. Ich beschließe, mich zukünftig gegen Diskriminierung aufgrund von andersartigem Körpergeruch zu engagieren. Ist ja auch viel sinnvoller, als alte Kondome von irgendwelchen Grünflächen zu klauben.

Ich habe keine Lust mehr, mich weiterhin dem Spott von pickeligen Halbwüchsigen auszusetzen, und verlasse unter Gejohle die Straßenbahn an der nächsten Haltestelle. Es bleibt mir jetzt wohl nichts anderes übrig, als nach Hause zu laufen, da ich nicht bereit bin, einen neuen Versuch mit der nächsten Bahn zu starten. Das sind mindestens 40 Minuten Fußmarsch.

Als ich ungefähr eine Viertelstunde gelaufen bin, hält neben mir ein Auto. Es ist Lukas.

»Komm, steig ein! Ich fahr das kleine Stinktier nach Hause.«

»Vielen Dank, aber den Rest schaffe ich jetzt auch noch alleine.«

»Komm schon, Tönchen, ich hab mich unter Protest losgeeist.«

»Hat Sabine dir kurz freigegeben? Wie nett von ihr.«

»Antonia, komm schon, steig ein. Ich hab mich total beeilt, um dich noch nach Hause zu fahren und mindestens zwanzig Verkehrsregeln ignoriert, also komm schon.«

Da sich meine Lust, noch eine weitere halbe Stunde stinkend durch Köln zu laufen, in Grenzen hält, steige ich, immer noch beleidigt, in den Wagen.

»Hier, leg die Zeitung drunter.« Er gibt mir eine alte Zeitung, die ich über den Sitz verteile, um nicht eine langfristige Duftmarke zu hinterlassen. Sobald ich im Auto sitze, fahren sofort alle vier Fenster nach unten. Ich weiß nicht, was ich sagen soll, aber ich kann nicht leugnen, dass ich mich darüber freue, dass er mich doch noch aufgelesen hat.

»Antonia, es tut mir leid, dass ich dich nicht direkt fahren konnte. Aber der Mann vom Ordnungsamt brauchte noch eine Unterschrift von mir, und wenn der die nicht bekommen hätte, hätten wir ’ne Menge Ärger am Hals.«

»Ich habe aber trotzdem das Gefühl, dass Sabine da ihre Finger mit im Spiel hat.«

»Ach Antonia, was soll denn Sabine damit zu tun haben. Wir machen diese Aktion zusammen, ist doch klar, dass sie mich dann da auch mit einbindet und ich sie. Und wenn du ein wenig netter zu ihr wärst, würdet ihr euch bestimmt auch ganz gut verstehen.«

»Ach, das versuch ich dann mal. Vielen Dank für den Tipp!«

»Keine Ursache!«

Er grinst mich von der Seite an. Ich kann nicht anders und muss auch ein bisschen lächeln. Er schafft es immer wieder, mich mit seinem frechen Lachen von der Palme zu holen, auf die er mich kurz zuvor gebracht hat. Wir sind mittlerweile vor unserem Haus angekommen.

»Steig doch schon mal aus. Ich suche einen Parkplatz. Dann … sehen wir uns gleich in der Wohnung, oder?« Er ist anscheinend ein wenig verunsichert und hat wahrscheinlich Angst, dass ich in die nächste Kneipe gehe, mich betrinke und mit irgendeinem dahergelaufenen Typen abziehe.

»Neee, ich wollte jetzt in meinen Klamotten direkt in das Vier-Sterne-Restaurant um die Ecke und dann ins Kino.«

Lukas muss lachen. »Alles klar, dann bis gleich.«

Ich schaue seinem kugeligen Ford Focus hinterher und seufze, dann drehe ich mich zur Haustür und stecke den Schlüssel ins Schloss.

»Guten Tag, Frau Roos.« Ich drehe mich um, und direkt hinter mir, also fast mit der Nase in dem Bremsstreifen an meinem Rücken, steht Herr Spiller. Der hat mir ja gerade noch gefehlt. Er weicht auch ziemlich schnell zurück, schaut sich suchend auf dem Boden um und kontrolliert dann seine Schuhe. Da ich nicht mehr abhauen kann, weil der graugesichtige Germanist immer noch hinter mir steht, entscheide ich mich für die Flucht nach vorne und schließe die Tür auf. In dem schmalen Gang verbreitet sich mein Geruch rasend schnell, was auch mein Nachbar bemerkt, der gerade seine Nase schnüffelnd in den Wind hält.

»Sagen Sie mal, was riecht denn hier so streng?«, fragt er mich.

»Keine Ahnung.« Ich nehme die ersten beiden Stufen der Treppe und will mich so schnell wie möglich davonmachen.

»Frau Roos?«

»Was denn noch?«

»Sie haben da so braune Flecken an Ihrem Sweatshirt und Ihrer Hose. Das sieht ein bisschen aus wie …«

»Das trägt man jetzt so«, unterbreche ich ihn. »Nennt sich Grunge-Look. Gefällt es Ihnen? Ich kann Ihnen gerne sagen, wo man so was bekommt.«

»Ähhh … nein, vielen Dank.«

Ich drehe mich gar nicht mehr um, sondern stürme die Treppen hoch. Ich fühle mich so schmutzig, dass ich mir als Erstes eine Badewanne einlasse, als ich endlich in der Wohnung bin. Während das Wasser läuft, schnappe ich mir das Telefon und rufe Katta an.

»Und?«

»Ich hab ein Riesenstück geschafft. Das ist jetzt endlich mal einigermaßen sauber hier.«

»Katta, verdammt, das meine ich doch nicht. Was ist mit Lukas und Sabs? War noch was?«

»Ach so, Lukas war gar nicht mehr so lange hier. Die beiden haben zwischendurch die Köpfe zusammengesteckt. Einmal hat er sogar den Arm um sie gelegt, und sie hat ein bisschen affektiert gelacht.«

»Wie affektiert gelacht?«

»Na, ungefähr so wie Julia Roberts in *Pretty Woman*, als sie zu Richard Gere aufs Bett springt und sie hinterher miteinander vögeln.«

»Vielen Dank für die blumige Beschreibung.« Jetzt kann ich es mir auch noch schön bildlich vorstellen.

»Übrigens, Lukas hat mich doch noch aufgegabelt und sucht gerade einen Parkplatz. Du kannst die Stellung da also jetzt aufgeben.«

»Ach, weißt du, ich finde die Aktion hier gar nicht so schlecht. Ist doch eigentlich ganz schön, wenn man gemeinsam so etwas Sinnvolles tut. Ich hab mich für nächste Woche auch gleich eingetragen.«

»Für nächste Woche? Was ist nächste Woche?«

»Na, nächste Woche räumen wir den Volksgarten auf. Da sieht es ja auch immer schlimm aus, weil die da alle grillen. Machste auch mit?«

»Klar, ich kann mir nichts Schöneres vorstellen. Gibt es da auch genug Hundescheiße?«

»Ich glaub schon …«

»Katta, natürlich mache ich da nicht mit. Ich hab die Schnauze voll! Aber wenn du meinst, du musst jetzt auch bei dieser Ökoputzkolonne mitmachen, bitte, ich werde dich nicht abhalten.«

»Ich habe nicht gesagt, dass Sabine jetzt meine beste Freundin ist, ich habe lediglich gesagt, dass ich mich noch bei dieser Aktion beteiligen möchte, weil ich der Meinung bin, dass sie sinnvoll ist. Das ist alles, und ich finde, das ist kein Grund, sich so aufzuregen, zumal du es warst, die mich da hingeschleppt hat.« Sofort habe ich ein schlechtes Gewissen.

»Hast ja recht, Katta. Tut mir leid. Das Ganze nimmt mich halt ziemlich mit. Ich mache mir solche Sorgen, dass ich

Lukas verliere, und mache alles nur noch schlimmer. Aber zumindest ist er jetzt hier und nicht bei Sabs. Du, meine Badewanne ist voll. Ich ruf dich morgen wieder an. Tschüs.«

»Tschüs. Viel Spaß in der Wanne, und entspann dich mal ein bisschen.«

»Ich versuch's.«

Ich lege auf und fühle mich zum wiederholten Male an diesem Tag echt beschissen. In diesem Moment kommt Lukas zur Tür rein.

»Tönchen, schon wieder sauber?«

»Noch nicht. Ich springe kurz in die Wanne.«

»Mmmmmh … lecker. Vielleicht hast du ja dann kurz Zeit für mich?«

Er versucht, so zu gucken, als wäre er die männliche Dolly Buster, was ihm allerdings misslingt, beziehungsweise was wenig erotisch ist. Mich macht es trotzdem sehr glücklich.

»Na, die fünf Minuten werde ich schon noch erübrigen können.«

»Grrrrrrr …« Er versucht, sich auf mich zu stürzen, und ich entwische ins Bad. »Von wegen fünf Minuten. Wart nur, du wirst winseln, dass ich endlich aufhören soll.«

Ich gehe ins Bad, lasse eine Rosenblätterbadekugel in die Wanne plumpsen und sinke, bewaffnet mit meiner teuersten Seife, in das heiße Wasser. Die Rosenblätter schwimmen um mich herum, und das Quietsche-Entchen, das leuchtet, wenn es im Wasser schwimmt, blinkt gerade blau. Ich höre, dass Lukas' Handy klingelt. Er steht im Flur, sodass ich verstehen kann, was er sagt.

»Nein, Sabine, ich wollte nicht mehr vorbeikommen. Ich habe dir gesagt, dass ich dem Mann vom Ordnungsamt noch die Unterschrift gebe und dann nach Hause fahre.«

Ich reiße jubelnd die Arme in der Badewanne hoch und verursache damit einen Mini-Tsunami, der das halbe Badezimmer unter Wasser setzt. Jawoll Lukas, zeig ihr, wo der Hammer hängt!

»Sabine, das kannst du doch auch alleine machen. Und alles andere eilt doch nicht.«

Genau, Öko-Sabs, das kannst du schön alleine machen, von mir aus kannst du alles alleine machen. Es ist mir egal, wenn du alleine die ganze Welt aufräumst, den gesamten Regenwald rettest oder alle gestrandeten Wale eigenhändig zurück ins Meer rollst. Hauptsache alleine. Meine Schwimmente erstrahlt jetzt in Rosa, und ich werte das als Zustimmung. Lukas geht ins Wohnzimmer, und ich kann ihn leider nicht mehr verstehen. Ich tauche unter, um mir das Shampoo aus den Haaren zu waschen. Als ich wieder auftauche, höre ich Lukas vor der Badezimmertür sagen »… weg. Ich beeil mich. Bis gleich, mein Schatz!«, und die Haustür, die ins Schloss fällt. Ich liege ganz still in der Wanne und lausche. Es ist nichts zu hören. Das kann nicht sein, sage ich mir. Es kann nicht sein, dass Lukas jetzt zu Sabine gefahren ist. Ich steige aus der Wanne, hülle mich in meinen Bademantel und gehe aus dem Badezimmer.

»Lukas?« Nichts. Ich gehe ins Schlafzimmer, schaue im Wohnzimmer. Nichts. Lukas ist weg.

ELF
Schnarchnasige Soleier

Ich stehe im Schlafzimmer vor dem Spiegel und betrachte mich kritisch. Der Rock ist ziemlich kurz, das T-Shirt dafür extrem eng. Es handelt sich um meine schärfsten Ausgehklamotten, die ich allerdings lange nicht mehr anhatte. Ich kneife mir in die Seite und umfasse kritisch die kleine Speckrolle, ziehe sie vom Körper weg und lasse wieder los. Dabei schiebe ich meine Unterlippe vor und sehe aus wie eine beleidigte Presswurst im Minirock. Das Spiel wiederhole ich einige Male, bis das T-Shirt langsam aber sicher ausleiert. Egal, sage ich mir, andere tragen auch enge Klamotten oder T-Shirts, die gerade bis unter die Brüste reichen, während der Bauch weit über den Hosenbund hängt. Alles eine Frage des Selbstbewusstseins. Es ist halb acht. Um acht bin ich mit Katta verabredet. Wir wollen mal wieder so richtig um die Häuser ziehen, so wie früher, also mit viel Alkohol und wenig Verstand. Bei dem Gedanken lasse ich mich auf unser Bett fallen. »So wie früher«. Dieser sperrige Gedanke kämpft sich durch meine Gehirnwindungen, eckt hier und da schmerzhaft an, um dann brutal gegen meine Tränendrüse zu knallen und einen spontanen Heulreiz auszulösen. Nichts ist wie früher. Die letzten drei Tage bin ich Lukas aus dem Weg gegangen. Das war nicht sonderlich schwer, da er zurzeit eine Abend-Fortbildung in Osnabrück macht und dementsprechend spät nach Hause kommt. Die Situation ist wirklich unerträglich, und das eisige Schweigen zwischen Lukas und mir lässt sich auch mit heißen Bädern und tonnenweise Badekugeln nicht wegschmelzen.

Als er an diesem unsäglichen Abend, an dem er nochmal zu Sabs an den Grüngürtel zurückgekehrt war, wieder nach Hause kam, hat er versucht, mir das Ganze zu erklären. Das Ordnungsamt war angeblich nochmal da gewesen, und weil er derjenige war, der die Genehmigung beantragt hat, konnte Sabine das nicht alleine regeln … bla, bla, bla. Mag ja sein, dass das alles stimmt, aber im Grunde ist das auch gar nicht das Problem. Das Problem ist, dass er überhaupt nicht nachvollziehen kann, warum ich so empfindlich darauf reagiere. Er kann nicht verstehen, dass ich mir Sorgen mache, wenn er sich ständig mit seiner Ex-Freundin trifft. Er begreift nicht, dass ich es sonderbar finde, wie er sich plötzlich bei Greenpeace engagiert, wo er doch früher dachte, die gelbe Tonne diene lediglich zur farblichen Verschönerung der Stadt. Aber das Schlimmste ist, dass wir nicht in der Lage sind, darüber zu sprechen, weder über Sabs, noch über das Heiraten oder Kinderkriegen. Als ich versucht habe, das Thema Sabs anzusprechen, hat er ziemlich unwirsch reagiert: »Du siehst doch Gespenster! Nur weil ich mit meiner Ex-Freundin ein gemeinsames Projekt mache, heißt das doch nicht, dass wir was miteinander haben. Das ist doch albern.« Er hat mir das Gefühl gegeben, dass ich eine eifersüchtige Ziege mit 100%igem Realitätsverlust bin, die grundlos hysterisch wird. Und er geht sogar noch einen Schritt weiter. Er wirft mir vor, dass ich zu wenig Verständnis für sein neues Engagement habe. Er würde sich wünschen, dass ich ihn mehr unterstütze und nicht ständig Theater mache. Er erwartet tatsächlich von mir, dass ich ihn dabei unterstütze, seine blöde Ökotussi noch öfter und ungestörter zu sehen. »Ach Schatz, ich helfe dir und Sabine doch gerne, wenn ihr euch Bauch an Bauch aneinander festkettet, um gegen die Ausrottung des kirgisischen Borkenkäfers zu demonstrieren.« Damit war unsere Diskussion bereits bei Thema Nummer eins gescheitert. Wahrscheinlich hatte ihn der Größenwahn gepackt, beruflicher Erfolg und Sabs' Zuneigung seinen Geist vernebelt. Ich fühlte mich ein bisschen wie Eva Braun, die ja nun auch über einen längeren Zeitraum mit einem Größenwahnsinnigen gelebt hat. Und man kann nicht gerade behaupten, dass die Sache gut ausging.

Nach diesem Gespräch war ich vollkommen fertig, mein Beziehungs-Akku total leer, keine Energie mehr da, um weiter zu diskutieren, um zu versuchen, gegenseitiges Verständnis zu erreichen. Wie gerne wäre ich einfach abgehauen, um in Ruhe darüber nachzudenken, und vielleicht ein bisschen Abstand zu Lukas zu gewinnen. In den letzten Tagen habe ich es zum ersten Mal und wirklich von ganzem Herzen bedauert, keine eigene Wohnung mehr zu haben. Es ist ein nahezu unerträglicher Zustand, wenn man sich mit einem Menschen in einem Raum befindet und trotzdem das Gefühl hat, meilenweit von ihm entfernt zu sein. Jeder Versuch, ein oberflächliches Gespräch zu beginnen, lässt die Distanz noch größer erscheinen, selbst wenn man Arsch an Arsch auf der gemeinsamen Couch sitzt. Dieser Zustand lässt sich wesentlich leichter ertragen, wenn es neben der emotionalen auch eine räumliche Distanz gibt und der Arsch alleine auf der Couch sitzt.

Ich zwinge mich dazu, an etwas anderes zu denken, und versuche, mich auf einen ausgelassenen Party-Abend mit Katta zu freuen. In dem Moment, in dem ich das fast geschafft habe, klingelt mein Handy. Es ist Katta:

»Antonia, meine Mutter ist im Krankenhaus.«

»O Gott, was ist denn passiert? Hoffentlich nichts Schlimmes.«

»Man weiß noch nichts Genaues. Sie hat schlimme Koliken und wird gerade untersucht. Ich muss leider für heute Abend absagen.«

»Ja, kein Problem. Hauptsache, deine Mutter wird wieder gesund. Grüß sie mal ganz lieb von mir.«

»Mach ich.«

»Und meld dich, sobald du was weißt.«

»Ja. Mach ich.«

Ich lasse den Hörer sinken. Auch das noch. Die arme Katta und vor allem ihre arme Mutter. Kattas Mutter ist schon fast siebzig und nicht mehr so richtig gut beieinander. Katta leidet darunter allerdings mehr als ihre Mutter. Ich hoffe wirklich sehr, dass es nichts Ernstes ist. Ich seufze. Das ist doch wirklich alles eine riesengroße Scheiße. Meine Augen füllen sich mit Tränen, die drohen über mein Gesicht zu laufen, und das, wo ich mindestens eine Stunde im Bad verbracht habe, um mich zu schminken. Ich setze alles daran, die Flut aufzuhalten, und fange mit dem kleinen Einmaleins an, um mich abzulenken. Bei sieben mal drei schafft es eine Träne trotzdem, läuft mir quer über das Gesicht und reißt eine Lawine aus Wimperntusche, Eyeliner und Make-up mit sich. Was für ein trauriger Anblick ich sein muss. Ich sitze heulend auf dem Bett, das Make-up verschmiert, das T-Shirt zu eng und versinke in einem Strudel aus Selbstmitleid. Ich frage mich, was ich einer Freundin raten würde, wenn die, so wie ich, als Häuflein Elend auf dem Bett rumsitzen und heulen würde. Ich glaube, ich würde ihr sagen, dass sie sich verdammt nochmal zusammenreißen soll. Da Katta bei ihrer Mutter ist, und auch sonst keine Freundin in Sicht ist, muss ich es mir wohl oder übel selbst sagen. Ich stelle mich vor den Spiegel, blicke in mein Gesicht, das zwar leicht zerlaufen aber noch zu retten ist, und sage laut, ja fast schreie ich es: »Antonia, jetzt reiß dich verdammt nochmal zusammen und entscheide dich, wie du diesen Abend verbringen willst!« Leicht eingeschüchtert nicke ich und fange an zu überlegen. Zu Hause bleiben will ich auf keinen Fall. Ich habe absolut keine Lust, zum hundertsten Mal darüber nachzudenken, was mit Lukas los ist und in welchen Umlaufbahnen seine Hormone sich gerade befinden, um dann irgendwann deprimiert ins Bett zu gehen, und auf einen Mann zu warten, dem ich und der mir im Moment sowieso nichts zu sagen hat. Ich nehme mein Handy und gehe das Telefonbuch durch. Es wird ja wohl irgendjemanden in dieser verdammten Stadt geben, den ich kenne und der heute Abend mit mir ausgeht. Christina vielleicht. Christina kenne ich noch aus meinen Studentenzeiten. Früher haben wir öfter mal was zusammen gemacht, aber seit wir beide in einer Beziehung stecken, haben wir uns aus den Augen verloren. Mein Handy wählt ihre Nummer und sie meldet sich auch prompt.

»Hallo Christina, hier ist Antonia.«

»Mensch, das ist ja ein Ding. Antonia! Von dir hab ich ja schon ewig nichts mehr gehört. Wie geht's dir?«

»Ganz gut. Ich hab immer noch meinen Job bei Köllephonia und bin auch noch mit Lukas zusammen. Und bei dir?«

Ich fühle mich in diesem Moment unglaublich langweilig. Ist denn in den letzten Jahren wirklich nichts in meinem Leben passiert?

»Ach, großartig geht es mir. Ich hab ab nächste Woche einen neuen Job. Stell dir vor, ich gehe in die USA. Das Unternehmen, in dem ich nach dem Studium angefangen habe, hat ein Büro in Los Angeles eröffnet, und ich werde es leiten.«

»Wahnsinn! Das ist ja toll!« Ich bemühe mich, mich aufrichtig für Christina zu freuen und dieses in mir aufsteigende gallige Neidgefühl zu ignorieren. In meinem momentanen Zustand gar nicht so einfach. »Und was ist mit Clemens? Geht er mit?«

»Neee, wir haben uns getrennt. Er kann einfach nicht damit umgehen, dass ich beruflich erfolgreicher bin als er. Ist aber nicht so schlimm. Ich hab in L. A. schon einen sehr netten Investmentbanker kennengelernt. Mal schauen, vielleicht wird was draus.«

»Wow, das hört sich ja alles sehr spannend an. Wann geht es denn los?«

»Am Montag. Ich bin gerade mitten in den Vorbereitungen.«

»Ach so. Dann hast du wahrscheinlich keine Zeit, heute Abend ein Bier mit mir zu trinken, oder?«

»Ehrlich gesagt – nein. Ich hab noch so viel zu tun. Du glaubst gar nicht, was man da so alles organisieren muss, wenn man in die Staaten geht. Aber vielleicht kommst du ja mal nach L. A. und wir trinken da eine Diet-Coke zusammen.« Sie lacht affektiert und man hat das Gefühl, dass sie sich schon gut in die amerikanische Mentalität eingefunden hat.

»Ja, vielleicht. Mail mir doch mal deine neue Adresse, sobald du drüben bist.«

»Mach ich Antonia. Ich muss jetzt auch mal weitermachen. Nett, dass du angerufen hast.«

»Ja, alles Gute für dich!«

»Für dich auch. Bis dann.«

»Bis dann.«

Ich glaube, uns ist in diesem Moment beiden klar, dass ich nicht nach L. A. kommen würde, um mit Christina eine Cola ohne Zucker zu trinken.

Ich gehe weiter durch mein Handytelefonbuch und probiere es bei Kerstin, die ich bei einem Englischkurs in der Volkshochschule kennengelernt und mit der ich ein paar lustige Stunden verbracht habe. Kerstin ist leider auch schon verabredet, was ja auch nicht weiter verwunderlich ist, schließlich ist es Freitagabend, und die meisten Menschen haben im Gegensatz zu mir ein geregeltes soziales Leben. Ich habe genug davon, einer Verabredung hinterherzutelefonieren. Das ist einfach zu demütigend. Ich entschließe mich, entgegen meiner Gewohnheiten und Vorlieben, alleine auszugehen. Alles besser als zu Hause zu sitzen und in tiefe Depressionen zu fallen. Ich entferne die Schäden in meinem Gesicht, zupfe nochmal an meinem T-Shirt und verlasse die Wohnung. Lukas hinterlasse ich keine Nachricht, er weiß, dass ich ausgehen will. Rahmendaten werden zumindest bei uns noch ausgetauscht. Ich habe mal gelesen, dass die meisten Ehepaare täglich im Durchschnitt nur noch zwölf Minuten miteinander reden. Bisher konnte ich mir das nicht vorstellen, jetzt weiß ich, es geht auch noch kürzer.

Unschlüssig stehe ich vor der Haustür. Links oder rechts? Ich habe natürlich nicht einen einzigen Gedanken daran verschwendet, wo ich jetzt hingehen könnte, da Katta die Abendplanung übernehmen wollte. Ich laufe zur Straßenbahnhaltestelle und fahre als Erstes in die Innenstadt. Damit kann ich schließlich nicht viel falsch machen. Am Friesenplatz steige ich aus, und wie immer weiß ich nicht, welchen der vier Ausgänge ich nehmen soll, weil sinnigerweise auf allen »Friesenplatz« steht. Ich entscheide mich also für den Friesenplatz und komme fast direkt am »One-Dollar-House« raus. Das One-Dollar-House ist ein kleines schäbiges Kino, in dem alte Filme laufen, die alle leider keinen Dollar, sondern satte 2,75 Euro kosten. Die Kinosäle sind ziemlich klein und sehen alle unterschiedlich aus, weil die Stühle wahrscheinlich allesamt vom Sperrmüll stammen und im Normalfall niemand 200 gleiche Stühle auf einmal wegwirft. Ein Wink des Schicksals! Ich gehe ins Kino. Das kann man wunderbar allein machen. Es ist sogar gut, alleine ins Kino zu gehen, da man sich mal so richtig auf den Film konzentrieren kann und einen keiner fragt, warum jetzt der Bruder von der Schwester der Sohn der Mutter ist. Ich lese mir die Inhalte zu den angebotenen Filmen durch und entscheide mich gegen *Trennung mit Hinder-*

nissen mit Jennifer Aniston und Vince Vaughn – »*Trennung mit Hindernissen* ist eine unkonventionelle und romantische Komödie auf den Spuren eines Paares und des oft witzigen, manchmal schmerzlichen doch immer unterhaltsamen Weges in die Abgründe und die Auflösung einer einst stabilen und liebevollen Beziehung … In Trennung mit Hindernissen geht es darum, dass sich Brooke (Jennifer Aniston) und Gary (Vince Vaughn) durch mentale Kriegführung gegenseitig aus der Wohnung ekeln wollen …« – und entscheide mich spontan für *Sommer vorm Balkon*:

»Ein Sommer in Berlin. In einem Mietshaus wohnen die Freundinnen Katrin (Inka Friedrich) und Nike (Nadja Uhl). Nike hat einen Balkon, Katrin hat einen Sohn, Ronald fährt Truck, Tina ist Kellnerin, Oskar und Helene sind alt und allein. Ob mitten im Leben oder fast am Ende, sie alle fragen sich das Gleiche: Dauert die Liebe über die Jahreszeiten? Oder ist sie nur ein Botenstoff im Hirn, der kommt und geht? Es wird gelebt und geliebt, und es ist immer noch Sommer in Berlin.«

Das ist doch genau das Richtige für mich. Ich kaufe mir ein Bier und eine kleine Tüte Chips (klein, wegen der Speckrolle) und setze mich im Kinosaal zwei relativ weit nach hinten in eine Art Bürostuhl, was den Vorteil hat, dass mir mein popcornkauender Sitznachbar nicht auf die Pelle rücken kann. Der Film ist wunderschön, schrecklich realistisch und wahrscheinlich deshalb auch furchtbar deprimierend. Zum Schluss haben beide Frauen immer noch keinen Freund, dafür aber ein Alkoholproblem. Das Leben mit Mitte, Ende dreißig, vor allem das Singleleben, erscheint einem nach diesem Film nicht unbedingt sehr sonnig, auch nicht, oder gerade nicht, wenn es zu einem großen Teil auf einem Berliner Balkon stattfindet. Mitten im Leben und doch voll am Ende.

Wenn bei mir alles so weitergeht wie bisher, sitze ich wahrscheinlich auch bald alleine auf einem kleinen Balkon in einer schlechten Gegend und trinke jeden Abend acht Flaschen Rotwein. Oder vielleicht habe ich ja noch nicht mal mehr einen Balkon. Ich lasse mich mit den anderen Kinobesuchern aus dem Saal auf den Kölner Ring spülen. Anscheinend wissen alle, wo sie hinwollen, nur ich nicht. Mittlerweile ist es dunkel geworden, und da ich nicht länger alleine vor dem Kino rumstehen möchte, gehe ich nach rechts in Richtung Friesenstraße. In der Friesenstraße gibt es zahlreiche Kneipen und Bars, und man findet zu jeder Tageszeit eine geöffnete Kneipe und einen mehr oder weniger geeigneten Trinkpartner. Ich entscheide mich für die »All Bar One«.

Eigentlich kann ich die All Bar One überhaupt nicht leiden. Hier treffen sich die Kölner, die meinen, dass sie was Besseres sind, denen ein Kölsch zu primitiv, Champagner aber viel zu teuer ist. Ich weiß ehrlich gesagt auch nicht genau, warum ich ausgerechnet in diese Bar gehe. Vielleicht, weil mir schnöselige Mittdreißiger weniger Angst machen als die hippen Medienfuzzies und schrägen Studenten in den anderen Kneipen. Ich betrete die Bar. Es sind schon einige Schöne und ein paar weniger Schöne, dafür aber teuer Gekleidete da. Ich setze mich an die Bar und bestelle mir ein Kölsch. Es dauert nicht lange, bis sich tatsächlich ein Mann in meine Richtung bewegt. Gott sei Dank! Es ist mir in diesem Moment scheißegal, dass er einen Pullover um seine Schultern geschlungen hat, Hauptsache männlich und interessiert. Nach der Geschichte im Demmer brauche ich ein Erfolgserlebnis, das mein zerstörtes, am Boden liegendes Selbstwertgefühl wieder ein bisschen aufrichtet. Schon deprimierend, dass ein Mann mittleren Alters, mit einem Pullover um die Schultern, dazu in der Lage sein könnte. Zu seinem Pullover trägt Thorben – so heißt dieses nicht mehr ganz frische Exemplar der männlichen Gattung – eine teure Markenjeans, ein blaues Hemd und braune Segelschuhe. Er sieht aus, als ob er direkt aus dem Hamburger Yachthafen kommt, um nach einem relaxten Segeltörn mit potenziellen Geschäftspartnern noch ein Gläschen Champagner zu trinken beziehungsweise Sekt, weil der Champagner ja zu teuer ist. Trotzdem sehr gepflegt, und sieht man mal von seinen Klamotten ab, auch ganz gut aussehend.

»Hi, wartest du auf jemanden?«, spricht er mich an.

»Nein, wieso?«, hauche ich.

»Na ja, eine Frau wie du, so ganz alleine. Das kann doch nicht sein.«

Was für ein Schleimer, aber ich lasse es mir heute gefallen, und mein Ego öffnet verschlafen das rechte Auge.

»Na ja, man kann doch auch als Frau mal alleine weggehen, oder?«

»Klar, ich finde, das sollten die Frauen viel öfter machen. Vor allem so attraktive Frauen wie du.«

Unser Gespräch geht in diesem Stil weiter und mein Ego hat bereits beide Augen offen und die Ohren gespitzt. Dann mache ich leider einen großen Fehler. Ich frage ihn, was er beruflich macht. Kommunikationsregel Nummer eins: Frage niemals einen hanseatisch anmutenden Schmierlappen nach seinem Beruf. Er erzählt mir prompt und ausführlich, dass sein Vater eine der größten Werbeagenturen in Deutschland hat und er mittlerweile Partner ist. Er erzählt, wie kreativ er ist, wie viele große Kunden er hat, und dass er froh ist, jetzt endlich das richtige Auto fahren zu können. Auch seine Sechszimmerwohnung und die Kreditkartensammlung sollte ich mir doch mal bei Gelegenheit anschauen. Ich ändere kurzfristig meine Meinung und finde, dass es doch besser ist, den Abend alleine zu verbringen. Ich habe absolut keine Lust, mich von diesem Angeber zu verabschieden und beschließe, einfach abzuhauen, bevor ich gelangweilt von meinem Barhocker kippe. Also sage ich ihm, dass ich aufs Klo muss, gehe aber stattdessen an eine Stelle zur Bar, die er nicht einsehen kann, bezahle meine drei Kölsch und schleiche mich hinter seinem Rücken zum Ausgang. Nicht gerade die feine englische Art, aber immerhin habe ich meine Getränke selber bezahlt, obwohl da eigentlich Schmerzensgeld fällig gewesen wäre. Ich verlasse die traurige Yuppiehöhle. Auf der Straße schaue ich mich nochmal um. In der erleuchteten Bar sehe ich Thorben, der sich gerade umgedreht hat und mich verwundert durch die Scheibe anguckt. Man sieht richtig, wie es in ihm arbeitet und er versucht, das, was er sieht, zu verstehen. Als er verstanden hat, rutscht er von seinem Barhocker und starrt mich angewidert an. Ich drehe mich um und verlasse das Friesenviertel. Nicht gerade souverän für eine 34-Jährige, aber so bin ich eben. Ich laufe wieder in Richtung Ring und biege am Zülpicher Platz rechts in die Zülpicher Straße ein. Überall kommen mir junge und szenige Menschen entgegen. Alle sind furchtbar gut gelaunt und gehen mir damit gehörig auf die Nerven. Ich biege noch einmal links ab und stehe vor meiner alten Wohnung: vor dem kleinen Schuhkarton, in dem ich einige Jahre meines Lebens verbracht habe, und ich muss sagen, dass es nicht die unglücklichsten waren. Hinter den Vorhängen brennt Licht, und ich stelle mir vor, wie es wäre, wenn das noch mein Licht wäre. Bevor ich richtig wehmütig werden kann, öffnet sich die Haustür und ein Mann mit einer Mülltüte in der Hand kommt aus dem Haus. Ich habe ihn hier früher nie gesehen, er kann noch nicht so lange hier wohnen. Er sieht mich doof vor dem Haus rumstehen.

»Suchen Sie jemanden?«

»Nein, ich hab hier nur was verloren.«

»Ach so. Was denn? Soll ich Ihnen suchen helfen?«, fragt er freundlich.

»Das ist sehr nett von Ihnen, aber ich glaube, das kann man nicht mehr wiederfinden.« Er guckt mich fragend an. Ich drehe mich an diesem Abend zum zweiten Mal einfach um, um zu verschwinden, und hoffe, dass das nicht zu einer weiteren schlechten Angewohnheit wird.

Es ist mittlerweile halb elf und definitiv noch zu früh, um nach Hause zu gehen. Auf eine Bar habe ich keine Lust mehr, weshalb ich mich für etwas Urigeres entscheide und ins »Oma Kleinmann« gehe. Es ist ziemlich voll und verraucht. Am liebsten würde ich sofort wieder umdrehen, zwinge mich aber dazu, mich zwischen einem ungefähr Fünfzigjährigen und einer Gruppe Studenten an die hölzerne Bar zu quetschen. Ich bestelle ein Kölsch und greife mir das *Tag & Nacht*, das Kölner Ausgehmagazin, das auf dem Tresen liegt, und blättere darin. Mal sehen, was die über das Oma Kleinmann schreiben:

»… sympathische Adresse, um sich ein Bier zu genehmigen oder ein leckeres Schnitzel zu verspeisen. Ansonsten gibt es Gutbürgerliches … Wer sich nach Küchenschluss unter den bewundernden Blicken der Umsitzenden mit Soleiern eine Trinkgrundlage schafft, sorgt für tischübergreifenden Gesprächsstoff. Die Klientel des alten Oma Kleinmann findet nicht mehr wirklich Anschluss …«

Ich muss über diese Formulierung schmunzeln und versuche, das Ganze mal zu übersetzen:

»Die größten Schnarchnasen bzw. die, mit denen sonst keiner was zu tun haben will, treffen sich in dieser abgeranzten Kneipe, um sich sinnlos zu besaufen, und wer noch in der Lage ist, ein eingelegtes Ei unbeschadet zu essen, wird gnadenlos zugequatscht …«.

Ich schaue mich um und würde sagen, dass das in etwa der Realität entspricht, obwohl gerade keiner ein Solei verspeist. Ich bestelle mir noch ein Kölsch und überlege, wann ich das letzte Mal hier war. Leider fällt es mir auch prompt wieder ein. Es war der Abend, an dem ich Lukas kennengelernt habe. Vielleicht war ja auch das der Grund, warum ich so zielstrebig hierhin gegangen bin. So langsam glaube ich ernsthaft, dass ich eine masochistische Ader habe. Kann man sich besser selbst quälen? Die Erinnerung an diesen Abend ist so klar in meinem Kopf, und mir kommt es kurz so vor, als wäre es erst gestern gewesen, dass ich mich in Lukas verliebt habe.

Es war auf einem Junggesellinnenabschied, auf den ich überhaupt keine Lust hatte, zu dem ich aber aus beruflichen Gründen gezwungen wurde. Es ging um die Hochzeit von Isabel. Isabel ist meine Kollegin bei Köllephonia und der Inbegriff der Langeweile. Sie ist genau genommen so langweilig, dass selbst Kate Moss nach einem Kilo Koks sofort schlafend vom Laufsteg kippen würde, wenn sie nur einen Satz mit Isabel wechseln müsste. Darüber hinaus hatte sie sich entschieden, einen Mann zu heiraten, der sie, was das anging, noch deutlich übertraf. Wenn die beiden gemeinsam in einem Raum sind, verbreitet sich sofort eine Stimmung, als hätten alle Anwesenden einen dreifachen Iron-Man-Triathlon hinter sich. An dem für diesen Abend reservierten Tisch saßen bereits zwei Frauen.

»Und woher kennst du die Isabel?«, fragte mich die eine von den beiden.

Ich wollte eigentlich gerade antworten, dass Isabel und ich letztes Jahr zusammen einen Hardcore-Pornofilm gedreht haben, konnte mich aber gerade noch beherrschen und sagte brav: »Wir arbeiten beide bei Köllephonia im Innendienst, wir sind also Kolleginnen.«

»Also, wir haben die Isabel und den Hajo im Pärchen-Koch-Kurs kennengelernt. Sozusagen bei Hühnerbrust in Tomatensoße«, erklärte Melanie, die andere Partymieze, und lachte sich halb kaputt darüber. Ein paar Minuten später kamen noch Isabels Nachbarinnen Katja und Cyhra dazu, die in etwa so aussahen wie die weibliche Version von Stan Laurel und Oliver Hardy. Das muss man erst mal schaffen. Ich war die Einzige, die ein pures Bier bestellt hatte, alle anderen tranken Radler oder Apfel-Schorle. Ich wusste, dieser Abend wird die Partynacht meines Lebens. Nachdem die Protagonistin des Abends – Isabel – in ein wirklich atemberaubend hässliches, quietschgelbes Tweety-Outfit steigen musste und sich einen monströsen Bauchladen umgeschnallt hatte, musste die Arme tatsächlich den umsitzenden Soleiern die Schuhe putzen, Tutti-Frutti-Kondome verkaufen, sich von jedem x-beliebigen Typen abknutschen lassen. Damit sorgte sie definitiv für schamgrenzenüberschreitenden Gesprächsstoff. Die Gespräche am Tisch drehten sich um Leute, die ich nicht kannte, wer wann geheiratet hat, wer bereits wieder geschieden war und was welche Hochzeit gekostet hat. Mein Gott, ich hatte zu diesem Zeitpunkt noch nicht mal einen Freund, geschweige denn einen Ehemann, und hatte das Gefühl, dass zwischen mir und den Mädels nicht nur eine hölzerne Tischplatte lag, sondern mehrere Kontinente und die sieben Weltmeere. Nachdem sich Isabel bei Oma Kleinmann 100-prozentig zum Affen gemacht hatte, haben wir die Kneipe endlich verlassen. Ich wurde gezwungen, ein lustiges Hütchen aufzusetzen, und ein T-Shirt anzuziehen, auf dem der wahnsinnig originelle Spruch stand »Isabels letzter Tag in Freiheit«, das Melanie aus ihrer Sporttasche gezaubert hatte.

Bei dem Gedanken an das Bild, das unsere kleine Hochzeitsvorbereitungsgesellschaft an diesem Abend abgegeben haben muss, muss ich lächeln und bestelle mir noch ein Bier. Die nächste Station des Junggesellinnen-Abends war eine thailändische Karaokebar, in diesem typischen, kitschigen

Bali-Style: Bambustische und Stühle, überall Blumen und Pflanzen aus Plastik und Bedienungen im Geisha-Look. Die Gäste von Karaoke-Bars lassen sich grundsätzlich in verschiedene Gruppen einteilen: In erstens die, die nicht singen können, aber glauben, dass sie es können und die jedes Wochenende hoffen, dass Dieter Bohlen vorbeikommt und ihnen vom Fleck weg einen Plattenvertrag anbietet. Die zweite Gruppe ist die Grölfraktion, die nicht singen kann, es aber unter erhöhtem Alkoholkonsum extrem gerne tut. Und drittens die Gruppe, die auf Karaoke überhaupt keine Lust hat und die ich an diesem Abend sehr würdevoll repräsentierte. Nachdem ich mehreren Vertretern der beiden ersten Fraktionen gelauscht hatte und ein nach drei Radlern angetrunkener Tweety »I will always love you« zum Vortrag brachte, musste ich leider die asiatische Sangeshöhle umgehend verlassen. Ich stand vor dem Eingang der Bar und rauchte eine Zigarette, die ich mir auf dem Weg nach draußen geschnorrt hatte, obwohl ich ja eigentlich gar nicht rauche. Gleich nach mir kam ein nett aussehender Typ aus der Karaokebar, der mich kurz anlächelte, um dann nach rechts in Richtung Innenstadt abzubiegen. Ich schaute ihm wehmütig hinterher. Wie viel lieber wäre ich mit ihm gegangen, als mit diesen lahmen Hühnern da oben den Abend zu verbringen. Aber ehrlich gesagt, hätte ich den Abend auch lieber mit Kermit dem Frosch verbracht, als mit dem singenden Tweety auf Valium. Als ich mir gerade überlegte, mit welcher Ausrede ich mich gleich vom Acker machen würde und schon mal ein schmerzverzerrtes Gesicht übte, kam der Typ von eben wieder um die Ecke gebogen. In der Hand hielt er zwei Flaschen Bier. Als er bei mir angekommen war, sprach er mich an.

»Alles okay mit dir?«, fragte er und bezog sich wohl auf die Übung des schmerzverzerrten Gesichtsausdruckes, der sich sofort in Richtung dummes Grinsen veränderte.

»Ja … ja, alles klar«

»Ich glaub, du kannst das hier brauchen«, sagte er und drückte mir die Flasche Bier in die Hand.

Ohhhhhhh ja! Und wie ich das brauchen konnte. Es war herrlich. Ein Mann, der im Vorbeigehen erkennen kann, dass ich genau jetzt unbedingt ein Bier brauchte und es mir dann auch noch brachte. Irgendwann kam Cyhra schlecht gelaunt aus der Bar.

»Ach, hier bist du. Wir haben uns schon Sorgen gemacht«, nölte sie.

»Ich hab hier gerade den Lukas kennengelernt«, beschrieb ich das, was man sowieso schon deutlich sah. Cyhras Blick fiel auf die vier leeren Bierflaschen, die neben uns auf dem Boden standen.

»Ach, und wann kommste wieder rein? Jeder muss mal singen. Wir sind durch, nur du fehlst noch.«

»Alles klar, ich komme gleich«, log ich.

Lukas und ich saßen fast die ganze Nacht vor der Karaokebar. Die Tweetyfraktion ist irgendwann beleidigt abgezogen. Mir war das allerdings komplett egal. Nur der Moment war wichtig, der Moment mit Lukas. Ich glaube, ich verliebte mich in dem Augenblick so richtig in ihn, als er sagte, dass er leidenschaftlich gerne *Die drei ???* hört. Zu dem Zeitpunkt dachte ich nämlich, ich wäre die einzige Verrückte über dreißig, die abends zum Einschlafen Kinderkassetten hört. Um vier Uhr morgens stiegen wir gemeinsam in ein Taxi.

»Leevje, wat es dann su lustich?«

Der ältere Herr neben mir schaut mich fragend an.

»Wieso?«

»Jo, du setz hier cröm un jrimels vür dich hin. Wööd jään ens wesse, wat m'r drinke muss, öm esu jlöcklich vür sich hin ze luure.« Mein Gott, spricht der Mann ein breites Kölsch.

Ich verstehe zunächst kein Wort und muss mehrmals nachfragen, bis ich herausfinde, dass er wissen will, warum ich so glücklich aus der Wäsche gucke.

»Ach, ich hab nur an was Schönes gedacht.«

In dem Moment, wo ich es sage, wird mir wieder bewusst, in welcher Situation ich mich gerade befinde. Der Abend, an dem Lukas und ich uns kennengelernt haben, ist lange her. Jetzt sitze ich ganz alleine im Oma Kleinmann, neben einem kölschen 50-Jährigen. Lukas ist nicht da und noch nicht mal ein heiratswilliger Tweety leistet mir Gesellschaft.

»Leevje, wat es dann jetz loss? Eben wors do noch jlöcklich, un jetz luurst do us d'r Wäsch, als ov do jeden Moment anfängs ze kriesche. Kumm, ich dunn d'r noch e Bier.«

»Was?«

»Naaa, warum do su traurich bis. Eben wors do doch noch jlücklich.«

Er spricht jedes Wort überdeutlich aus, so als ob er mit einer Ausländerin spricht, die erst sehr wenige Deutschstunden hatte. Er bestellt zwei Kölsch und schiebt mir eins rüber.

»Danke.« Ich bringe ein kleines Lächeln zustande und wir stoßen an.

»Sühs do, et jeiht doch. Häss du Knatsch wäjen enem Kääl?«

»Was?«

»Na, ob do Ärger wäjen einem Kääl hast?« Er guckt mich offen an und wirkt ehrlich interessiert. Ich erzähle Karl, so heißt der ältere Herr neben mir, von Lukas und von Sabs und von … allem. Er hört aufmerksam zu und unterbricht mich nicht. Als ich fertig bin, sagt er:

»Weis do, Leevje, et kütt wie et kütt und et hätt no immer jot jejange. Un esu weed dat och bei dir sin. Do bis su e lecker Mädsche, do wär dä doch ärsch beklopp, wenn dä dich einfach su jonn losse wööd.«

Ich gucke ihn mit großen Augen an.

»Na ich meine, dat dein Typ doch ächt bekloppt wär, wenn er su wat Leckeres wie dich einfach so jonn lassen wird.«

Wie gerne würde ich daran glauben. Karl und ich trinken noch ein Bier zusammen und er erzählt mir, dass er auch nicht immer Glück mit seinen Beziehungen hatte, aber heute trotzdem sehr zufrieden mit sich und seinem Leben ist. Irgendwann ertrage ich das Oma Kleinmann aber trotzdem nicht mehr. Ich bezahle, gebe dem netten Karl zum Abschied links und rechts ein Küsschen und verlasse die Kneipe. Ich gehe links die Zülpicher Straße runter, komme nach ein paar Metern zum Mensagebäude der Universität, biege rechts ab in den Grüngürtel, den ich vor ein paar Tagen noch sauber gemacht habe, und setze mich auf eine Parkbank. Es sind immer noch viele Leute unterwegs, kichernd laufen sie Arm in Arm an mir und meiner Bank vorbei. Eine kleine Träne läuft mir über das Gesicht. Ich habe Angst, dass es jemand sieht und wische sie weg. Plötzlich merke ich, wie mich irgendjemand anstarrt. Ich hebe den Kopf und blicke direkt in das verknautschte Gesicht eines Mopses, der mich mit seinen schwarzen Knopfaugen treuherzig anguckt.

ZWÖLF
»Bärbel, nein!«

»Bärbel, nein!«, schallt es aus der Dunkelheit. Zwei Männer kommen aus dem Schatten der Nacht auf mich zu. Bärbel – ich gehe mal davon aus, dass der Mops so heißt – starrt mich immer noch an. Ich starre zurück, was Bärbel aber wenig irritiert. »Bist du Bärbel?«, spreche ich den Hund an, der den Kopf schief legt, was unglaublich putzig aussieht. Ich lasse mich hinreißen und versuche Bärbel zu streicheln. Leider versteht Bärbel irgendetwas falsch und beißt mir knurrend in die Hand. Die kleinen spitzen Zähnchen bohren sich brutal in meinen Ringfinger. In diesem Moment ist mir mal wieder vollkommen klar, warum ich Hunde nicht leiden kann. Hunde sind so dämlich, dass sie noch nicht mal einen Frauenfinger von einer Brühwurst unterscheiden können.

»Bärbel!« Die zwei Jungs sind mittlerweile an meiner Bank angekommen.

»Ach du je, hat Bärbel dich etwa gebissen?«, fragt der eine der beiden.

Er ist groß, trägt Turnschuhe, Jeans und ein stylishes T-Shirt, auf dem der Kölner Dom abgebildet ist. Er hat fast keine Haare mehr, und die wenigen, die er hat, sind abrasiert, was ihm aber sehr gut steht. Er ist das krasse Gegenteil von dem kleinen haarigen und ziemlich hässlichen Hund, der sich mittlerweile in meiner Handtasche festgebissen hat, die neben mir auf der Erde steht.

»Na ja, ich würde eher sagen gezwickt. Nicht so schlimm«, beruhige ich den Dom-T-Shirt-Träger, »aber vielleicht könntet ihr dafür sorgen, dass der Hund aufhört, auf meiner Tasche rumzukauen.«

»Bärbel, nein!«

Bärbel hat so viel Spaß mit meiner Tasche, dass es sie überhaupt nicht interessiert, was ihr Herrchen so von sich gibt.

»Bärbel!«, schreit er nochmal, ohne Reaktion von Seiten des Hundes.

»Du hast deinen Hund nicht im Griff, Lars«, mischt sich jetzt der zweite Typ ein. Lars greift nach Bärbel, die sich aber nicht von meiner Tasche lösen lässt.

»Immerhin war ich mit ihr in der Hundeschule«, verteidigt sich Lars. Bärbel zerrt immer noch an meiner Tasche.

»Hundeschule reicht halt nicht. Das Vieh braucht jemanden, der ihm sagt, wo es langgeht. Guck dir das da doch mal an.«

»Quatsch. Der Hund braucht einfach noch ein bisschen Zeit, um sich zu entwickeln.«

»Bärbel! Schluss jetzt!«, versucht es jetzt der andere. Bärbel guckt kurz hoch, um dann sofort weiterzumachen.

»Ganz toll, Frieder, dein autoritäres Gehabe funktioniert ja großartig.« Lars freut sich offensichtlich, dass sein Kumpel genauso wenig Erfolg hat wie er, was meiner Tasche nicht gerade hilft. Aus dem Gebüsch gegenüber kommt plötzlich ein Geräusch, wahrscheinlich ein Hase. Bärbel schaut aufgeschreckt hoch und lässt dabei meine Tasche los. Ich greife blitzschnell zu und nehme meine besabberte und angebissene Tasche auf meinen Schoß.

»So ist brav, Bärbel!«, lobt Lars den Hund jetzt, als ob der die Tasche freiwillig losgelassen hätte. Frieder schüttelt den Kopf. Er ist fast genauso groß wie sein Freund, nur dass er mit seinem gestreiften Hemd, der modischen Jeans und den eckigen Lederschuhen wesentlich schicker aussieht. Und er ist noch stolzer Besitzer eines verwuschelten blonden Haarschopfes, in dem ungefähr eine Tonne Haarwachs ein Zuhause gefunden hat. Auch sehr nett.

»Bärbel bringt dich noch ins Gefängnis«, sagt er zu seinem Kumpel und wendet sich dann an mich: »Letzte Woche hat sie einem Jogger in die Achillessehne gebissen und dann einer Politesse die Uniform zerfetzt. Die Politesse war ein harter Brocken, die wollte uns sofort verklagen. Das war härteste Überzeugungsarbeit, diesen undankbaren Köter vor dem Knast zu bewahren. Bei dir wirklich alles in Ordnung?«

Das mit der Politesse kann ich mir lebhaft vorstellen. Ich kann mir sogar vorstellen, dass diese beiden sympathischen Jungs es schaffen, ein Huhn davon zu überzeugen, dass Eierlegen total unnötig ist.

»Ja, soweit alles in Ordnung. Ich hoffe mal, dass die Spucke auf meiner Tasche wieder trocknet und keine Flecken hinterlässt. Na ja, und die Bissspuren ...«

»Ach du je, zeig mal. Hmmm, keine Ahnung, ob das Flecken gibt. Wir sollten das beobachten. Vielleicht bei einem Kölsch? Sozusagen ein Schmerzensbier für die einsame Dame auf der Parkbank?«, fragt mich Lars.

»Warum nicht. Gerne.«

So einfach kann es sein. Man muss sich nur einem gigantischen Kampfhund in den Weg stellen, und schon hat man eine astreine Verabredung. Ich liebe Hunde!

»Gut, dann lass uns zu mir nach Hause gehen.«

»Nach Hause?«, frage ich begriffsstutzig und habe sofort das Panik-P in den Augen. So habe ich mir das nicht vorgestellt. Ich gehe doch nicht einfach so mit zwei Typen mit, die ich gerade erst kennengelernt habe, auch wenn der eine harmlose blonde Surferlocken hat und der andere einen Mops namens Bärbel.

»Ich liefere nur schnell die bissige Bärbel ab, und dann gehen wir in eine Kneipe um die Ecke.« Man könnte meinen, die Jungs können Gedanken lesen. Aber vielleicht können sie auch einfach nur Gesichtsausdrücke deuten.

»Zu Hause abliefern? Ach so, ja. In die Kneipe? Ja … Nee, super. Komm ich mit …«

Wir laufen wieder in Richtung pralles Leben auf die Zülpicher Straße, um dann zum Barbarossaplatz abzubiegen. Auf dem Weg stellen sich die beiden vor. Bei den Mopsbesitzern handelt es sich um Lars und Frieder und beide sind jugendliche 32 Jahre alt. Lars arbeitet bei der Lufthansa in der Verwaltung und Frieder ist Einkäufer bei einem Herrenausstatter. Jetzt weiß ich auch, warum er so gut angezogen ist. Vor einem schönen Altbau, von denen es in Köln so gut wie keine mehr gibt, bleiben wir stehen, und Lars bringt Bärbel nach oben. Frieder und ich warten unten, und ich erzähle ihm, wie ätzend ich es finde, wenn Hunde in den Grüngürtel kacken und Hundebesitzer das Geschäft ihrer Vierbeiner nicht ordnungsgemäß entsorgen. »Weißt du, ich kann das ja verstehen, dass man Hunde hat, aber müssen die denn überall hinscheißen? Schließlich kann da ja auch jemand drin ausrutschen.«

»Ach was, so blöd ist ja wohl keiner, oder? Schließlich ist so ein Haufen doch gut sichtbar«, entgegnet Frieder frech.

»Ha, nicht wenn er im Gras liegt!«

»Toller Dünger!«

»Dünger?«

»Ja, so ein Hundehaufen ist für den Rasen ein wahrer Segen. Was meinst du, wie viele Tiere sich von so einem Haufen ernähren können. Millionen!«

»Du willst mir doch nicht ernsthaft erzählen, dass Hundehaufen im Gras eine ökologische Maßnahme sind, oder?«

»Na ja, schon irgendwie. Sie sichern das Überleben von zahlreichen Wurmkulturen, auch wenn wir die eklig finden. Auch Würmer haben ein Recht auf Leben, oder?«

Ich will gerade Luft holen, um mich über Frieders Parasitentheorie aufzuregen, als ich sehe, wie er anfängt, unglaublich breit zu grinsen. Er zieht eine kleine Plastiktüte zur Beseitigung von Hundehaufen aus der Hosentasche und mir wird klar, dass er mich verarscht hat.

Ich trete ihm vors Schienbein. Aber nur ein bisschen.

»Sag mal, was hast du eigentlich so ganz alleine auf dieser Bank gemacht? Du sahst nicht gerade glücklich aus«, sagt Lars, als wir in einer sehr netten Kneipe am Barbarossaplatz sitzen, die mir vorher noch nie aufgefallen ist.

»Würdest du glücklich aussehen, wenn vor dir ein riesiger Kampfhund sitzt, der dir schon den halben Finger abgebissen hat?«

»Wenn es Bärbel ist, ja. Aber jetzt mal ehrlich, was ist los mit dir?«

Ich weiß nicht genau, warum ich es tue, aber ich erzähle auch Lars und Frieder eingehend von meinem Beziehungsdesaster. Die beiden schwanken ständig zwischen großem Mitleid und kaum zu unterdrückenden Lachanfällen und ordern bei jedem neuen Problem ein Kölsch. Bei der Kinderfrage Mitleid und ein Kölsch, bei der Hochzeitsproblematik ein Lachanfall und ein Kölsch und bei der Hundekot-Aktion Mitleid, ein Lachanfall und ein weiteres Kölsch. Nachdem ich meine Geschichte beendet habe, bin ich schon ganz schön betrunken. Lars nimmt mich in den Arm. Es tut mir wahnsinnig gut, wieder mal mit jemandem unterwegs zu sein, der meine ganzen Probleme nicht so schwer nimmt und dazu auch noch so gut aussieht. Mein Handy meldet eine SMS. Sie ist von Katta, die Entwarnung gibt. Es handelt sich lediglich um einen verstimmten Magen und sie konnte ihre Mutter schon wieder mit nach Hause nehmen. Mir fällt ein riesiger Stein vom Herzen und ich habe das Gefühl, dass es in meinem

Leben zumindest wieder ein klein wenig bergauf geht. Die zwei Liter Kölsch, die ich mittlerweile intus habe, fordern ihr Recht und ich gehe auf die Toilette. Ich habe eigentlich mit einer langen Schlange vor der Tür gerechnet, da der Laden brechend voll ist, aber zu meiner Überraschung bin ich die Einzige auf der Damentoilette.

»Bin schon wieder da. Gar nichts los auf der Frauentoilette!«, sage ich, als ich nach kurzer Zeit wieder an der Bar erscheine. Die beiden Jungs gucken sich an.

»Sag bloß, du hast bis jetzt nichts mitgekriegt?«, fragt mich Frieder.

»Wieso, was meinst du? Was mitgekriegt?«

Lars hält sich die Nase zu und wiederholt immerzu »Erde an Antonia, Erde an Antonia!« Ich kapier überhaupt nichts mehr.

»Antonia, guck dich doch mal um! Wer bitteschön soll hier auf das Damenklo gehen?«

Ich lasse meinen Blick durch die Kneipe schweifen und muss feststellen, dass fast ausschließlich Männer hier ihr Bier trinken. Meine Leitung ist wirklich so lang, dass sie wahrscheinlich mehrfach um den ganzen Erdball reicht. Die beiden lachen sich halb tot.

»Und, schlimm?«, fragt mich Frieder.

»So schlimm, dass ich sofort nochmal drei Bier bestelle.«

Es wird einer der schönsten Abende, die ich je hatte. Ich habe noch nie so viel getanzt, gelacht, gesungen und ausgelassen gefeiert. Nach einer Stunde kenne ich die halbe Kneipe. Die Tatsache, dass es sich um eine schwule Kneipe handelt, gibt mir Sicherheit, mir kann hier schließlich nichts passieren. Für ein paar Stunden vergesse ich den ganzen Scheiß mit Lukas, die Kinderfrage, meinen drögen Job, und Hochzeiten finde ich heute Abend sowieso spießig. Das finden Lars und

Frieder auch. Fast wäre ich zwischendrin allerdings doch in Tränen ausgebrochen, einfach, weil diese beiden tollen Männer der Frauenwelt nicht zur Verfügung stehen. Die zwei sind einfach großartig. Sie sind seit drei Jahren ein Paar, und da sie nun mal keine Kinder bekommen können, haben sie sich Bärbel angeschafft, die fast genauso viel Arbeit macht wie ein Kleinkind. Ansonsten haben sie sich gerade einen Campingwagen gekauft, mit dem sie ständig durch Europa touren, und haben außerdem auch noch ein kleines Boot auf dem Rhein, mit dem sie im Sommer oft Ausflüge machen. Irgendwann wollen sie sich ein Haus in Südfrankreich kaufen und dort ihren Lebensabend verbringen. Das dauert Gott sei Dank aber noch ein bisschen.

Gegen drei Uhr morgens fallen wir aus dem »Corner«, total betrunken, glücklich und unfassbar hungrig. Alle drei könnten wir ein ganzes Schwein vertilgen und machen uns auf den Weg zu Burger King, um zumindest einen kleinen Teil eines Schweins beziehungsweise eines Rindes abzubekommen. Wir bestellen alle ein Big-King-XXL-Menü mit einem XXL-Burger, von dem Burger King sagt, dass das XXL keine Größenbezeichnung ist, sondern eine Kampfansage. Dazu gibt es Pommes, Cola und einen Schokoladendonut. Dieses Menü umfasst genau 1807 kleine Kalorien, was dem kompletten Tagesbedarf einer erwachsenen Frau entspricht. Rechnet man jetzt noch die 13 Kölsch dazu, die ich getrunken habe … – aber ab 2,0 Promille interessieren mich Kalorien sowieso nicht mehr. Frieder bestellt außerdem für uns alle eine Burger-King-Krone, die wir natürlich sofort aufsetzen. Danach sprechen wir nur noch Oxford-Englisch und benehmen uns herrschaftlicher als Queen Mum. Ich bleibe in meiner tragischen Rolle und spiele Diana, die »Königin der Herzen«. Sogar Dianas Essproblem krieg ich super hin, indem ich einen

1-a-Fressanfall spiele, der mindestens 20 Pommes auf einen Schlag das Leben kostet.

Ungefähr eine Stunde später taumele ich in den Hausflur. Mein Gott, bin ich betrunken und ist mir schlecht. Schielend starre ich die Treppe hoch und frage mich, ob ich auch nur den Hauch einer Chance habe, die drei Stockwerke zu bezwingen. Ich atme tief ein, halte mich am Geländer fest und erklimme die erste Etage. In meinem Mund sammelt sich Spucke, ein untrügliches Zeichen dafür, dass ich mich gleich übergeben muss. Ich versuche, die Spucke im Zaum zu halten und schnellstmöglich in die dritte Etage zu kommen, wobei ich noch über eine Stufe stolpere und fast mit dem Kopf gegen die Haustür von Frau Schniebel knalle. Frau Schniebel hätte sich bestimmt sehr über meinen Besuch gefreut und Kaffee und Kuchen angeboten. Bei dem Gedanken an Kuchen wird mir noch schlechter und in der zweiten Etage befindet sich in meinem Mund bereits eine Wasseransammlung in der Größenordnung des Bodensees, der kurz davor ist, über die Ufer zu treten. Ich torkele, so schnell ich kann, die letzte Treppe hoch. Und wieder einmal muss ich feststellen, dass ich es nicht schaffen werde. Ich werde es nicht schaffen, den Schlüssel rechtzeitig aus meiner zerbissenen Handtasche zu kramen, aufzuschließen und bis ins Bad zu gelangen. Aber diesmal kenne ich mich ja aus. Ich schnappe mir den roten Eimer aus der Abstellkammer, rutsche an der Wand entlang und übergebe mich in den Eimer. Nach einer gefühlten Ewigkeit haben sich die zerschnittenen Kartoffeln und das ermordete Stück Rind an mir gerächt und sich den Weg nach draußen zurückerobert. Allerdings haben Burger und Pommes auch einige Verluste zu verzeichnen, wie ich finde. Ich öffne die Tür zur Abstellkammer, stelle den Eimer neben den Wischmopp und mache die Tür wieder zu. Ordnung muss sein. Ich schließe die Haustür auf und wanke unsicher durch den dunklen Flur. Auf gar keinen Fall möchte ich Lukas wecken. Ich schaffe es auch tatsächlich, unbeschadet ins Badezimmer zu kommen, wo ich den zu kurzen Rock und das zu enge T-Shirt ausziehe und mir zumindest die Zähne putze. Die Burger-King-Krone sitzt auch, nachdem ich das T-Shirt ausgezogen habe, zwar schief, aber noch immer auf meinem Kopf. Ich frage mich, wie ich das geschafft habe und sehe es als Zeichen, dass ich die Krone immer aufbehalten soll. Also rücke ich sie gerade, gehe ins Schlafzimmer, in dem Lukas friedlich liegt und schläft, und kippe auf meine Seite des Bettes, um in einen tiefen, bierschweren Schlaf zu fallen. Die Königin der Herzen auf dem Weg in eine bessere Zukunft.

DREIZEHN
Die Königin der Herzen

Die Zukunft lässt sich zunächst nicht so positiv an wie gedacht. Am nächsten Morgen wache ich mit grauenhaften Kopfschmerzen und einer zerdellten Burger-King-Krone auf dem Kopf auf. Lukas ist auf seiner Fortbildung, die noch das komplette Wochenende andauert. Mein Gesicht ist verquollen, der verschmierte Eyeliner und die zerlaufene Wimperntusche vertiefen noch die dunklen Ringe unter meinen Augen und die Kanten der Krone haben unschöne Rillen in meiner Stirn hinterlassen. Ich bin sehr froh, dass mich keiner so sehen kann. Weil ich mich so fühle wie ich aussehe, stelle ich mich unter die Dusche, um zumindest die abwaschbaren Spuren des Abends zu beseitigen. Danach schleiche ich in die Küche, um den Versuch zu starten, einen Kaffee zu trinken. Als ich um die Ecke biege, trifft mich fast der Schlag. Auf dem Küchentisch steht ein riesiger Strauß Rosen, bestimmt vierzig Stück. Ich zähle nach, es sind genau 39 wunderschöne tiefrote Rosen. Daneben steht ein Glas mit Wasser, ein Aspirin und ein Brief. Ich nehme den gefalteten Zettel, auf dem *Antonia* steht. Ich bin dieses Mal zu kaputt, um in Panik zu verfallen, und die Blumen sehen auch nicht danach aus, als ob es sich um eine Hiobsbotschaft handeln könnte.

Mein Schatz, ich finde es so traurig, dass wir uns im Moment so wenig sehen. Ich wollte dir nur sagen, dass ich dich vermisse. Lass uns bitte über alles in Ruhe reden. Bin mor-

gen Abend so gegen 20:00 Uhr von meiner Fortbildung zurück.
Dein Lukas

PS: Die Krone steht dir wirklich gut! Und nimm das Aspirin, dann wird es dir garantiert besser gehen.

Eine Träne läuft mir über das Gesicht, so gerührt bin ich. In letzter Zeit vergeht kein Tag mehr, ohne dass ich heule. Aber es ist ja bekannt, dass die Königin der Herzen ziemlich nah am Wasser gebaut hat. Ich stecke meinen Kopf in diese unglaublich herrlichen Rosen und vergesse ganz kurz meinen Kater. Ich bin so erleichtert. Eigentlich hatte ich schon nicht mehr daran geglaubt, dass Lukas und ich uns wieder näher kommen. Ich nehme das Aspirin, mache mir ein kleines Müsli, um meinen Magen zu beruhigen, und einen Kaffee, gehe mit den Rosen und dem Brief wieder ins Schlafzimmer, stelle die Blumen so, dass ich sie vom Bett aus gut sehen kann und lege mich wieder hin. Es gibt nur eine sinnvolle Tätigkeit bei Kater für mich: Keine Tätigkeit. Es gibt ja Menschen, die schwören darauf, an die frische Luft zu gehen und sich zu bewegen, ich schwöre darauf, drin zu bleiben, mich nicht zu bewegen und mir die Wiederholung zahlreicher, schlecht geschriebener und billig produzierter Soaps anzuschauen. Bei Folge zwei der 180. Wiederholung von *Verliebt in Berlin* schlafe ich wieder ein. Zwischendrin öffne ich die Augen und frage mich, warum die Hauptdarstellerin Lisa Plenske in Folge 821 immer noch so beschissen aussieht wie in Folge eins. Dann schaue ich direkt auf das Meer von Rosen, vergesse Lisa sofort wieder und träume von einer romantischen und glücklichen Zukunft mit Lukas.

Gegen zwei Uhr höre ich Stimmen vor unserer Tür, die sich auch nicht direkt wieder entfernen. Ich pelle mich aus dem Bett, gehe leise in den Flur und gucke durch den Spion. Im Flur stehen Herr Spiller und der theoretische Pitbull-Besitzer Herr Olschinsky. Ich halte mein Ohr an die Tür, um zu verstehen, was die beiden sprechen.

»Wo kann das denn nur herkommen?« Das war Herr Spiller. Liebend gerne würde ich die Tür aufreißen und die beiden zusammenstauchen, weil sie mich geweckt haben, aber leider bin ich im Moment nicht gesellschaftsfähig.

»Das gibt's doch gar nicht. Vielleicht aus der Abstellkammer. Ist die offen?«, meldet sich Herr Olschinsky zu Wort. Also, das geht doch wohl jetzt zu weit, was machen die da bloß, das ist unsere Abstellkammer. Ich reiße ungeachtet meines Schlafanzugs, der wirren Haare und des zerquollenen Gesichts die Tür auf. Herr Olschinsky hat bereits die Tür zu unserer Abstellkammer geöffnet und hält den roten Eimer in der Hand. Er schaut ziemlich blöde aus der Wäsche.

»Können Sie mir vielleicht mal erklären, was Sie in meiner Abstellkammer zu suchen haben?«, blaffe ich ihn an.

»Ähhhh, hallo Frau Roos.« Er ist sichtlich irritiert, und auch der Günter Grass für Arme guckt nicht gerade intelligent.

»Es tut mir leid, aber hier im Hausflur stinkt es so schrecklich, und wir hatten die Vermutung, dass das aus Ihrer Abstellkammer kommt und deshalb haben wir einfach mal nachgeschaut.«

»Ach, einfach mal so nachgeschaut?!«, rege ich mich auf und sehe unseren roten Eimer, den Herr Olschinsky angewidert von sich weg hält. Zeitgleich schlägt mir ein widerlicher Geruch entgegen, der mir fast den Atem nimmt. Durch den Gestank werden wohl auch meine Gehirnzellen aus ihrem Alkoholtran gerissen und fangen an, sich vage zu erinnern. Mir schwant Übles, und mir fällt wieder ein, dass ich es war, die heute Nacht total besoffen in den Eimer gekotzt hat und ihn dann einfach in die Kammer geräumt hat. Ich reiße

Hern Olschinsky den Eimer aus der Hand und schließe die Haustür hinter mir. Mein Atem geht schnell. Ich habe mich spontan gegen irgendwelche Ausreden entschlossen, da mir sowieso kein Mensch irgendetwas geglaubt hätte, vor allem nicht in diesem Aufzug. Der Gestank von meinem Erbrochenen breitet sich nun in der Wohnung aus und ich bin kurz davor, mich wieder zu übergeben. Ich rase ins Bad, kippe den unappetitlichen Inhalt des Eimers in die Toilette und spüle Kölsch und XXL-Burger in die Kanalisation. Dann putze ich den Eimer aus und stelle ihn, nachdem ich mich versichert habe, dass die beiden von der Geruchspolizei weg sind, wieder in die Abstellkammer. Mein Ruf in diesem Haus ist nun endgültig ruiniert, und komischerweise beruhigt mich dieser Gedanke ein bisschen.

Da ich nun schon mal aufgestanden bin, entschließe ich mich einkaufen zu gehen. Lukas wird sich bestimmt freuen, wenn morgen Abend was Essbares in der Wohnung ist, wo er doch das ganze Wochenende arbeiten muss. Nachdem er den ersten Schritt gemacht hat, bin ich bereit, den zweiten zu gehen. Die Königin der Herzen ist sich nicht zu schade, was zu essen zu besorgen. Ich ziehe mich an, setze mir die Baseballkappe auf die unfrisierten Haare und trolle mich in den Supermarkt. Einkaufen ist für mich ein Gräuel, vor allem am Samstag. Am meisten rege ich mich über die alten Leute auf – vor allem, wenn ich verkatert bin. Warum müssen Rentner immer zu den Zeiten einkaufen gehen, wenn berufstätige Menschen, die keine andere Möglichkeit haben, auch zum Einkaufen gehen? Das ist doch reine Schikane. Ich überlege, was ich denn kochen könnte, und fahre zuerst an die Fleischtheke. Ich starre auf rohe Schnitzel, blutige Steaks und fettige Würste. Mein Magen reagiert prompt und protestiert lautstark gegen jegliche Fleischzufuhr. Also kein Fleisch. Fisch kommt sowieso nicht in Frage, weil ich nicht den Schimmer einer Ahnung habe, wie man einen Fisch richtig zubereitet. Also vegetarisch. Ich sehe grüne Kohlköpfe, riesige Auberginen, reife Zucchini und frische Möhren, mit denen ich absolut nichts anzufangen weiß. Also packe ich zwei Fertigpizzen, einen Salatkopf, Chips und eine Flasche sehr guten Rotwein in meinen Einkaufskorb. Das ist doch alles, was man für ein gelungenes Abendessen braucht, oder? Tim Mälzer und Jamie Oliver, ihr könnt mich mal! Antonia Roos schafft auch so eine wahrhaft häusliche und angenehme Atmosphäre. Eva Herman wäre stolz auf mich. Den Gedanken find ich lustig und rege mich noch nicht mal darüber auf, dass mir eine etwa 95-Jährige mit ihrem Einkaufswagen in die Hacken fährt und mich dann auch noch fragt, was die eingelegten Gürkchen denn kosten.

Zu Hause rufe ich Katta an und erzähle ihr von meinem feucht-fröhlichen Abend mit Bärbel, Lars und Frieder und von Lukas' wundervoller Versöhnungsaktion.

»Das freut mich aber, Antonia. War ja doch ziemlich chaotisch die letzten Tage mit euch beiden. Wäre schön, wenn ihr euch wieder zusammenraufen könntet.«

»Die neununddreißig Rosen stimmen mich zumindest optimistisch.«

»Neununddreißig?«

»Ja, ich hab nachgezählt. Wieso?«

»Wieso schenkt er dir neununddreißig Rosen?«

»Wahrscheinlich, weil es im Blumenladen nur noch neununddreißig Rosen gab. Ist doch egal, oder?«

»Na ja, du weißt schon, dass es Unglück bringt, wenn man eine ungerade Anzahl Rosen verschenkt?«

»Ach Katta, du spinnst, ehrlich. Ich freu mich drüber und bin sicher, dass mir die Rosen kein Unglück bringen.«

»Na, hoffen wir es mal. Ich wäre ja auch froh, wenn das mit Sabine dann endlich aus der Welt ist.«

»Wieso mit Sabine? Darüber hab ich mit Lukas doch noch gar nicht gesprochen. Aber ich hoffe, dass das morgen Abend passieren wird. Ich meld mich dann auf jeden Fall übermorgen bei dir.«

»Viel Erfolg!«

»Danke.«

Um halb acht am nächsten Abend ist die Pizza im Ofen so gut wie fertig, der Salat angemacht, der Wein offen und der Tisch gedeckt. Ich habe mich halbwegs von dem feuchtfröhlichen Abend mit Lars und Frieder erholt und die Rillen von der Burger-King-Krone in meiner Stirn haben sich auch einigermaßen zurückgebildet. Hat allerdings beängstigend lange gedauert, und ich hatte kurz Angst, dass ich jetzt dauerhaft von Burger King gezeichnet bin. Ich höre den Schlüssel im Schloss, das muss Lukas sein. Die Haustür geht auf und wieder zu und dann passiert exakt nichts mehr.

»Lukas?« Keine Antwort. Ich gehe aus der Küche raus in den Flur. Lukas hängt gerade seine Jacke an die Garderobe.

»Lukas?« Er antwortet nicht.

»Lukas, was ist denn los?«

»Was los ist?« Ich schrecke zurück. Lukas' Gesicht ist wie versteinert und er spricht mit wütender Stimme. »Du fragst mich, was los ist?«

Ich bin vollkommen von der Rolle. Ich habe einen Versöhnungsabend erwartet und jetzt steht mein Freund hier, voller Wut und nicht mit einem Hauch Liebe im Gesicht, und ich weiß absolut nicht warum. Was ist passiert? Vielleicht hat er ja mit den Nachbarn gesprochen, die ihm gesagt haben, dass ich im Treppenhaus pinkele und kotze und nicht mehr alle Latten am Zaun habe.

»Na ja, ich weiß, dass andere Frauen so was vielleicht nicht machen, aber es war die einzige Möglichkeit, ein größeres

Unglück zu verhindern. Außerdem übertreibt der Olschinsky immer total«, versuche ich mich zu rechtfertigen.

»Wieso der Olschinsky? Ich habe mit Kai telefoniert und nicht mit Herrn Olschinsky. Oder kann Herr Olschinsky mir vielleicht auch noch ein paar nette Storys über dein geheimes Nachtleben erzählen?«

Das könnte er wahrscheinlich, aber ich glaube, dass es nicht das ist, was Lukas meint.

»Wovon redest du?«

»Muss ich dir das wirklich erklären?«

»Ich bitte darum!« Die Wohnung riecht mittlerweile lecker nach Pizza Quattro Staggioni.

»Kai hat dich gesehen!«

»Kai? Gesehen? Bei was?« Langsam werde ich echt ungeduldig.

»Er hat dich gesehen, wie du letzte Nacht im Burger King mit einem Typen rumgemacht hast. Wer verdammt nochmal war das?«

Ich muss lachen, was Lukas nicht gerade positiv aufnimmt.

»Das waren zwei Typen, Lars und Frieder!«

»Ach, auch noch zwei. Lars und Frieder, wie nett!« Lukas sieht in diesem Moment aus wie ein kaputter Schnellkochtopf, kurz bevor einem der Deckel um die Ohren fliegt.

»Ich hab die beiden im Park kennengelernt. Sie sind … –« Lukas fällt mir ins Wort.

»Ach, im Park! Das wird ja immer schöner. Ist es jetzt schon so weit, dass du dir irgendwelche Typen im Park aufgabeln musst?«

Also das geht mir jetzt zu weit. Ich muss mich schließlich nicht beleidigen lassen.

»Sag mal, tickst du noch ganz richtig? Wie sprichst du denn mit mir?«

»So wie man mit einer Frau spricht, die einem erzählt, dass sie mit ihrer Freundin ausgeht, stattdessen aber irgendwelche Typen im Park aufgabelt.«

»Ich wollte mit Katta ausgehen, aber … –«

»Du wolltest! Wo war denn Katta dann bitteschön?«

»Im Krankenhaus! Katta hat abgesagt, weil ihre Mutter krank ist, und da … –«

»Den Rest kenne ich, Antonia. Kai hat mir ausführlich erzählt, was im Burger King los war. Er saß nämlich zufällig fast neben dir, ohne dass du es nur im Ansatz bemerkt hättest, so vertieft warst du in deine Spielchen.«

»Was für Spielchen denn bitte? Lars und Frieder sind … – ahhh, die Pizza verbrennt!« Ich renne in die Küche, reiße erst den Backofen und dann das Fenster auf. In dem Moment höre ich, wie die Wohnungstür ins Schloss fällt.

VIERZEHN
Kalte Pommes

Der Wecker klingelt. Nach einer fast schlaflosen Nacht, in der ich mich im Bett gewälzt habe wie ein Hund in einem alten Fisch, bin ich total gerädert. Der Platz neben mir ist leer, war die ganze Nacht leer. Lukas hat auf der Couch im Wohnzimmer geschlafen. Ich habe ihn gehört, als er sehr spät nach Hause gekommen ist und sich das Bettzeug aus dem Schlafzimmer geholt hat. Anscheinend konnte er es nicht mehr ertragen, mit mir in einem Bett zu schlafen. Ich kann es einfach nicht fassen: Vor ein paar Wochen waren wir noch ein ganz normales Paar, bei dem die größten Probleme eine Garnitur von unsexy Bündchenschlafanzügen waren, und die Wäsche, die keiner bügeln will. Und jetzt, zwei Wochen später, stehen wir kurz davor, uns zu trennen, ohne dass ich wirklich erklären könnte, was eigentlich passiert ist. Hat unsere Beziehung tatsächlich so wenig Rückhalt, dass sie noch nicht mal eine unangenehme Exfreundin, eine Umweltorganisation und ein schwules Pärchen übersteht?

Ich habe das Gefühl, dass im Schlafzimmer immer noch ein Hauch von Rosenduft liegt, obwohl das Fenster offen ist und ich die Blumen gestern frustriert entsorgt habe. Ich bin extra runter zu den Mülltonnen gelaufen, damit ich die Rosen bloß nicht mehr angucken muss. Schade, sie sahen noch wunderschön aus und es tat mir in der Seele weh, sie zu den alten Kartoffelschalen und verfaulten Nudeln zu werfen. So spät wie Lukas gestern nach Hause gekommen ist, so früh ist er heute Morgen auch wieder gegangen. Im Wohnzimmer liegt noch die Bettdecke und in der Küche steht eine benutzte Tasse. Ich mache mich wie ferngesteuert fürs Büro fertig und muss feststellen, dass ich auch noch meine Lieblingsjacke vorletzte Nacht im Burger King vergessen habe. Mit einer Jacke, die ich eigentlich gar nicht leiden kann, steige ich, wie immer, in die Linie 9 und fahre ins Büro.

»Wie siehst du denn aus?«, fragt mich prompt meine Kollegin Isabel, die sich Gott sei Dank von meiner Aktion auf ihrem Junggesellinnenabschied vor zwei Jahren wieder eingekriegt hat. Hat allerdings einige Zeit gedauert.

»Wieso, wie sehe ich denn aus?« So schlimm ist die Jacke nun auch wieder nicht.

»Na so, als hättest du die ganze Nacht geheult.«

»Das täuscht, ich vertrage nur die Kontaktlinsen nicht.« Ich habe überhaupt keine Lust, Isabel über meinen Zustand zu informieren. Mitleid, und vor allem Mitleid von Isabel, kann ich heute nicht ertragen.

»Kontaktlinsen? Du trägst doch normalerweise noch nicht mal eine Brille, oder?«

»Stimmt, deshalb vertrage ich die Kontaktlinsen ja auch so schlecht, weil ich noch nicht mal eine Brille trage.«

Damit lasse ich sie stehen und gehe in mein Büro. An Arbeit ist überhaupt nicht zu denken. Ich starre auf mein Telefon und überlege, wen ich anrufen könnte. Katta geht nicht an ihr Handy, meine Kollegen ertrage ich nicht und Lukas kann ich nicht anrufen. In meiner abgrundtiefen Verzweiflung wähle ich die Nummer der Auskunft, die damit wirbt, dass sie einem dort alle Fragen beantworten können.

»Sie sprechen mit der Auskunft der 11880. Mein Name ist Möbius, was kann ich für Sie tun?«, meldet sich eine freundliche weibliche Stimme.

»Können Sie mir sagen, ob mein Freund nochmal zur Vernunft kommt?«

»Entschuldigung, ich habe Sie nicht richtig verstanden.«

»Ich habe gefragt, ob Sie mir sagen können, ob mein Freund jemals wieder zur Vernunft kommen wird. Sie werben doch damit, dass Sie alle Fragen beantworten können.«

»Sie möchten die Nummer der Telefonseelsorge?«

»Nein!«

»Was ist denn mit Ihrem Freund?«

»Er hängt ständig bei seiner Exfreundin, wir haben fast nie Sex und er glaubt, dass ich ihn mit Lars und Frieder betrüge, die schwul sind. Und mittlerweile schläft er sogar im Wohnzimmer.«

»Oh, das tut mir leid. Haben Sie es schon mal mit einer Paartherapie versucht? Ich könnte Ihnen da ein paar Nummern geben.«

»Nein danke, er spricht ja noch nicht mal mit mir, geschweige denn mit einem Psychoheini.«

»Vielleicht hilft Ihnen ja ein gemeinsames Wochenende in einem Romantikhotel. Ich hätte da ein paar Nummern.«

»Nee, nach Romantik ist uns beiden im Moment nicht.«

»Vielleicht ein gemeinsames Abendessen in Ihrer Umgebung? Ich hätte da … –«

»Ein Abendessen ist, glaube ich, auch nicht das Richtige. Vielen Dank für Ihre Mühe, aber vielleicht war das eine doofe Idee …«

»Wie wäre es denn mit dem Phantasialand?«

»Nein, auch nicht!«

»Ich kann Ihnen auch die Nummer vom Wellenbad geben …«

»Nein!«

»Museum Ludwig?«

»Nein, danke, ich … –«

»Von einer Kirche in Ihrer Nähe vielleicht?«

»Also hören Sie … –«

»Oder von einem Sexshop? Ich habe hier Beate Uhse, Sexworld und … –«

»Nein, verdammt nochmal!«

»Das Obdachlosenasyl?«

Es reicht, ich lege auf. Man kann ja nicht sagen, dass die Dame ihren Job nicht ernst nimmt. Oder werden die Mitarbeiter der Telefonauskunft vielleicht nach angebotenen Telefonnummern bezahlt? Um mich abzulenken, spiele ich ununterbrochen Mahjong im Internet, nur, um nicht an irgendetwas denken zu müssen. Bei Mahjong muss man Paare suchen, was ich vom Thema her ja ganz passend finde. Allerdings handelt es sich nicht um Menschen, sondern nur um virtuelle Spielsteine. Ich schaffe es nie, alle Paare zueinander zu bringen. Ans Telefon gehe ich erst gar nicht. In der Mittagspause fahre ich in die Stadt in den Burger King, um meine Jacke zu holen. Wie immer ist der Laden brechend voll. Am Tag und nüchtern sieht das hier alles gar nicht mehr so königlich aus. Die Plastiktische und -stühle haben wenig Glanz, vereinzelte kalte und vertrocknete Pommes, die auf dem Boden liegen, machen auch keinen hoheitlichen Eindruck und die leicht bis schwer übergewichtigen Menschen, die für Pommes und Burger anstehen, setzen dem Ganzen auch nicht unbedingt eine Krone auf. Es stimmt also doch, man kann sich die Welt schön trinken. Ich beschließe, mir zum Trost und aus Solidarität erst mal ein XXL-Menü zu bestellen. Schließlich hatte ich von dem letzten Burger nicht wirklich lange etwas. Und wenn man das Essen innerhalb von einer Stunde wieder auskotzt, wird man doch wahrscheinlich auch nicht dick davon. Oder zieht sich der Körper zuerst die Kalorien und dann die Nährstoffe? Soweit in diesem Essen überhaupt noch Nährstoffe sind. Nach circa zehn Minuten bin ich endlich dran und würde die Bedienung hinter der Theke gerne fragen, wie man darauf kommt dieses Restaurant als Fast-

Food-Restaurant zu bezeichnen oder bezieht sich das »Fast« lediglich darauf, dass das Essen extrem schnell und nicht richtig aufgewärmt wurde? Als ich endlich meine Jacke, die man tatsächlich gefunden hat, und ein gut gefülltes Tablett in den Händen halte, kommt es vor der Tür des Burger King zu einem Menschenauflauf. Wahrscheinlich mal wieder eine Schlägerei unter Türstehern. Allerdings ungewöhnlich, um diese Zeit schlafen die meisten Türsteher doch wahrscheinlich noch. Ich suche mir einen Platz an einem kleinen Zweiertisch. Mittlerweile gucken alle Gäste in Richtung Tür, wo es immer lauter wird. Zwei Mitarbeiter der Restaurantkette gehen nach draußen. In diesem Moment sehe ich zwei Menschen mit einem Transparent vor dem großen Fenster zur Straße. »Stoppt die Massentierhaltung für Fast Food!« steht dort mit Sprühfarbe geschrieben, unterzeichnet mit Greenpeace. Mir bleibt fast mein Doppel-Whopper im Halse stecken und ich muss schnell mit Cola spülen, um nicht zu ersticken. So langsam fühle ich mich verfolgt. Und als ob ich nicht schon genug zu ertragen hätte, sehe ich in dem Menschenauflauf meinen Nochfreund Lukas. Und klar, nicht weit von ihm entfernt: Sabs. Mir ist auf einen Schlag der Appetit vergangen. Ich starre dumm nach draußen, als die Tür aufgeht und ein paar Greenpeace-Sympathisanten das Restaurant betreten. Lukas kommt auch durch die Tür. Ich tue so, als ob mir was runtergefallen wäre und verkrieche mich unter den Tisch. Er hat mich längst gesehen und kommt auf mich zu. Mein angebissener Burger, die halb aufgegessenen Pommes und die angetrunkene Cola stehen noch auf dem kleinen Tisch. Ich komme wieder unter dem Tisch hervor und tue erstaunt, sage aber nichts.

»Antonia, was machst du hier?« Er spricht leise und resigniert. Ich glaube, es wäre weniger schlimm gewesen, wenn er mich einfach ignoriert hätte.

»Essen, wie du siehst!«

»Ich hatte gehofft, dass dir der Appetit hier vergangen ist.« Lukas trägt Trauermiene und guckt herzzerreißender als Mops Bärbel. Und wie er da so vor mir steht, mich mit diesem unglaublich intensiven Blick aus seinen fast schwarzen Augen ansieht, so, als wollte er direkt in meine Seele schauen, werden meine Knie ganz weich, und ich wünsche mir so sehr, dass alles wieder gut wird.

»Ach Lukas. Du hast mir keine Chance gegeben mit dir zu reden. Der Abend … Lars und Frieder sind …«

Plötzlich steht Sabine am Tisch und unterbricht mich. Die Frau hat einfach ein sensationelles Timing.

»Du, Lukas, die haben die Polizei gerufen. Wir sollten uns formieren … Ach Antonia, hallo. Was machst du denn hier?«

Ich fühle mich sofort in der Defensive, allein schon weil ich sitze und die beiden nebeneinander stehen.

»Mein Gott, ich esse! Das ist doch nicht so schwer zu erkennen, oder?«, schnauze ich Sabs an. »Man sieht doch ganz klar, dass ich hier aus Massentierzucht stammendes Rindfleisch mit herrlich genmanipulierten Pommes esse und dazu eine industriezuckerverseuchte Cola trinke, oder?« Sabs sieht jetzt aus, als hätte sie sich ein Kilo rohe Tofuwurst auf einmal in den Mund stecken müssen.

»Oh, Entschuldigung. Ich wollte dir nicht zu nahe treten. Wenn du meinst, dass dir das guttut.« Sabs deutet mit dem Kopf auf mein Plastiktablett. »Kommst du, Lukas, oder willst du hier vielleicht auch noch was essen?«

»Sabine, ich muss hier kurz was klären. Geh doch bitte schon mal vor.«

Öko-Sabs schwirrt ab. Ich packe mein Tablett und stehe auf, Hunger hab ich sowieso keinen mehr, und bringe die Reste meines Mittagessens in den dafür vorgesehenen Wagen.

»Tut mir leid, Lukas, aber meine Mittagspause ist zu Ende. Ich muss ins Büro.« Der soll gar nicht denken, dass er hier »kurz« was mit mir klären kann. Ein Rest an Stolz ist mir noch geblieben.

»Antonia …«

Ich lasse ihn stehen, verlasse das Restaurant und habe keine Ahnung, wie es weitergehen soll. Also fahre ich wieder ins Büro. An meiner Bürotür klebt ein gelbes Post-it: *Maybach will dich sprechen!*, in der Handschrift von Isabel. Anscheinend ist sie wegen der Kontaktlinsen noch beleidigt. Mein Chef hat mir gerade noch gefehlt. Ich reiße den Zettel ab und gehe direkt zu Herrn Maybach. Ich habe das Gefühl, dass der mich heute nicht mehr schocken kann. Herr Maybach sitzt hinter seinem Schreibtisch und blättert in irgendwelchen Unterlagen. Als ich reinkomme, schaut er kurz auf, um sich dann wieder seinen Papieren zu widmen, was ich sehr unhöflich finde. Also mache ich den Anfang: »Sie wollten mich sprechen?«

»Richtig, Frau Roos, ich wollte Sie sprechen.« Er schaut auf, diesmal länger. »Frau Roos, was ist los mit Ihnen?« Er guckt ernst und gewichtig. Das hat er bestimmt in dem Sachbuch *Das erste Mal Chef. Ratgeber für eine erfolgreiche Karriere* gelesen. Kapitel 12: »Schüchtern Sie Ihre Mitarbeiter ein, indem Sie sie zunächst ignorieren um sie dann streng und unnachgiebig anzugucken.« Er weiß allerdings nicht, dass ich im Besitz des überaus hilfreichen Werkes *Mein Chef ist ein Arschloch, Ihrer auch? Von Machtmenschen, Feiglingen und Wichtigtuern* bin und sämtlichen Chefstrategien erfolgreich entgegentreten kann. Also ich könnte es bestimmt, wenn ich es gelesen hätte.

»Was soll los sein? Ich weiß nicht, was Sie meinen.«

»Frau Roos, Sie sind heute um 12:30 Uhr in die Mittagspause gegangen und um 15:00 Uhr wiedergekommen. Ihre

Mittagspause ist normalerweise 45 Minuten lang. Was sagen Sie dazu?«

»Was soll ich dazu sagen? Ich musste … ääh … was erledigen. Das wird doch mal möglich sein, oder?«

Mist, ich muss nachdenken. Damit komme ich nicht durch.

»Sicherlich ist es in Ausnahmefällen möglich, eine verlängerte Mittagspause zu machen, Frau Roos. Aber, Frau Roos, nur, wenn man das abspricht und zwar mit mir, Frau Roos. Haben Sie das mit mir abgesprochen, Frau Roos?« Er spricht mit mir wie mit einem kleinen Kind, was mich total wahnsinnig macht, und wenn er noch einmal Frau Roos sagt, bringe ich ihn um.

»Nein, Herr Maybach, das habe ich nicht getan, Herr Maybach. Schließlich konnte ich ja nicht vorher wissen, dass mir in der Stadt schlecht wird, Herr Maybach, und dass ich sogar kurz in Ohnmacht fallen würde, Herr Maybach.«

Herr Maybach ist irritiert und merkt nicht, dass ich damit meiner ersten Aussage widerspreche.

»Ohhhh … ach so. Ich dachte … Das wusste ich nicht. Ähhh … geht es Ihnen denn besser, Frau Roos?« Ausnahmsweise hilft mir mein desaströses Aussehen.

»Ja, es geht schon wieder. Danke der Nachfrage.« Das Ganze ist ihm sichtlich peinlich, was mir ein wenig Genugtuung verschafft.

»War's das?«, frage ich mit plötzlich leicht schwacher Stimme.

»Ja, ja und wenn es Ihnen wieder schlechter geht, dann gehen Sie bitte nach Hause, Frau Roos.«

»Nein, es geht schon, bestimmt.« Ich bin kurz davor, mich in einem gespielten Schwächeanfall an seinem Schreibtisch abzustützen, entscheide mich aber aufgrund meines mäßigen schauspielerischen Talentes dagegen.

Ganz langsam und schleppenden Schrittes verlasse ich das Büro von Herrn Maybach.

Mit Hilfe von 37 Spielen Mahjong bringe ich den Tag noch so einigermaßen über die Bühne und bleibe extra lange, damit Herr Maybach ein noch schlechteres Gewissen bekommt. Außerdem hält sich mein Drang nach Hause zu kommen schwer in Grenzen. Das ist zwar sehr traurig, aber wenigstens geht mein Plan auf. Gegen sieben Uhr kommt Herr Maybach an meinem Büro vorbei.

»Frau Roos, was machen Sie denn noch hier?«

»Ach wissen Sie, das geht mir heute alles nicht so leicht von der Hand und ich wollte doch noch unbedingt den Auftrag von dieser PR-Agentur eingeben, Herr Maybach.«

»Ach Frau Roos, das hat doch noch bis morgen Zeit. Gehen Sie mal schön nach Hause jetzt.«

»Gut, Herr Maybach, mach ich. Ich gebe nur noch schnell einen Kunden ein. Schönen Abend.«

Keine zehn Sekunden, nachdem Herr Maybach das Haus verlassen hat, schnappe ich meine bereits gepackte Tasche und mache mich auf den Heimweg.

Zum ersten Mal bin ich froh, dass ich mit der Straßenbahn fahre. Die Bahn ist voll, und ich umgehe meine eigenen Gedanken, indem ich den Gesprächen anderer Menschen lausche. Ich sitze am Fenster, neben mir und schräg gegenüber sitzt jeweils ein Türke. Beide sind höchstens achtzehn Jahre alt. Der mir gegenüber sitzende trägt eine weite Jeans mit extrem vielen und großen Löchern, die mit einem weißen Stoff mit schwarzer Schrift hinterlegt ist. In den Löchern der Hose sind die Buchstaben D&G zu lesen. Ich glaube, Herr Dolce und Herr Gabbana würden ausflippen vor Glück, wenn sie sehen würden, was mit ihren Initialen so alles passiert. Dazu trägt er ein weißes enges Hemd und eine viel zu große, typisch amerikanische Plastik-Baseballkappe, die er nur locker auf seinen Kopf gesetzt hat, was ihn bestimmt um 25 Zentimeter größer macht. Bei einer Körpergröße von 1,60 m eigentlich ganz praktisch. In die Haare an der Schläfe hat er sich ein crazy Muster rasiert, und passend zum Hemd trägt er weiße Zuhälterslipper. Ich bin unsicher, ob das einfach nur geschmacklos ist, oder ob ich schon so alt bin, dass ich die Mode der Jugend nicht mehr nachvollziehen kann. Den Typen, der neben mir sitzt, kann ich nur aus dem Augenwinkel betrachten. Ich sehe eine weitere riesige Baseballkappe und weiße Mokassins. Außerdem hat er die Beine ziemlich weit auseinander, sodass ich wenig Platz habe und regelrecht an der schmutzigen Fensterscheibe klebe. Die beiden unterhalten sich und ich bin für jede Abwechslung dankbar.

»Näääà … war isch gestern Zülpischer. Geile Tussis, sag isch dir. Kennse die Mändy … boahh … sach isch dir, hab isch die klargemacht.«

»Escht? Cool! War isch Ring. Ey, voll die Schlägerei. Aber die Bullen ham uns nisch gekriegt. Ey … keine Chance, escht nisch.«

Ey, war isch Burger King. Voll Ärger mit mein Alten, ey, mach isch Öko-Schlampe platt, ne!

Nachdem die beiden ausgestiegen sind, stürzen die schlechten Gedanken sofort wieder auf mich ein. Ich schaue nach draußen, auf die schäbigen Häuserzeilen, die wenigen Bäume und die vielen Autos, die an mir vorüberziehen und merke, wie sich ein winziger Funken Hoffnung in mein Herz schleicht und dort versucht, ein Feuer zu entfachen. Die Hoffnung, dass ich nach Hause komme und Lukas auf mich wartet, dass er mir sagt, dass ihm alles leid tut und wir nochmal von vorne anfangen. Der Funke schafft es nicht und erlischt kläglich.

Als ich die Haustür aufschließe, höre ich Stimmen. Ich

stelle meine Tasche in den Flur und gehe ins Wohnzimmer. Ein Bild des Grauens bietet sich mir: Auf der Couch sitzt Sabs mit einem Glas Rotwein in der Hand. Neben ihr sitzt Lukas, auf dem Couchtisch liegen verschiedene Papiere. Sabs fügt sich so unglaublich gut in unsere Couch ein, dass man meinen könnte, der Designer hätte sie von Anfang an mit eingeplant.

»Ach, hallo Antonia«, begrüßt mich Lukas kühl, ohne mich anzugucken. Er erinnert mich an Maybach. Vielleicht hat Lukas ja das Buch *Meine fünfte Beziehung. Ratgeber für ein schnelles Ende* gelesen.

»Hallo Antonia«, sagt Sabs, »wir besprechen gerade die nächste Aktion. Auch 'n Wein?« Sie schaut mich herausfordernd an. Ich antworte nicht. Die beiden auf der Couch, dieses Bild brennt sich auf meine geistige Festplatte, absolut unlöschbar. Der Wein ist der Wein, den ich für unsere Versöhnung gekauft hatte.

Ich ziehe die Jacke erst gar nicht aus, schnappe mir meine Reisetasche und räume die wichtigsten Sachen zusammen. Parallel telefoniere ich mit Katta, erzähle ihr kurz, was passiert ist, und dass ich mich bei ihr einquartiere. Lukas und Sabs sitzen immer noch im Wohnzimmer.

»Na, ziehst du zu einem von den beiden Typen aus dem Park?«, fragt mich Lukas, wiederum ohne mich dabei wirklich anzuschauen.

»Ich …«

Er hebt den Kopf.

»Oder vielleicht sogar zu beiden?« Seine Stimme ist eiskalt und sein Gesichtsausdruck spöttisch und angewidert zugleich. Er bietet seiner Ex noch einen Schluck Wein an und lässt mich wie eine lästige Zeugin Jehovas im Türrahmen stehen, von dem ich das Gefühl habe, dass er sogleich über mir zusammenkracht. Bevor das wirklich passieren kann, drehe ich mich wortlos um, schmeiße meinen Haustürschlüssel auf den Boden und verlasse im Schockzustand die Wohnung. Vielleicht will Sabs ja direkt hier einziehen, dann hat sie auf jeden Fall schon mal den Schlüssel. Warum heule eigentlich immer ich?

Ich laufe zum Taxistand und nehme das erste Taxi in der Reihe. Ich setze mich in den Fond des Wagens und bin vor lauter Heulerei fast nicht in der Lage, dem Taxifahrer Kattas Adresse zu sagen.

»Och Leevje, jetz heuls do ja ald widder.«

»Was?«, schniefe ich.

»Jetzt heulst du ja schon wieder«, kommt es seltsam gestelzt vom Fahrersitz des Mercedes und ich erkenne daran Karl, den netten Kölner aus dem Oma Kleinmann. Er reicht mir eine Packung Taschentücher nach hinten.

»Danke«, schneuze ich zurück.

»Wat is dann jetz schon widder loss? Häss do den Tuppes jetz abjeschosse?«

»Na ja, so kann man das nicht gerade sagen.«

Die Tränenschleusen sind weit offen, und Karl reicht mir ein weiteres Päckchen mit Taschentüchern. »Er sitzt mit seiner Ex auf meiner Couch und trinkt Wein mit ihr, den ich gekauft habe und den er eigentlich mit mir trinken sollte.« Das mit der Couch entspricht zwar nicht ganz der Wahrheit, es ist nämlich seine Couch, aber ich finde es dramatischer, wenn seine Sabs auf meiner Couch sitzt. Karl schafft es, mich mit seiner netten Art ein wenig aufzuheitern, und als wir bei Katta ankommen, bin ich zumindest wieder in der Lage zu sprechen. Ich bedanke mich bei Karl und verspreche ihm, mal wieder auf ein Kölsch im Oma Kleinmann vorbeizukommen. Er ist jeden Freitag da.

Katta nimmt mich in Empfang.

»Ach Tönchen, du siehst ja aus wie Elvis Presley kurz vor seinem Tod.«

»Vielen Dank, jetzt fühl ich mich schon viel besser.«

»Komm rein. Ich hab den Wein schon kalt gestellt und ein Kilo Schokolade und Chips besorgt. Ach … kannst du bitte die Schuhe ausziehen?«

FÜNFZEHN
Panzer gegen Krümel

Ich mache ein Auge auf. Es dauert ein paar Sekunden, bis mir klar wird, wo ich bin. In Kattas Gästezimmer, meinem neuen Zuhause auf unbestimmte Zeit. Ein kleiner ordentlicher Raum, mit einem Glasschreibtisch, einem Rattanstuhl davor, einem weiß lackierten Kleiderschrank, luftigen weißen Vorhängen, zartgelben Wänden und einem Sofa, das jetzt ausgeklappt ist und auf dem ich liege. Mein Kopf brummt von einigen Gläsern Wein und drei Tassen widerlichen Schlaf- und Nerventees, weil ich trotz der sonst so verlässlichen und einschläfernden Wirkung von Rotwein nicht zu beruhigen war. Egal wie wir es gestern Abend gedreht und gewendet haben, ich konnte keine Erklärung und auch keine Entschuldigung für Lukas' Verhalten finden. Katta hat sich redlich Mühe gegeben, die Sabs-Couch-Aktion damit zu erklären, dass Lukas einfach unfassbar eifersüchtig auf Lars und Frieder ist, was ja wiederum darauf schließen lässt, dass ihm sehr viel an mir liegt. Die flammendste Eifersucht der Welt berechtigt allerdings nicht dazu, sich die Ex auf die Couch zu setzen und die eigene Freundin so auflaufen zu lassen. An das, was die beiden an dem Abend vielleicht noch gemacht haben, darf ich gar nicht erst denken, da ich ansonsten Amok und Gefahr laufe, Lukas, Sabs und die komplette Greenpeace-Mischpoke nach Tschernobyl zu schicken und dort lebenslang in die Reste des Atomreaktors zu sperren. Jeder Knochen in meinem Körper schmerzt, und ich fühle mich, als wäre ein russisches Panzerbataillon über mich hinweggerollt, das jegliches Leben aus mir rausgequetscht hat. Ich pelle mich aus dem Bett. Katta ist anscheinend schon wach, denn ich höre verschiedene Geräusche, die ich aber nicht zuordnen kann. Ich gehe aus dem Gästezimmer und begegne prompt meiner neuen Mitbewohnerin im Flur. Sie hält einen Staubsauger in ihren Händen.

»Ach, guten Morgen, Tönchen. Wie geht's dir denn?«, fragt sie besorgt.

»Großartig. Ich fühle mich, als ob ich erst vor einen zu schnell fahrenden Tanklastzug gelaufen wäre und dann in den Grand Canyon gestürzt, um dort von ein paar ausgehungerten Braunbären angefressen zu werden.«

»Ach, dann geht's ja.« Sie lacht und nimmt mich kurz in den Arm. »Aber gut, dass du wach bist, ich wollte nämlich mal eben schnell durchsaugen.«

»Jetzt?«, frage ich ungläubig, »es ist sieben Uhr morgens.«

»Ach, weißt du, was weg ist, ist weg, und hier sieht es ja auch aus …«

Ich blicke auf den Teppich und kann keinen einzigen Fussel, geschweige denn größere Schmutzpartikel entdecken. Aber ich bin zu kaputt, um was dazu zu sagen, und frage stattdessen, ob ich ins Bad kann.

»Klar, frische Handtücher sind im Regal, nicht zu übersehen. Bedien dich ruhig.«

Kattas Badezimmer ist unglaublich. In einem Hotel könnte es nicht unpersönlicher aussehen. Es liegt absolut überhaupt nichts rum. Am Waschbecken steht lediglich ein Seifenspender und in dem Metallregal neben dem Waschbecken liegen Handtücher. Sie sind weiß und exakt übereinandergestapelt, Kante auf Kante. Als ich ein Handtuch blöderweise mitten aus dem Stapel ziehe, verschieben sich dadurch die anderen Handtücher und liegen nicht mehr 100-prozentig übereinander. Ich versuche, alles wieder gerade zu rücken, was sich als unmöglich erweist. Auf der Suche nach Zahnpasta, die ich bei meinem hektischen Aufbruch zu Hause vergessen habe, öffne ich den Schrank über dem Waschbecken. Ich habe in meinem Leben noch nie einen so aufgeräumten Badezimmerschrank gesehen. Zwei Zahnbürsten hängen an einer Halterung nebeneinander an der Rückwand des Schrankes, die eine in Mädchenrosa, die andere in Jungensblau. Verschiedene Cremes stehen exakt mit dem Etikett nach vorne ausgerichtet neben ein paar der Größe nach geordneten Medikamentenschachteln. Darüber hinaus gibt es verschiedene Döschen, die von Hand beschriftet sind. Da steht eine kleine Dose mit »Haarspangen schwarz«, eine mit »Haargummis gelb«, eine mit »Haargummis grau«, eine mit »Haargummis rot«, eine andere mit »Ringe silber« und eine weitere mit »Ringe gold«. Unglaublich. Alles ist verpackt und beschriftet, sogar die Antibabypille befindet sich ordentlich verpackt in der dazugehörigen Pappschachtel. Ich wäre an Kattas Stelle schon längst schwanger. Bei mir liegt die Pille direkt am On-Knopf des Radios und obwohl ich das jeden Tag anmache, laufe ich ständig Gefahr, das blöde Ding zu vergessen. Aus diesem Grund kann ich auch auswendig herunterbeten, was man tun muss, wenn man die Pille in der ersten Woche vergisst, was in der zweiten und wann ich komplett auf Sex verzichten muss. Auch alles andere in diesem Badezimmer ist picobello, nicht ein einziges Haar belästigt die porentief weißen Fliesen und nicht ein klitzekleiner Kalkfleck versaut den Blick aus der gläsernen Duschkabine. Ich habe nicht den Schimmer einer Ahnung, wie man das schafft.

Nach einer langen Dusche, bei der ich viel Wasser gespart habe, weil sich ein nicht enden wollender Tränenfluss in den heißen Wasserstrahl gemogelt hat, betrachte ich mich nur kurz im Spiegel. Schließlich weiß ich, was mich erwartet, und ich bin es satt, mich auch noch über meine roten verquollenen Kaulquappenaugen und die aschfahle Haut zu ärgern. Ein bisschen sündhaft teure, aber dafür wenig effektive und abschwellende Augencreme, ein bisschen Make-up, das muss für heute genügen. Es ist doch so: Ich bin leidend und sehe auch so aus. Was soll falsch daran sein?

Ich würde gerne meinen Kulturbeutel im Bad deponieren, aber egal wo ich ihn hinstelle, sieht er aus wie ein riesiger zerknautschter rosa-grün gestreifter Störenfried, ein fieser Farbfleck auf porentief reinem Weiß. Außerdem hat er einen braunen Make-up-Fleck an der Seite, was ihn für dieses Bad endgültig disqualifiziert. Also entschließe ich mich dazu, meinen Kulturbeutel wieder mit ins Gästezimmer zu nehmen. Als ich aus dem Bad komme, schießt Katta um die Ecke. Sie trägt Gummihandschuhe, hat in der linken Hand einen Lappen und in der rechten einen Wischmopp und drängelt sich an mir vorbei ins Bad. Ich kann es nicht fassen: Sie wischt über das Waschbecken, als ob eine Leprakranke sich hier die halb abgefaulten Hände gewaschen und danach jemand mit Mundfäule ins Waschbecken gespuckt hätte. Danach beginnt Katta damit, den Boden zu wischen, auf dem ich ein paar kleine Wasserflecken hinterlassen habe. Da ich immer noch halb nackt bin, gehe ich in mein Zimmer, wo mich die nächste Überraschung erwartet. Das Bett ist gemacht, meine Klamotten, die ich gestern Abend achtlos über den Rattanstuhl geworfen habe, sind verschwunden.

»Katta? Wo sind denn meine Klamotten?«, rufe ich Richtung Badezimmer.

»Im Schraaaaannk.«

Ich öffne die Schranktür, und tatsächlich liegt dort meine gesamte Kleidung, nicht nur die, die ich gestern anhatte, nein, auch die, die ich in meine Tasche gestopft habe, penibel gefaltet und thematisch angeordnet. Hose auf Hose, T-Shirt auf T-Shirt, farblich aufeinander abgestimmt. Ich nehme es stillschweigend hin, ziehe mich an und gehe in die Küche, in der es extrem gut nach Kaffee riecht. Der Frühstückstisch ist bereits gedeckt.

»Setz dich doch«, fordert mich Katta auf und schenkt mir und sich eine Tasse Kaffee ein. Sie tut das über der Spüle, wahrscheinlich aus Angst, einen Tropfen Kaffee zu verschütten. Danach wischt sie die beiden Tassen nochmal von unten ab, obwohl sie nichts verschüttet hat, und stellt sie dann auf den Tisch. Ich bin gleichzeitig fasziniert und entsetzt. Es gibt Toast, Marmelade, Wurst und Käse. Eigentlich habe ich zwar überhaupt keinen Appetit, zwinge mich aber zu einem Toast mit Kirschmarmelade. Katta beobachtet mich beim Essen.

»Is was?«, frage ich sie irritiert. Sie wirkt irgendwie ertappt.

»Nö, überhaupt nichts.«

Ich stopfe mir den letzten Bissen in den Mund und spüle das Ganze mit einem Schluck Kaffee hinunter.

»Bist du fertig?«

»Ja, vielen Dank.«

Kaum dass ich das Wort ›Dank‹ ausgesprochen habe, steht sie schon neben mir, nimmt den Teller mit zur Spüle, spült den Teller, trocknet ihn ab und stellt ihn in den Küchenschrank. Dann greift sie zum Handbesen und fängt an, unter dem Tisch zu kehren, obwohl überhaupt keine Krümel, oder höchstens ganz wenige, den Weg auf den Boden gefunden haben. In Nullkommanichts ist der Tisch abgeräumt und abgewischt. In der ganzen Zeit konnte ich kein Wort sagen. Erst als Katta fertig ist, finde ich meine Sprache wieder.

»Sag mal, Katta, alles in Ordnung mit dir?«

»Ja, wieso?«

»Na ja, weil du so tust, als müssten auf dem Boden dieser Küche gleich ein paar Not-Operationen durchgeführt werden.«

»Ach, du kennst mich doch. Ich mach das alles lieber gleich sauber. Was weg ist, ist weg. Da freut man sich, wenn man abends nach Hause kommt und alles ist schön ordentlich.« Ich schaue auf meine Uhr und erschrecke.

»Ich muss los. Ich komm heut Abend so gegen sieben. Bist du zu Hause?«

»Ja, ich bin da. Hier ist aber trotzdem ein Schlüssel für die Wohnung. Und, Antonia …«

»Ja.«

»Du kannst bleiben, solange du willst. Ich freu mich, dass du da bist.«

»Das ist lieb von dir, Katta. Danke.« Ich schaue sie an und bin glücklich, dass sie meine beste Freundin ist, auch wenn sie gerade die Stühle am Küchentisch so ausrichtet, dass sie sich exakt parallel gegenüberstehen.

»Bis heute Abend dann und halt die Ohren steif!« Sie nimmt mich nochmal in den Arm und drückt mich. Dann springe ich auf und mache mich auf den Weg ins Büro.

SECHZEHN
Stell dir vor, er ruft an

Ich habe natürlich nicht daran gedacht, dass der Weg zu Köllephonia von Katta aus ein anderer ist, und habe Schwierigkeiten, ins Büro zu finden. Das zum Thema berufliche Flexibilität. Mein Leben ist einfach vollkommen durcheinander. An meinem Arbeitsplatz angekommen, natürlich zu spät, verschanze ich mich sofort hinter meinem Rechner, auf keinen Fall möchte ich schon wieder von Isabel auf meine verheulten Augen angesprochen werden. Den ganzen Vormittag über bearbeite ich zwei einfache Kundenaufträge, was nicht gerade viel ist, aber zu mehr bin ich einfach nicht in der Lage. Mein Handy liegt auf dem Schreibtisch und ich starre es zwischendurch immer wieder an, so als könnte es mir sagen, was als Nächstes passiert. Ich weiß auch gar nicht wirklich, worauf ich warte. Lukas wird sich nicht melden. Und ich habe auch absolut keine Lust, vor dem Telefon zu hocken, und darauf zu warten, dass »Mann« sich meldet. Das können schön die Frauen machen, die sowieso nichts Besseres zu tun haben, als ihr komplettes Leben darauf zu warten, dass sie irgend so ein angeberischer Knallkopf, den sie am Wochenende kennengelernt haben, endlich anruft. Ich ertappe mich dabei, wie ich immer noch auf mein Telefon starre, und vergrabe mein Gesicht in meinen Händen. Ich kann mich nicht erinnern, wann ich das letzte Mal in meinem Leben so unglücklich war. Kein Freund, keine Wohnung, einen Putzteufel als Freundin und einen Chef, der mit der Abmahnung in der Hand bestimmt ständig um mein Büro schleicht. Ich sehe mich schon im Obdachlosenasyl, gemeinsam mit sechs stinkenden verwahrlosten Männern in einem Zimmer, die sabbernd darauf warten, bis ich endlich eingeschlafen bin und sie mir an den ungewaschenen Hintern fassen können. Ich überlege, ob ich überhaupt in meinem Leben schon mal so unglücklich war. Mir fällt spontan meine erste Echthaarpuppe ein, der ich, aus einer anarchistischen Laune heraus, die Haare zu einer Irokesen-Frisur geschnitten hatte, nur um hinterher feststellen zu müssen, dass kurze Haare bei einer Puppe nicht so gut aussehen wie bei einem Menschen. Auch der rote Edding, mit dem ich die Haare dann angemalt habe, konnte das Gesamtbild nicht mehr retten. Meine Mutter hat einen Tobsuchtsanfall bekommen und damit gedroht, dass ich nie wieder eine so teure Puppe bekomme. Oder als mir mein allererstes Handy, mein ganzer Stolz, ins Klo gefallen ist. Ich hatte wochenlang bei meinen Eltern um das Handy betteln müssen und konnte sie damals nur mit der Geschichte von einer Schulkameradin überzeugen, die fast von einem Sexgangster auf dem Nachhauseweg entführt worden wäre, wenn sie nicht mit ihrem Handy geistesgegenwärtig die Polizei gerufen hätte. Das war natürlich knallhart gelogen, hat aber seinen Zweck erfüllt. Und es war klar, dass mein Handy damals in ein öffentliches Klo gefallen ist und nicht in ein privates. Gott sei Dank waren die Dinger damals noch so groß wie die Oberschenkelknochen einer afrikanischen Giraffe, sodass sie nicht wirklich weit durchrutschen konnten. Besonders unglücklich war ich allerdings, als mein erster Freund mit Elke durchgebrannt ist. Immerhin waren wir zwei Wochen zusammen und hatten geknutscht und auch schon ein bisschen gefummelt, das war damals schon fast wie verheiratet sein. Mein Handy piepst und ich falle vor Schreck fast von meinem ergonomischen Bürostuhl. Ich starre es an und es leuchtet aufdringlich zurück. Eine SMS. Nach fünf Minuten bin ich in der Lage, mir die Nachricht anzugucken:

»Sie haben auf Ihrem Konto 0 Vodafone Stars. Ihr Vodafone-Service.«

Ich werfe das Handy zurück auf den Schreibtisch. Am liebsten würde ich bei Vodafone anrufen und fragen, ob sie noch alle Latten am Zaun haben. Isabel kommt ins Büro.

»Willste nachher mit essen gehen, Antonia? Wir wollten mal wieder zum Türken um die Ecke.«

»Danke, aber ich hab was dabei«, lüge ich.

»Alles okay? Du siehst irgendwie aus, als ob du … –«

»Die Kontaktlinsen mal wieder …«

»Ach so, verstehe. Bis später dann!« Sie guckt wissend und geht mir damit tierisch auf den Keks.

Am Nachmittag klingelt mein Handy, diesmal ist es keine SMS, sondern ein richtiger Anruf. Wahrscheinlich wieder die Firma Vodafone, die mir jetzt höchst persönlich mitteilen möchte, dass ich null SMS von meinem Freund bekommen habe. Ich nehme mein Telefon und erstarre, als ich sehe, dass es Lukas ist, der mich anruft. Dümmlich glotze ich aufs Display und gehe nicht dran. Ich kann es einfach nicht. Zu sehr hat er mich gekränkt. Er hätte alles machen dürfen, mich anschreien, beleidigt sein, mit mir streiten, meine Lieblingstasse an die Wand werfen, alles hätte ich verzeihen können, aber nicht, dass er mir die Frau auf die Couch setzt, von der er genau weiß, dass ich sie nicht ertragen kann. Außerdem hat er gewusst, dass ich mir wegen Sabine große Sorgen mache, dass ich Angst habe, dass sie ihn mir ausspannt. Er hat mit meiner Angst gespielt, und das kann ich ihm nicht einfach so verzeihen. Ich empfinde es als unglaubliche Demütigung, in der eigenen Wohnung so vorgeführt worden zu sein. Immer noch dudelt die Musik von *Löwenzahn* aus meinem Handy und ich tue etwas, was ich noch nie getan habe: Ich drücke Lukas weg und mache mein Handy aus. Isabel steckt nochmal den Kopf zur Tür rein und will irgendwas wegen eines Kunden wissen, den ich schon wieder vergessen hatte und ihr somit auch nicht weiterhelfen konnte. Als sie mein Büro verlassen will, spreche ich sie nochmal an:

»Ach, Isabel?«

»Ja?«

»Kann ich mein Telefon auf dich umstellen?«

»Warum?«

Mein Gott, warum kann sie nicht einfach mal sagen »Kein Problem, Antonia«, warum muss sie immer »Warum« fragen? Das ist doch krankhaft.

»Ich möchte nicht dran gehen, falls Lukas anruft.« Sage ich ihr ehrlich.

»Ohhh … wahrscheinlich wegen der Kontaktlinsen, oder?«

Ich gucke sie an und nicke in etwa so wie die Wackel-Dackel, die eine Zeit lang auf diversen Kofferraumabdeckungen zu finden waren.

»Klar, mach ich, kein Problem.«

Na also, geht doch.

Katta kann überhaupt nicht nachvollziehen, dass ich mein Handy bereits vor einigen Stunden ausgemacht habe und es seitdem seelenruhig und unberührt in meiner Handtasche liegt. Katta macht ihr Handy nämlich nie aus, noch nicht mal nachts. Ich glaube, das liegt daran, dass Frauen mit Affären immer erreichbar sein müssen, schließlich wäre es ja möglich, dass die betrogene Ehefrau sich unverhofft um ihre sterbende Oma kümmern muss und er spontan Zeit für ein kleines Schäferstündchen hat.

»Jetzt mach es wieder an!«

»Nein!«

Katta und ich sitzen wieder unbeschuht in der keimfreien Küche.

»Mach es an!« Sie hält mir mein Handy vor die Nase.

»Nein.«

»Antonia, irgendwann musst du es sowieso wieder anmachen. Das kannst du also auch gleich machen.«

»Nein!«

»Vielleicht ist ja irgendwas passiert und du bekommst es nicht mit, weil du so verbohrt bist. Vielleicht was mit deinen Eltern.«

Dieses kleine Biest. Katta weiß ganz genau, dass der einzige Grund, warum auch mein Handy die meiste Zeit eingeschaltet bleibt, die Angst davor ist, dass meiner Familie was passiert sein könnte. Schließlich wäre es ja möglich, dass mein Bruder innerhalb weniger Stunden eine neue Niere braucht und ich die einzige in Frage kommende Spenderin bin. Was würde ich mir für Vorwürfe machen, wenn ich in so einem Fall nicht erreichbar gewesen wäre? Oder was wäre, wenn meine beste Freundin wegen ihres Ordnungswahns von einem Stephan-Derrick-Double festgehalten wird und ich die Einzige bin, die sie befreien kann, aber leider nicht ans Telefon gehe? Ein absolut reizvoller Gedanke, und trotzdem reiße ich Katta das Handy aus der Hand.

»Also gut, gib her!«

Ich tippe den Pin in das Handy, 1203, Lukas' Geburtstag. Es piept einmal, zweimal, dreimal, viermal, fünfmal. Fünf SMS und sechs Anrufe in Abwesenheit. Die SMS stammen alle von meiner Mailbox, die ich zurückrufen soll, und die Anrufe in Abwesenheit stammen alle von Lukas. Na, wenn da nicht mal ein schlechtes Gewissen seine Finger im Spiel hat.

»Na los, hör sie ab!« Katta macht mich wahnsinnig.

»Nein.«

»Ach, komm schon, das ist doch lächerlich. Vielleicht ist

es auch was sehr Wichtiges, zum Beispiel was mit eurer Wohnung, oder mit dem Auto.« Unglaublich, wie neugierig meine Freundin ist und mit welchen fiesen Mitteln sie versucht, an Informationen zu kommen.

»Was soll denn plötzlich mit der Wohnung oder dem Auto sein? Außerdem ist es seine Wohnung und sein Auto, da kann er sich mal schön selber drum kümmern. Krieg ich ein Glas Wein?« Katta guckt mich vorwurfsvoll an.

»Nur wenn du deine Mailbox abhörst.«

»Nein!«

»Gut, dann mach ich dir einen Schlaf- und Nerventee, du bist ja völlig durch den Wind.«

Bei dem Gedanken wird mir schlecht und ich strecke die Waffen, aus lauter Angst, den Abend mit einer nervtötenden Katta ohne Alkohol verbringen zu müssen.

Nachricht Nummer eins:

»Hallo Antonia, ich bin's, Lukas. Jaaa, also … ruf mich doch mal bitte zurück. Ich würd gerne mit dir reden … ja? Bis dann!«

Lukas' Stimme klingt relativ normal, ein bisschen gedämpft vielleicht. Ich drücke die 7, Nachricht gelöscht.

Nachricht Nummer zwei:

»Hallo Antonia, ich bin's nochmal. Ja, jetzt ist dein Handy aus. Ruf mich doch bitte mal zurück. Ich muss wirklich mit dir reden. Dann bis später … hoffentlich.«

Klingt etwas verunsichert. Er kennt das ja auch nicht von mir, dass mein Handy über eine längere Zeit aus ist. Ich drücke die 7, Nachricht gelöscht.

Nachricht Nummer drei:

»Ich erreich dich einfach nicht. Hab gerade bei dir im Büro

angerufen, aber deine Kollegin hat gesagt, dass du heute nicht da bist. Ach Mensch, ruf doch bitte mal zurück. Ansonsten … äh … probier ich es später aber auch nochmal.«

Nun klingt seine Stimme schon leicht verzweifelt. Ich drücke die 7, Nachricht gelöscht.

Nachricht Nummer vier:

»*Antonia, wo bist du bloß*«, er seufzt, »*ja, wir haben jetzt schon nach fünf … meld dich doch bitte bei mir. Ich habe es ja jetzt schon oft probiert.«*

Das klingt jetzt fast schon hoffnungslos. Ich drücke die 7, Nachricht gelöscht.

Nachricht Nummer fünf:

»*Ach Tönchen, wie oft soll ich dir denn noch auf diese blöde Box sprechen? Muss dringend mit dir reden … über gestern … und über alles. Meld dich doch bitte!*«

Lukas' Stimme klingt jetzt wirklich verzweifelt. Ich drücke die 7, Nachricht gelöscht. Danach mache ich das Handy wieder aus.

SIEBZEHN
Wer ist Christel Grünlich?

»Aber du wolltest doch immer, dass er mit dir redet!« Katta versteht mich einfach nicht.

»Klar wollte ich das, aber es ist einfach zu viel passiert und ich brauche noch ein bisschen Zeit. Er kann nicht von mir erwarten, dass ich gleich wieder einlenke, nachdem er mich so vorgeführt hat. Er wirft mir vor, dass ich ihn betrüge und anstatt mit mir zu reden, setzt er mir diese Trulla auf die Couch.«

»Hmmmm, aber meinst du nicht, dass es trotzdem Sinn machen würde, mal in Ruhe mit ihm darüber zu sprechen?«

»Bestimmt, aber jetzt noch nicht. Im Moment macht es vor allem Sinn, dass wir mal ein bisschen Abstand voneinander haben.«

Katta lässt nicht locker.

»Und ehrlich gesagt, glaube ich ja auch nicht, dass er tatsächlich was mit Sabine hat.«

»Und woher willst du das bitte schön wissen?« Ich bin ehrlich erstaunt.

»Ich glaub einfach nicht, dass die Sabine so was macht, dafür ist die nicht der Typ.«

»Ach, Sabine ist also nicht der Typ dafür? Sie sah auch unglaublich unglücklich aus, wie sie da auf Lukas' und meiner Couch saß und den guten Rotwein getrunken hat, den ich gekauft habe. Du hättest mal ihren triumphierenden Blick sehen sollen. Ich kann mir schon vorstellen, was die danach noch abgezogen hat: *O du armer Kerl, so eine hysterische dum-*

me Freundin, die du da jetzt hast. Da kann man ja nur Mitleid haben. Und die hat ja auch nicht einen Funken ökologisches Grundverständnis. Komm an meine Brust, mein Kleiner, ich tröste dich. Und mein bräsiger Freund glaubt das alles und wirft sich ihr an den Bio-Busen.«

»Ich finde, du übertreibst. Und du darfst auch nicht vergessen, dass Lukas jetzt in einem ganz schwierigen Alter ist. Er kann sich genauso wenig wie du gegen seine blöden Hormone wehren.«

»Mein Gott, Katta, Lukas ist doch nicht in der Pubertät Lukas ist ein erwachsener Mann, der genau weiß, was er tut. Du kannst doch nicht seinen Hormonen die Schuld an allem geben. Oder war es vielleicht gar nicht Lukas, der Sabs zu uns nach Hause eingeladen hat, sondern der feine Herr Östrogen?«

»Vielleicht hast du ja recht«, versucht Katta mich zu beschwichtigen, »aber vielleicht haben die beiden auch tatsächlich nur ein paar Greenpeace-Sachen besprochen.«

»Das sollen sie von mir aus auch, aber nicht in meiner Wohnung und nicht mit meinem Wein. Wieso trinken die überhaupt Wein? Wasser ist ökologisch gesehen doch wesentlich verträglicher. Außerdem, auf wessen Seite stehst du eigentlich?«

Katta gibt endlich auf und auch ich habe keine Lust, noch weiter auf dem Thema rumzuhacken.

»Hast du vielleicht noch was zu lesen für mich?«, frage ich Katta eine Stunde später.

»Guck doch mal im Regal im Wohnzimmer, da ist bestimmt was für dich dabei.«

Ich schaue Kattas eher bescheidene Bibliothek durch. Es handelt sich um ungefähr vierzig Bücher, die ordentlich im Billy-Regal aufgereiht, alphabetisch nach den Autoren geordnet sind und akkurat mit den Buchrücken auf einer Linie stehen. Ich schaue mir die Titel der Bücher an und kann es nicht fassen. Da stehen ausschließlich Ratgeber, Lebenshilfebücher und Beratungsschmöker in allen Liebesdingen. Was das Billy-Regal da hergibt, umschreibt tatsächlich den kompletten Lebenszyklus einer Beziehung: *Gib nach und er ist dein: Den Traumpartner finden mit der Kraft der weiblichen Hingabe* – so was kann doch niemand ernsthaft schreiben, oder? Ich vermute ja spontan, dass es sich um einen männlichen Autor handelt, werde aber enttäuscht. Es ist tatsächlich eine Frau, die sich diesen Titel ausgedacht und diesen Ratgeber geschrieben hat, zumindest steht das auf dem Einband. Oder *Warum die nettesten Männer die schrecklichsten Frauen haben … und die nettesten Frauen leer ausgehen. Kann es sein, dass Sie zu nett sind?* ist da im Angebot. Ob Katta zu nett ist? Vielleicht. Das nächste Buch im Regal trägt den Titel *So finden Sie die große Liebe. Schluss mit dem Singledasein*, praktischerweise direkt mit dem Folgeband *Liebe auf Dauer. Die Kunst, ein Paar zu bleiben*. Falls das dann aus irgendwelchen absolut nicht nachvollziehbaren Gründen doch nicht klappt, greift man einfach zu *Zu zweit am Ende – Phasen der Trennung*, dann zu *Goodbye Herzschmerz. In 30 Tagen zurück ins Leben* und zum Abschluss zu *Glücklich alleine. Das Handbuch für Singles.*

Ich schlage den Ratgeber *Auch Männer haben ihre Tage. Wie wir Frauen mit den männlichen Hormonen umgehen sollten* auf und blättere in den einzelnen Kapiteln. Bei »*Der Hormonumschwung beim Mann nach zwei Jahren Beziehung*« bleibe ich hängen. Da steht:

»Spätestens nach zwei Jahren, insbesondere wenn der Mann älter als 30 Jahre ist, sollte die Beziehung in trockenen Tüchern sein. Sehen Sie zu, dass Sie ihn innerhalb dieser Zeit dazu gebracht haben, Sie zu heiraten, egal wie (siehe auch Kapitel 2.7

›Wie nehme ich ihm die Angst vor dem Traualtar?‹). Ist die Zweijahresfrist vorbei, wird es äußerst schwierig. Ein Mann, der sich bis dahin nicht für Sie entscheiden konnte, wird es danach höchstwahrscheinlich auch nicht mehr tun. Das liegt dann nicht ausschließlich an Ihnen, sondern auch an den Hormonen des Mannes, die nach zwei Jahren mit ein und derselben Frau in Bewegung geraten, leider aber meist in die falsche Richtung. Es treibt ihn in die Arme einer anderen Frau.«

»Katta, kannst du mal bitte kommen?«

»Ja, sofort, muss eben noch den Müll rausbringen!« Katta trägt ungefähr dreimal täglich den Müll raus. Nach zwei Minuten kommt sie wieder rein.

»Sag mal, deine Hormontheorie, stammt die etwa aus diesem Werk?«

»Zeig mal«, sie nimmt mir das Buch aus den Händen, »ja, stimmt. Das hab ich hier gelesen.«

»Ach Mann, Katta, das ist doch der größte Schund.«

»Wieso das denn?«

»*Sehen Sie zu, dass Sie ihn innerhalb dieser Zeit dazu gebracht haben, Sie zu heiraten, egal wie.* Das ist doch total bescheuert. Und hast du mal was über diese Autorin gehört? Christel Grünlich? Da steht: *Die Autorin leitet Workshops, hält Vorträge in ganz Deutschland. Sie lebt mit ihrem Ehemann in Karlsruhe.* Tolle Wurst. Die hat noch nicht mal eine medizinische oder psychologische Ausbildung! Du weißt schon, dass Lukas' und meine Probleme mit dieser saublöden Hormontheorie angefangen haben, oder?«

»Also, ich fand das alles ganz einleuchtend.« Katta guckt beleidigt und zupft an den Wohnzimmervorhängen. »Und außerdem hattet ihr auch vorher schon Probleme. So was kann überhaupt nicht der Aufhänger sein und schon gar nicht in einer glücklichen Beziehung.« Da hat sie leider irgendwie recht, wie ich ihr und mir eingestehen muss.

»Okay, aber ist doch trotzdem totaler Unsinn, was da steht.«

Ich ziehe ein weiteres Buch aus dem Regal, *Wie spannt man einen Ehemann aus? 100 Tipps, um die Ehefrau auszuspielen.* Ich schaue Katta an. Sie zuckt mit den Schultern und guckt traurig.

»Ach Katta! Das tut dir doch nicht gut, so einen Quatsch zu lesen.« Sie fängt plötzlich an zu weinen und ich nehme sie erstaunt in den Arm. »Komm schon, ich hab's doch nicht so gemeint, das mit der Hormontheorie. Ich meine nur, vielleicht solltest du in Zukunft mehr darauf achten, was du liest und wer es geschrieben hat.«

»Ach, deshalb heule ich doch gar nicht. Es ist wegen Norbert.«

Es war gekommen, wie es kommen musste. Nachdem Norbert selbstlose dreimal bei Katta angerufen, um Verzeihung gefleht und behauptet hatte, nicht ohne Katta leben zu können, hat sie nachgegeben und zack, lag sie wieder bei ihm im Bett, beziehungsweise er bei ihr, weil bei ihm liegt ja seine Frau. Anscheinend kann Norbert nicht nur nicht ohne Katta leben, sondern eben auch nicht ohne seine Ehefrau, und das Ganze natürlich, ohne dass sich für Katta irgendetwas zum Positiven verändert hat. Sie ist wieder ständig in Alarmbereitschaft, falls er doch noch ein Stündchen Zeit für sie findet, weil seine Frau spontan zur Maniküre/Pediküre muss. Sie wartet auf eine SMS, einen Anruf von ihm, darf ihm aber nicht schreiben, geschweige denn anrufen, wenn ihr danach ist. Sie ist wie ein Spatz, der unter dem Tisch sitzt und auf die Krümel wartet, die vom Frühstück vielleicht für ihn abfallen. Katta fühlt sich mit Norbert einsamer als zu Singlezeiten. Außerdem ist er im Moment auf »Geschäftsreise« und meldet sich nicht. Katta glaubt, dass er seine Frau mitgenommen hat und zu feige war, ihr das zu sagen. Ich versuche, sie so gut es geht zu trösten, was mir nicht so leicht fällt, da ich nach wie vor ein Problem damit habe, dass der Mann, mit dem sie schläft, verheiratet ist. Nicht, dass mir das nicht auch passieren könnte. Vor allem wenn man über dreißig ist, wird die Luft auf dem Singlemarkt ja wesentlich dünner und die Wahrscheinlichkeit, sich in einen verheirateten Mann zu verlieben, steigt eben überproportional an. Trotzdem. Es ist einfach scheiße, dass ein Mann seine Frau betrügt und man als Geliebte auch noch einen nicht unerheblichen Anteil daran hat. Das Schlimmste ist, dass Katta das alles weiß und trotzdem nicht anders kann. Manchmal sind wir Frauen echt bescheuert. Sie tut mir furchtbar leid, ich tue mir leid und alle betrogenen Ehefrauen tun mir auch leid. Zur Abwechslung breche auch ich noch in Tränen aus. Dieser Abend steht eben nicht unter dem Motto »Bis einer heult«, sondern »Bis beide heulen«. Mit den Tränen, die ich in letzter Zeit vergossen habe, könnte man wahrscheinlich den Meeresspiegel um zwei Meter erhöhen.

Irgendwann stellen wir beide fest, dass das ja total albern ist, zu zweit heulend in der Küche zu sitzen, und uns wegen unserer Männergeschichten den Abend versauen zu lassen. Wir überlegen, wie wir solche Gemütszustände in Zukunft verhindern können. Aber egal wie wir es drehen und wenden, mit Männern lassen sich solche Konflikte nicht immer vermeiden. Bleibt also nur die gleichgeschlechtliche Liebe. Wir beäugen uns kritisch.

»Wir könnten uns zum Beispiel immer die Klamotten teilen«, werfe ich ein.

»Na ja, ob das unbedingt ein Vorteil ist? Ich kann mir das schon sehr gut vorstellen, wie ich mich morgens auf meinen absoluten Lieblingspullover freue, der dann aber schon mit dir auf dem Weg in dein Büro ist.«

Ich muss lachen. »Da könntest du recht haben, aber du wüsstest zumindest, dass ich gut angezogen bin.«

»Stimmt!«

»Und man hat auch nicht so viele Kommunikationsprobleme. Wenn du als Frau zum Beispiel anfängst zu weinen – wenn wir schon mal dabei sind –, stehen Männer in den meisten Fällen relativ hilflos in der Gegend rum und fühlen sich im schlimmsten Fall noch unter Druck gesetzt. Eine Frau kann mit solchen Situationen einfach viel besser umgehen.«

»Mag sein, aber das nimmt doch auch viel Spannung aus der Beziehung. Wenn man immer weiß, wie der andere tickt und was er denkt und fühlt, wird das wahrscheinlich innerhalb kurzer Zeit stinklangweilig. Außerdem ist es doch herrlich, wenn er nicht weiß, wie er damit umgehen soll. So was führt ihn schließlich oft in einen Blumen- oder Schmuckladen und dagegen hab ich absolut nichts.«

»Katta, du bist materialistisch!«

»Na und? Welche Frau hat es denn nicht gerne, wenn ein Mann ihr Blumen oder Schmuck schenkt. Wenn du mir allerdings rote Rosen bringen würdest und mir zärtlich eine goldene Kette um den Hals legen würdest … vielleicht überlege ich es mir dann ja doch nochmal.«

»Aber es ist doch toll«, entgegne ich, »dass man wesentlich mehr Dinge gemeinsam mit dem Partner machen kann.«

»Zum Beispiel?«

»Na … äh … man kann zum Beispiel gemeinsam in die Umkleidekabine im Schwimmbad gehen oder in die Bauch-Beine-Po-Gymnastik im Frauenfitnessstudio.«

»Und nachdem man gemeinsam die Problemzonen bearbeitet hat, hat man bestimmt totale Lust auf wilden Sex, weil sich beide total sexy fühlen. Tja, und außerdem gehst du ja nicht mehr ins Fitnessstudio, oder hab ich da was falsch verstanden?«

Ich lasse das kurz im Raum stehen und sehe ein, dass die lesbische Liebe keine Lösung für Katta ist. Für mich übrigens auch nicht.

»Okay, dann eben nicht. Aber dann beschwer dich auch nicht über die Männer.«

In diesem Moment klingelt es an der Tür. Katta guckt auf die Uhr, es ist halb zehn.

»Wer kann das sein?« Sie steht auf und geht zur Haustür. Ich höre sie sagen:

»Lukas? Was machst du denn hier?«

Ach, du lieber Himmel, darauf bin ich nicht vorbereitet. Mein Herz fängt so schnell an zu schlagen, als wäre ich gerade die 509 Stufen des Kölner Doms in 2,3 Minuten hochgesprintet. Katta schaut kurz und unauffällig in meine Richtung und ich winke wild, um ihr zu verstehen zu geben, dass ich ihn nicht sprechen will. Sie versteht sofort und ich überlege kurz, ob eine Beziehung zu einer Frau für mich wirklich nicht in Frage kommt.

»Neee, Antonia ist nicht bei mir.« Pause. Leider kann ich nicht verstehen, was Lukas sagt.

»Ich weiß ehrlich gesagt nicht, wo sie im Moment ist. Hier auf jeden Fall nicht.« Pause. Nicht schlecht gelogen, wie ich finde. Man hat irgendwie das Gefühl, dass sie das schon öfter gemacht hat. Ob Norberts Ehefrau auch schon mal vor der Tür stand und nach ihrem Mann gefragt hat?

»Ja, sag ich ihr, wenn ich sie spreche.« Pause.

»Ja, ich telefonier mit ihr, da kann ich ihr das sagen, okay?« Pause.

»Mach ich … ja … Tschüs, Lukas.«

Sie schließt die Haustür wieder. Puh, das war knapp.

»Und?«, frage ich aufgeregt.

»Er hat mit seinen lehmigen Schuhen den Hausflur schmutzig gemacht.«

»Katta!«

»Na ja, er sucht dich halt!«

»Da wäre ich ja jetzt nicht drauf gekommen. Aber wie sieht er aus? Verwahrlost? Sind seine Klamotten fleckig? Riecht er nach Bier? Sind seine Fingernägel schmutzig, hat er angefangen zu rauchen? Drogen?«

»Außer den dreckigen Schuhen ist mir eigentlich nichts aufgefallen. Er macht im Grunde einen ganz aufgeräumten Eindruck. War aber sichtlich enttäuscht, dass du nicht da bist und vor allem, dass du nicht ans Telefon gehst. Ich soll dir sagen, dass er sich sehr freuen würde, wenn du dich bei ihm meldest.«

Die Welt ist einfach ungerecht. Ich ärgere mich darüber, dass Lukas aufgeräumt aussieht. Schließlich sehe ich auch nicht aufgeräumt aus, sondern ständig verheult und blass. Ich finde, er hätte zumindest speckige Haare haben können, oder vielleicht einen Pickel, zumindest einen kleinen. Aber wenigstens einen Mitesser.

»Hatte er einen Mitesser?«, frage ich Katta.

»Woher soll ich das wissen? Er stand im Halbdunkel im Flur. Wieso überhaupt?«

»Warum hast du ihm gesagt, dass du mit mir telefonierst? Das muss er doch nicht wissen«, fahre ich Katta an.

»Also Antonia, das geht jetzt echt zu weit. Lukas ist doch kein entlaufener Sexualstraftäter und du nicht im Zeugenschutzprogramm.«

Bei Katta und mir ist das echt komisch. Es ist nicht so, dass eine von uns grundsätzlich die Vernünftigere ist, das ist absolut situationsabhängig, ändert sich im ständigen Wechsel und ich bin sehr froh darüber.

»Tut mir leid, du hast ja recht. Sorry, dass du das jetzt alles abbekommst.«

»Schon gut. Ich bin doch gerne dein Fußabtreter.« Sie lacht

und nimmt mich in den Arm. »Im Übrigen glaube ich nicht, dass das Lukas' letzter Besuch hier war.«

»Meinst du?« Der Gedanke gefällt mir irgendwie.

»Ich fürchte schon!« Katta anscheinend nicht.

ACHTZEHN
Lauschangriff

Katta sollte recht behalten. Am nächsten Abend klingelt es erneut an der Tür. Dieses Mal bin ich schnell in mein Zimmer gerannt und habe die Tür zugemacht, an der ich jetzt mit meinem rechten Ohr klebe. Ich habe Katta gebeten, Lukas weiterhin nicht zu sagen, dass ich bei ihr wohne. Ich lausche und kann sie sehr gut verstehen, was daran liegt, dass diese Wohnung extrem hellhörig ist. Was mich sonst nervt, weil Katta ja bereits morgens um sieben lautstark den Putzlappen schwingt, kommt mir jetzt gerade recht. Alles hat eben seine zwei Seiten.

»Hallo Lukas.« Pause. Lukas steht vor der Tür, ihn kann ich nicht verstehen.

»Nein, sie ist nicht hier.« Pause.

»Ja klar, komm rein ... kannst du bitte die Schuhe ausziehen?«

Ich höre, wie Lukas die Wohnung betritt und die Haustür geschlossen wird. Die beiden stehen im Flur.

»Hast du ihr meine Grüße ausgerichtet?« Lukas' Stimme, die mir durch Mark und Bein geht und in mir den Reflex auslöst, sofort nach draußen zu stürmen, ihm um den Hals zu fallen und alles zu vergessen, was in den letzten Wochen war. Ich kann mich gerade noch zurückhalten, indem ich mir das Bild mit Lukas und Sabs auf der Couch und Lukas' eiskalten Gesichtsausdruck nochmal ins Gedächtnis rufe, was mir nicht so schwer fällt.

»Ja, hab ich.«

»Sie hat sich nicht bei mir gemeldet.«

»Vielleicht braucht sie noch ein bisschen Zeit.«

»Aber wofür? Es gibt doch keinen Grund, warum sie sich jetzt vor mir versteckt! Ich bin doch nicht der Schlitzer von Sülz.«

Der Schlitzer von Sülz ist ein Triebtäter, der im Kölner Stadtteil Sülz lange Zeit unterwegs war. Der Schlitzer hat sich in der Straßenbahn Frauen ausgesucht, die alleine unterwegs waren und in Sülz ausgestiegen sind. Danach hat er sie verfolgt und in dem Moment, in dem sie ins Haus gegangen sind, also mit dem Rücken zum Bürgersteig standen, überfallen, vergewaltigt und aufgeschlitzt. Man kann sich vorstellen, wie ich in dieser Zeit nach Hause gegangen bin, immer rückwärts und mit dem Pfefferspray in der Hand. Dabei habe ich natürlich mehrfach die Mülltonnen übersehen, was erstens einen unglaublichen Lärm verursacht hat und zweitens wäre ich leichte Schlitzerbeute gewesen, während ich den Müll wieder zusammengeklaubt habe. Irgendwann haben sie das Arschloch dann Gott sei Dank gekriegt und ich konnte wieder vorwärts ins Haus gehen, worüber Lukas und auch unsere Nachbarn sehr froh waren.

»Na ja, und was ist mit Sabine?«

Genau! Sehr gut, Katta, das möchte ich auch gerne mal wissen. Ich drücke mich noch ein bisschen fester an die Tür, um bloß kein Wort zu überhören.

»Nichts ist mit Sabine. Wir haben an dem Abend nur die nächste Greenpeace-Aktion geplant.« Klar, dass er das jetzt sagt.

»Ach komm Lukas, das war doch Absicht, dass du Sabine zu euch nach Hause eingeladen hast und mit ihr da Wein getrunken hast, oder? Du wusstest doch genau, dass Antonia da ausflippen wird.«

Ja Katta, gib's ihm! Ich boxe dynamisch in die Luft.

»Okay, vielleicht hast du recht. Das war nicht wirklich in Ordnung.«

Genau, das war nicht in Ordnung, überhaupt nicht in Ordnung, lieber Lukas.

»Aber ich war sauer, schließlich hat Antonia mit irgendwelchen Typen rumgemacht.«

»Weißt du das? Glaubst du wirklich, dass Antonia mit irgendwelchen Typen rummacht?«

»Hmmmm … nein, nicht wirklich, aber ganz sicher bin ich mir nicht. Schließlich hat sie sich in letzter Zeit oft ziemlich merkwürdig benommen.«

»Hast du vielleicht mal versucht, mit ihr darüber zu sprechen?«

»Ich würde doch gerne mit ihr sprechen, aber ich kann sie ja nicht erreichen. Kannst du ihr sagen, dass mir das leid tut mit Sabine?« Jaaaaaaaa, genau, leid tun soll es ihm. »Also dass es mir leid tut, dass ich Sabine zu uns nach Hause eingeladen habe, also … unter den Umständen?«

Da rudert er jetzt aber volle Kraft zurück, wie ich finde. Er befindet sich jetzt fast wieder an der Stelle des Flusses, an der er mit seinem Boot ins kalte Wasser gestiegen ist.

»Kann ich machen, wenn sie sich meldet.«

»Das ist wirklich nett von dir, Katharina.«

»Kein Problem.«

»Ich muss dann auch mal wieder.«

»Okay. Bis bald, Lukas.«

»Ja, bis bald.« Die Haustür öffnet sich und schließt sich direkt wieder. Die Tür zum Gästezimmer geht auf und knallt mir voll gegen die rechte Gesichtshälfte.

»Aua!«

»'tschuldigung, aber ich wusste nicht, dass du gerade mit der Tür schmust.« Ich reibe mir meine schmerzende rechte Wange. Katta schaut unschuldig.

»Meinst du nicht, dass ihr vielleicht doch mal miteinander reden solltet? Das ist doch nicht fair, dass du hier hinter der Tür sitzt und lauschst?«

»Also, ich finde es großartig. Endlich sagt er mal, was Sache ist. Vielleicht ist es einfach besser, wenn ihn jemand Außenstehendes fragt. Meinst du, er kommt morgen wieder?«

Katta seufzt.

»Wenn du dich nicht bei ihm meldest, wahrscheinlich schon.«

»Kannst du ihn dann vielleicht mal fragen, ob er es sich vielleicht doch irgendwann mal vorstellen kann, mich zu heiraten? Oder doch Kinder?«

»Sag mal, spinnst du? Ich soll jetzt für dich die Gespräche führen, die ihr nicht gebacken kriegt?«

»Genau!«

NEUNZEHN
Private Soap

Für mich ist es fast schon Routine, jeden Abend in meinem Gästezimmer zu verschwinden und Katta und Lukas zu lauschen. Mittlerweile steht die Couch – zu Kattas Leidwesen – ganz nah an der Tür, damit ich nicht immer auf dem Fußboden kauern muss und Gefahr laufe, von Katta erschlagen zu werden. Andere Leute setzen sich ja auch auf die Couch, wenn sie Fernsehen schauen oder einem Hörbuch lauschen. Lukas' Besuche sind für mich ein bisschen so wie eine geliebte, höchst private und absolut süchtig machende Soap-Opera, die jeden Abend kommt und auf die ich mich den ganzen Tag freue. Man könnte es auch als Antonias persönliche Reality-Doku bezeichnen. Allerdings gibt es nur zwei Mitwirkende, nur eine Location, in der das Ganze spielt, und nur einen Zuschauer beziehungsweise Zuhörer. Alles in allem hört sich das nach einer ziemlich billigen Produktion an, aber inhaltlich ist das Ganze ein Knaller: spannend, emotional, mit einem Marktanteil von 100 % in der Zielgruppe und das jeden Abend. Davon wagt noch nicht mal RTL zu träumen.

In der gestrigen, also der zweiten Folge war das Thema »Hochzeit« angesagt. Ich hatte Katta die Regieanweisung gegeben, das Gespräch unauffällig in diese Richtung zu lenken.

»Hattest du eigentlich jemals vor, Antonia zu heiraten?« Ich fragte mich, wer in meiner Soap die Dialoge schreibt. Grauenhaft. Und unauffällig geht doch wohl auch anders.

»Heiraten kam für uns bisher nicht in Frage. Warum auch? Außerdem hasst Antonia Hochzeiten.«

»Und du? Wie stehst du denn zum Heiraten?«

Sehr gut, Sherlock Katta! Zwinge ihn zu einem Geständnis, zur Not auch mit Gewalt. Lock alles aus ihm raus, bring ihn dazu, sein Innerstes nach außen zu kehren.

»Weißt du, dadurch, dass Antonia immer so sehr dagegen gewettert hat, habe ich das Heiraten nie so wirklich in Betracht gezogen, obwohl ich mir das grundsätzlich schon vorstellen könnte.« Ach ja? Auch mit mir?

»Ach ja? Auch mit Antonia?« Katta machte Fortschritte. Ich hielt die Luft an und stieß dabei aus Versehen gegen die Cola-Flasche, die neben mir auf einem kleinen Tischchen stand und die prompt polternd auf den Boden fiel.

»Was war das denn?«, fragte Lukas.

Ich hatte die Szene versaut. Mist. Jetzt war Kattas Improvisationstalent gefragt.

»Ach nix.« Ich betete, dass Katta sich was einfallen lässt, schließlich war sie nicht umsonst die Hauptdarstellerin. »Äh … das sind nur die Nachbarn.«

»Die Nachbarn? Das hörte sich aber so an, als ob es aus deiner Wohnung kommt.«

»Die haben einen kleinen Sohn, der immer mit seinem Bobbycar gegen die Wand fährt. Das hört sich dann so an, als ob jemand in meiner Wohnung Fußball spielt.« Großartig! Katta bekommt auch in meiner nächsten Produktion eine Hauptrolle und die Goldene Kamera sowieso.

»Echt? Stört dich das nicht? Also, ich würde ausflippen, glaub ich.«

»Ach, man gewöhnt sich dran und Kinder müssen ja schließlich spielen.«

Ich muss grinsen. Das aus Kattas Mund. Katta würde komplett ausflippen, wenn ein dreijähriger Kevin oder eine kleine Mandy mit dem Bobbycar regelmäßig gegen die Zimmerwand fahren würde. Ich bin ihr echt was schuldig.

Heute läuft die Folge drei meiner kleinen persönlichen Soap, mit dem Titel »Kinder?«. Lukas ist pünktlich am Set. Das ist das Schöne, wenn man einen Unternehmensberater zum Freund hat, er ist zwar nicht sonderlich kreativ, aber dafür pünktlich. Alle sind auf Position und Katta steigt nach ein paar Begrüßungsfloskeln und nachdem sie Lukas glaubhaft klargemacht hat, dass ich nicht da war oder bin, direkt voll ein:

»Weißt du, ich glaube, Antonia ist im Grunde ihres Herzens ein Familienmensch.« Ich jubele innerlich, großartige Autoren, und Katta wird von Tag zu Tag besser – ich werde sie auf jeden Fall für den Oscar vorschlagen.

»Tön…?« Lukas war offensichtlich baff. »Ich meine, bist du sicher, dass wir von der gleichen Antonia sprechen?«

»Na ja, es ist bei ihr nicht immer so offensichtlich, aber ich finde, dass sie in letzter Zeit relativ häufig über Kinder gesprochen hat.«

»Antonia und Kinder? Antonia wird eher Präsidentin eines Männersaunaclubs, bevor sie Mutter wird. Da bin ich ja 1000-mal mehr Familienmensch.«

Aus Versehen hätte ich bei diesem Satz fast laut losgelacht.

»Aha, heißt das, dass du dir eine Familie mit Antonia vorstellen könntest?« Katta hört sich jetzt ein bisschen an wie Richterin Barbara Salesch. Ich halte die Luft an und muss mir zur Beruhigung meiner Nerven zeitgleich ein Stück Schokolade in den Mund schieben. Die Cola steht vorsichtshalber außerhalb meiner Reichweite.

»Im Moment fällt mir das schwer, sie spricht ja verdammt nochmal nicht mit mir, geschweige denn, dass wir …«

»Ich meine ja auch nicht sofort, sondern grundsätzlich.« Katta ist großartig, sie lässt nicht locker. Ich schäme mich ein bisschen, weil sie im Grunde meinem Freund die Fragen stellt, die ich längst hätte stellen sollen. Aber für sie ist es garantiert leichter, weil sie im Gegensatz zu mir einfach keine Angst vor den Antworten hat.

»Klar könnte ich mir das vorstellen.«

In diesem Moment reißt es mich schon vor Freude von der Couch und mein rechter Arm macht eine astreine Boris-Becker-80er-Jahre-Siegerfaust. Lukas spricht weiter:

»Aber ehrlich gesagt haben wir im Moment andere Probleme und das steht nun wirklich nicht zur Debatte. Nicht mal im Ansatz.«

Ich plumpse enttäuscht wieder auf die Couch zurück. Glück und Unglück liegen schrecklich nah beieinander und meine Soap ist eine Achterbahn der Gefühle mit mindestens acht Loopings. Die *Verbotene Liebe* ist dagegen ein emotionaler Kindergeburtstag.

Nachdem Lukas gegangen ist, sitzen Katta und ich mal wieder bei einem Glas Rotwein in der Küche.

»Antonia, das geht so nicht weiter«, stänkert sie und malträtiert gleichzeitig mit einem Lappen einen Wachsfleck auf dem Küchentisch.

»Was geht so nicht weiter?«, frage ich unschuldig, obwohl ich natürlich genau weiß, worauf sie hinaus will.

»Dass der arme Lukas hier jeden Abend sitzt und ich ihm das aus der Nase ziehen muss, was du wissen willst. Was willst du denn noch hören?«

»Ich will hören, dass er mich liebt«, antworte ich trotzig.

»Aber das hat er doch indirekt schon mehrmals gesagt. Ich finde, für seine Verhältnisse ist er schon ziemlich aus sich rausgegangen.«

»Aber eben nur indirekt. Er hat es nur indirekt gesagt. Ich will es nur einmal hören, nur einmal und zwar direkt und ohne Umschweife.«

»Dann frag ihn doch danach. Direkter geht es nicht.«

»Das geht nicht. Bei mir sagt er es nicht, ich spreche da aus Erfahrung. Er muss es dir sagen.«

»Ach, das ist doch lächerlich. Der arme Kerl hockt ständig hier und versucht dich irgendwie zu erreichen. Ich finde, das sollte dir genügen. Und ehrlich, ich würde auch gerne mal wieder was anderes unternehmen, als jeden Abend mit deinem unglücklichen Freund am Küchentisch zu sitzen. Schließlich muss ich danach immer nochmal sauber machen.«

»Er soll es nur einmal sagen!«

»Antonia!«

»Nur einmal. Bitte!« Ich schaue sie an wie ein Golden Retriever mit einer schweren Augenentzündung. Sie seufzt. »Also gut, aber lange mach ich das nicht mehr mit.«

Der Job der Regisseurin gefällt mir so langsam.

ZWANZIG
Drei Wörter für Tönchen

Ich kann und will einfach nicht mehr auf diese Abende verzichten, zumindest im Augenblick nicht. Sie sind der wunderbarste Balsam auf meiner angegriffenen und vernachlässigten Seele. Was habe ich nicht alles angestellt, um Lukas etwas über unsere Beziehung, darüber wie er zu mir steht, zu entlocken. Und jetzt muss ich mich nur zurücklehnen und kann mich seinen Worten hingeben, auf die ich so lange gewartet habe, seine Sehnsucht in mich einsaugen und darin baden, dass er endlich um mich kämpft. Sicherlich ist es in gewisser Weise verwerflich, dass ich ohne sein Wissen im Nebenraum sitze und lausche, aber es ist letztlich gut für unsere Beziehung. Ich lerne ihn auf eine Weise kennen, auf die wahrscheinlich die wenigsten Frauen ihre Männer kennenlernen, und ich habe das Gefühl, dass ich mich jeden Tag ein bisschen neu und ein bisschen mehr in ihn verliebe. Ich sehe wieder den Lukas in ihm, den ich gesehen habe, als wir uns kennengelernt haben. Es ist unglaublich rührend, wie er jeden Abend bei Katta auf der Matte steht, auf der Suche nach mir. Wenn man zusammenlebt, abends zusammen ins Bett geht und morgens nebeneinander wieder aufwacht, er die halbe Nacht schnarcht und man selbst abends nicht mehr das schwarze Negligé überstreift, sondern in ein rosa Ensemble von »Hello Kitty« steigt und man sich ständig darüber streitet, wer die Pfandflaschen zurückbringt, dann vergisst man manchmal, weshalb man eigentlich zusammen ist. Man sagt nicht mehr, dass man sich mag oder vermisst. Meistens kann man sich ja auch gar nicht vermissen, weil man ja sowieso dauernd zusammen ist. Und dass man sich mag, ist ja eh irgendwie klar, man ist schließlich zusammen, das muss man sich ja nicht mehr sagen, oder?

Der vierte Abend gestaltet sich schwieriger als die Abende davor. Lukas ist frustriert, dass er immer noch nichts von mir gehört hat, und ist nicht wirklich gesprächsbereit.

»Aber was soll ich denn noch machen? Ich hab zig Mal bei ihr angerufen, im Büro lässt sie sich verleugnen und auf meine Nachrichten, die sie über dich bekommt, reagiert sie auch nicht«, nölt er.

»Doch, auf die Nachrichten, die ich ihr überbringe, reagiert sie schon, du musst ihr noch ein bisschen Zeit geben und darfst jetzt auf gar keinen Fall aufgeben.«

Sehr gut, Katta, du musst ihn motivieren, er darf jetzt einfach noch nicht schlappmachen, nicht so kurz vor dem Ziel.

»Hmmmm, ich weiß nicht. Wenn sie noch ein Interesse an unserer Beziehung hätte, würde sie doch reagieren, oder? Mit mir sprechen. Immerhin komme ich ja auf sie zu.«

»Das stimmt schon, nur sie ist eben sehr verletzt. Aber ich weiß, dass sie sich über deine Nachrichten sehr freut. Ich sehe es an ihren Augen. Lukas, glaub mir, wenn du es immer noch wirklich willst, wenn du dich wirklich zu ihr bekennst, also auch verbal, wird sie dich ganz bestimmt erhören.«

Ach du lieber Himmel, da hat Katta wohl das Drehbuch verwechselt. Das ist doch hier nicht *Romeo und Julia* kurz bevor die Lerche trällert.

»Katharina, ich wusste gar nicht, dass du so theatralisch werden kannst«, Lukas lacht, »aber vielleicht hast du recht. Ich hoffe es. Sagst du ihr, dass ich hier war?«

»Klar, soll ich ihr denn noch irgendetwas ausrichten?«

Ich weiß, worauf Katta aus ist, Lukas offensichtlich nicht.

»Na ja, dass ich eben da war und dass sie sich doch bitte endlich mal melden soll, oder einfach nur mal an ihr Telefon gehen soll.«

»Sonst nichts? Was Persönlicheres vielleicht?«

»Was Persönlicheres? Ich würde gerne mal wieder persönlich mit ihr sprechen.«

»Okay. Ich sag's ihr. Aber vielleicht ist sie ja morgen Abend hier.«

Mit dem Ergebnis des Abends bin ich nicht wirklich zufrieden. Ich habe so sehr gehofft, dass Lukas einen Schritt weiter geht. Es kann doch nicht so schwer sein zu sagen, dass man jemanden liebt, oder? Wenn er mich wirklich liebt, muss er doch auch in der Lage sein, das zu artikulieren. Ich meine, ganz am Anfang unserer Beziehung hat er das doch auch geschafft. Oder haben die 34-jährigen Hormone auch seine Zunge verformt, sodass er rein anatomisch gar nicht mehr in der Lage ist, diese drei Wörter in der richtigen Reihenfolge zu artikulieren? Vielleicht sollte ich das nochmal bei Christel Grünlich nachschlagen.

Auch der nächste und der übernächste Abend sind nicht wesentlich erfolgreicher und Katta zeigt eindeutige Ermüdungserscheinungen, und das, obwohl ich mich bereit erklärt habe, täglich das Bad zu putzen, den Müll rauszubringen und einmal am Tag Staub zu saugen, um sie bei Laune zu halten. Und bei Katta muss man tatsächlich richtig putzen. Sie merkt sofort, wenn man sich eine Ecke, die doch noch so sauber aussah, gespart hat. So langsam zieht sich meine Soap unangenehm in die Länge, und ich als Regisseurin sehe mich gezwungen zu handeln und Einfluss auf das Drehbuch zu nehmen. Ich erlaube Katta, in Folge sieben wesentlich direkter zu fragen. Katta darf, wenn es nötig ist, sogar fragen:

»Liebst du Antonia eigentlich?« Wenn er das dann bejaht, bin ich bereit, meine kleine Serie endgültig zu beenden. Es wäre zwar wesentlich schöner, wenn er es von sich aus sagen würde, aber ich habe das Gefühl, dass ich Katta nicht weiter beanspruchen kann. Und auch Lukas hat man an den letzten beiden Abenden angemerkt, dass seine Geduld so langsam aber sicher am Ende ist. Höchste Zeit also für den Showdown.

Am nächsten Abend bin ich wie immer pünktlich auf meinem Posten. Aber zum ersten Mal sitze ich nicht im bequemen Jogger auf der Couch. Ich habe meine schönste Jeans an, ein neues schwarzes und enges Oberteil, die Haare sind gewaschen und ausnahmsweise, dank meiner Stylistin Katta, auch mal vernünftig geföhnt. Für das Make-up habe ich mir mehr Zeit als die sieben Minuten, die ich morgens normalerweise brauche, genommen. Es ist exakt acht Uhr. Lukas war die letzten Abende immer zwischen acht und halb neun hier. Ich sitze auf der Couch und bin sehr aufgeregt. Das wird die letzte Folge meiner Soap und mein erster und letzter Auftritt. Ein bisschen so wie in den Alfred-Hitchcock-Filmen, in denen der Meister ja auch grundsätzlich einen kleinen Cameo-Auftritt hat. Allerdings ist meine Rolle wesentlich größer als die Rollen, die Hitchcock immer hatte.

Außerdem wird Katta auch froh sein, wenn sie mal wieder einen Abend für sich hat und die schmutzige und unordentliche Antonia nach über zehn Tagen endlich wieder auszieht.

Um viertel vor neun ist Lukas immer noch nicht da und ich werde so langsam nervös. Auch meine Föhnfrisur fällt konsequent wieder in sich zusammen. Um kurz nach neun verlasse ich meine Gästecouch und gehe zu Katta in die Küche. Sie ist auch ratlos.

»Vielleicht ist er krank«, versucht sie mich zu beruhigen.

»Glaube ich nicht. Oder sah er gestern vielleicht krank aus?«

»Ehrlich gesagt, nicht. Vielleicht ist er ja beruflich unterwegs oder muss einfach länger arbeiten und kommt später. Hat er dir heute schon auf die Mailbox gesprochen?«

»Bis vor einer Stunde noch nicht. Dann hab ich das Handy ausgemacht.« Ich hole mein Handy und mache es an. Keine Nachrichten. Ich rufe nochmal meine Mailbox an.

Eine freundliche Stimme, die in meinen Ohren mittlerweile schon klingt wie die Stimme einer guten Freundin, sagt mir, dass ich keine neuen Sprachnachrichten habe. Mir kommt es fast so vor, als würde sie ein wenig erstaunt klingen. Kein Wunder, schließlich hat sie mir die letzten Tage dauernd gesagt, dass neue Nachrichten für mich vorliegen.

Auch am nächsten Abend lässt sich Lukas nicht blicken. Keine Nachricht, kein Besuch. Ich bin verzweifelt. Was ist nur plötzlich passiert? Als ich am darauf folgenden Tag im Büro sitze, klingelt mein Handy, das ich mittlerweile wieder rund um die Uhr eingeschaltet lasse, in der Hoffnung, dass Lukas sich meldet. Jetzt würde ich dran gehen. Es ist aber nur Katta.

»Stell dir vor, ich habe Lukas in der Mittagspause getroffen, in der Innenstadt. Ich wollte doch zu Zara, wegen des roten Pullovers, von dem ich dir erzählt habe, der mit den …«

»Katta, was hat Lukas gesagt? Was ist passiert?« Meine Stimme duldet keine weiteren Ausschmückungen von textilen Belanglosigkeiten.

»Ich hab ihn natürlich gefragt, warum er nicht mehr kommt.«

»Und? Jetzt sag schon!«

»Na ja, er meinte, dass es seiner Meinung nach keinen Sinn mehr hätte.«

»Wie, keinen Sinn?«

»Weil er jetzt angeblich alles getan hat, was er tun konnte, und dass du ja offensichtlich kein Interesse mehr an einer Aussprache oder an der Beziehung hättest. Und dass er das jetzt eingesehen hätte.«

»Und? Hast du ihm gesagt, dass das Quatsch ist?«

»Ehrlich gesagt nein. Tut mir leid, Antonia, aber er war irgendwie total überzeugt, dass es absolut keinen Sinn mehr hat. Hat sich nochmal bei mir bedankt, dass ich ihn jeden Abend ertragen hätte, und dann ist er abgedampft.«

Das darf doch echt nicht wahr sein. Wieso schaffe ich es nicht ein einziges Mal in meinem Leben, irgendetwas rechtzeitig zu machen? Im Kindergarten bin ich zu spät zum Wichteln gekommen, und mein Geschenk war weg. Meine Mutter brauchte vier Stunden, drei Portionen Pommes bei McDonald's und ein Schokoeis, um mich wieder zu beruhigen. In der Schule kam ich viel zu spät zur Klassenfahrt nach Monschau und musste zu Hause bleiben, weil der Bus schon weg war. Meine große Liebe David saß mit im Bus und als er wiederkam, war er mit Simone zusammen. Im Studium hab ich mich viel zu spät zur Magisterarbeit angemeldet, was mich ein ganzes Jahr und die Karriere bei einem französischen Kosmetikkonzern gekostet hat, die mich eigentlich wollten – aber eben früher. »Wer zu spät kommt, den bestraft das Leben«, da ist echt was dran.

Und alles nur, weil ich Lukas zwingen wollte, diese drei Scheißwörter zu sagen. Als wenn unsere gemeinsamen zwei Jahre von diesen drei Wörtern abhängen würden. Aber vielleicht ist es dieses Mal ja noch gar nicht zu spät. Vielleicht gibt es noch Hoffnung. Zeit zu handeln! Ich atme tief durch, nehme mein Handy und wähle im Adressbuch nach so langer Zeit wieder »Lukas mobil«. Ich bin unglaublich aufgeregt. Ich weiß, dass jetzt alles an einem seidenen Faden hängt und es nun an mir liegt, die Dinge nochmal in die richtige Richtung zu lenken. Es klingelt. Es klingelt weiter, es klingelt immer noch. Keiner geht ran, noch nicht mal meine Freundin, die Mailbox. Ab dem Zeitpunkt versuche ich es stündlich, immer das Gleiche, nämlich nichts. Ich merke ansatzweise, wie Lukas sich die letzten Tage gefühlt haben muss, und habe ein verdammt schlechtes Gewissen. Es geschieht mir wahrscheinlich nur recht, dass er jetzt nicht drangeht. Wahrscheinlich guckt er gerade auf das Display und sagt zu Sabs: »Also jetzt braucht sie auch nicht mehr zu kommen, jetzt ist es zu spät.« Und Sabs lächelt ihn verliebt an und sagt: »Da hast du recht, mein Fröschlein, viel zu spät.« Oder Sabs hat ihm sein Telefon geklaut und er weiß gar nicht, dass ich versuche, ihn zu erreichen? Meine Gedanken machen mich rasend. Ich versuche es bei Lukas im Büro. Er mag es überhaupt nicht, wenn ich ihn im Büro anrufe, und ich versuche es auch zu vermeiden, zumal er dann immer sehr kurz angebunden ist und einen geschäftsmäßigen Ton drauf hat, den ich gar nicht leiden kann. Kalt wie ein toter Fisch. Aber schließlich handelt es sich um einen Notfall. Seine Kollegin Carmen Buszello meldet sich.

»Hallo Frau Buszello, Antonia Roos hier.«

»Ach, hallo Frau Roos.«

»Sagen Sie, ist mein Freund zu sprechen?«

»Neee, der ist schon weg, ungefähr seit einer halben Stunde.«

»Wissen Sie zufällig, wo er hin ist?«

»Keine Ahnung. Er hat nichts gesagt. Ich schätze mal, nach Hause.«

»Ah, okay, vielen Dank!«

»Aber gerne doch. Tschüs, Frau Roos.«

»Ja, tschüs.«

Ich fühle mich in meinem Büro wie ein aggressiver Tiger in einem viel zu kleinen Käfig. Ich muss hier raus, ich muss endlich etwas tun. In dem Moment, als ich das Büro verlassen will, läuft mir zu allem Überfluss Herr Maybach über den Weg. Und nochmal schlechtes Timing.

»Ach, Frau Roos, gut, dass ich Sie treffe. Haben Sie einen Moment für mich?«

»Ähhhh … eigentlich nicht.«

Ich habe jetzt absolut keine Lust auf Herrn Maybach, der garantiert wieder irgendwas zu meckern hat und mir zur Abwechslung mal wieder mit einer Abmahnung drohen möchte.

»Na ja, für Ihren Chef werden Sie doch ein paar Minuten Zeit haben, oder?«

Ich hasse es, wenn Chefs Befehle in nett anmutende Floskeln verpacken. Soll er doch einfach sagen, dass ich gefälligst Zeit zu haben habe.

»Also eigentlich …«

Auf meiner linken Schulter sitzt plötzlich ein kleiner rotgesichtiger Punker mit einem bunten Irokesen-Haarschnitt und einer schwarzen Lederjacke, der mir ins Ohr schreit *»… nicht. Eigentlich nicht. Sag ihm, dass du keine Zeit hast! Du bist nicht sein Sklave.«* Ich will gerade »nicht« sagen, als sich eine kleine blonde Frau, die auf meiner rechten Schulter sitzt, zu Wort meldet. Unglaublich, was plötzlich auf mir los ist. Sie sieht ein bisschen aus wie Gundula Gause, ZDF-Nachrichtensprecherin und die Vernunft in Person. *»Antonia, wenn du es jetzt auch noch bei deinem Chef vermasselst, stehst du bald nicht nur ohne Freund, sondern auch noch ohne Job da. Willst du das?«* Nein, will ich natürlich nicht. Ich möchte gerade zu einem freundlichen Satz ansetzen, als sich der kleine Punker aufregt: *»Was ist dir denn wichtiger, Antonia? Dieser dröge Job bei einer beschissenen Telefongesellschaft oder deine Beziehung zu Lukas?«* Die Beziehung zu Lukas natürlich. Gundula stemmt die kleinen Händchen in die Hüfte und kommt ganz nah an mein Ohr: »*Aber meinst du, dass Lukas dich mehr liebt, wenn du auch noch arbeitslos bist?*« Da hat die Gause schon recht, Arbeitslosigkeit erhöht nicht gerade die Attraktivität des Partners. Ich habe das Gefühl, dass ich langsam aber sicher verrückt werde.

»Frau Roos, alles in Ordnung mit Ihnen? Ist Ihnen wieder schlecht?«

Herr Maybach guckt mich mit gerunzelter Stirn an.

»Ähhh nein, Herr Maybach. Soll ich zu Ihnen ins Büro kommen? Also wegen der Besprechung.« Gundula Gause macht die Becker-Faust, steppt auf meiner Schulter und streckt dem Punk die Zunge raus, der ist beleidigt und zeigt Frau Gause den Mittelfinger.

»Ja, kommen Sie doch direkt mit, Frau Roos.«

In seinem Büro ist es wie immer, Herr Maybach verschwindet hinter seinem riesigen Schreibtisch und ich nehme auf dem Büßerstuhl davor Platz. Ich versuche die Flucht nach vorne:

»Herr Maybach, ich weiß, dass ich in den letzten Tagen nicht so effizient …«

»Ach was, Frau Roos, jetzt seien Sie mal nicht so bescheiden. Mir ist sehr wohl aufgefallen, dass Sie sich nach unserer letzten Besprechung wirklich ins Zeug gelegt haben.« Ich weiß wirklich nicht, wovon der Mann redet. »Ihr Chef merkt schon noch, wenn sich seine Mitarbeiter bemühen.« Er sitzt da wie ein Gorilla, der sich gleich stolz auf der Brust herumtrommelt.

»Das ist wirklich ganz toll, dass Sie noch was merken, Herr Maybach.« Der kleine Punker auf meiner Schulter applaudiert, Frau Gause zieht einen Schmollmund, Herr Maybach redet unbeirrt weiter.

»Ich weiß, dass viele Kollegen glauben, dass ich nur die negativen Dinge hervorhebe, aber das ist nicht so. Mir ist nicht entgangen, dass Sie hier abends sehr lange sitzen und an den Aufträgen schreiben, Frau Roos.«

Jetzt wird mir klar, worüber der Mann spricht. Er denkt, ich arbeite jeden Abend so lange. Wenn der wüsste, dass ich nur so lange im Büro bin, um Katta einerseits nicht auf den Wecker zu fallen und andererseits ihren Putzattacken zu entgehen.

»Also, Frau Roos, wenn Sie so weitermachen, könnte ich mir definitiv vorstellen, Sie mit der Leitung der Abteilung zu betrauen.«

Mir fällt fast alles aus dem Gesicht und Gundula schlägt ein Rad auf meiner Schulter, während sich der kleine Punk erstaunt die Augen reibt. Das ist wirklich ungeheuerlich. Im Berufsleben geht es definitiv nicht um Leistung, sondern einfach darum, so zu tun, als ob man viel leistet. Das ist auch der Grund, warum so viele Nichtskönner und Wichtigtuer die Chefetagen füllen. Alles Blender und meistens Männer. Da müssen wir Frauen noch viel lernen. Herr Maybach guckt selbstgefällig hinter seinem Schreibtisch hervor. Wenn der wüsste, dass ich mittlerweile die beste Mahjong-Spielerin im Internet bin, wäre er bestimmt sehr stolz auf mich und würde mich nicht nur zur Abteilungsleiterin machen, sondern gleich zur Vorstandsvorsitzenden. Ich muss lächeln, was mein Chef gleich mal falsch versteht. Was für ein Idiot.

»Dann würden wir auch wesentlich enger zusammenarbeiten, Frau Roos«, ergänzt Herr Maybach noch und lächelt schmierig zurück. Der kleine Punk auf meiner Schulter wittert erneut eine Chance: *»Sag ihm, er kann dich mal! Du willst ja wohl nicht mit diesem Schmierlappen enger zusammenarbeiten, oder?«* Nein, das will ich wirklich nicht. Frau Gause wird schlagartig wach: *»Bedank dich für das Vertrauen, das er dir entgegenbringt. Denk dran, besserer Job, höheres Ansehen, mehr Geld, und Lukas wird das bestimmt auch gut gefallen.«*

Die beiden komischen Gestalten, die meine Schultern besetzen, gehen mir so langsam gehörig auf den Zeiger. »Wisst ihr was, ihr könnt mich mal, alle beide!«

»Wie bitte?« Herr Maybach ist entsetzt. Anscheinend habe ich laut mit meinen zwei unsichtbaren Begleitern gesprochen, die sich mittlerweile gegenseitig wüst beschimpfen. Ich muss mich sehr konzentrieren, damit ich Herrn Maybach überhaupt eine Antwort geben kann.

»Äääääh … ich meine, ich freue mich natürlich über das Vertrauen, das Sie mir entgegenbringen, möchte aber gerne nochmal darüber nachdenken.«

»Sie müssen darüber nachdenken?« Maybach versteht die Welt nicht mehr und ich habe auch keine Lust, sie ihm zu erklären. Es ist höchste Zeit für mich, nicht, dass ich Lukas wegen Herrn Maybach verpasse.

»Ja, aber nicht jetzt. Ich muss jetzt leider wirklich gehen. Wichtiger Termin. Privat.«

»Aber es ist gerade mal halb fünf, Frau Roos.«

»Wirklich sehr wichtiger Termin.« Mit diesen Worten bin ich durch die Tür. Ich kann einfach nicht anders, die Angst, mal wieder zu spät zu kommen, ist einfach zu groß und es steht zu viel auf dem Spiel. Die KVB muss heute leider auch auf mich verzichten, ich nehme mir ein Taxi. Dieses Mal ist es leider nicht Karl, der mich fährt. Ich sage dem Fahrer, dass er mich nach Hause fahren soll.

»Wohin bitte?«, fragt mich dieser begriffsstutzige Mensch.

»Na, nach Hause!«

EINUNDZWANZIG
Die tugendbegabte Jungfrau

Die Haustür ist offen und ich springe die Treppe hoch. Vor der Wohnungstür bin ich total außer Atem und muss mich erst mal beruhigen. Schließlich will ich Lukas nicht rotgesichtig und verschwitzt ankeuchen. Allerdings kann ich das auch nicht, weil er nämlich nicht da ist. Das muss auch ich kapieren, nachdem ich vorher ungefähr zwei Millionen Mal geklingelt habe. Leider habe ich auch keinen Haustürschlüssel mehr, den habe ich ja für Öko-Sabs in den Flur geschmissen. Zu dämlich. Also sitze ich mal wieder vor der Wohnungstür, so wie schon vor ein paar Wochen. Vielleicht sollte ich mir das zukünftig mal ein wenig gemütlicher hier einrichten, bisschen was zu knabbern, Flasche Wein, Radio. Wenigstens muss ich heute nicht so dringend pinkeln, also zumindest noch nicht. Ich starre in den kargen Hausflur. Hier hat sich rein äußerlich nichts verändert. Mein Name steht noch an der Klingel, der rote Eimer noch in dem Abstellräumchen und die Flurlampe brennt immer noch exakt drei Minuten und 35 Sekunden. Im Hausflur sieht alles so aus, als ob in den letzten Wochen absolut gar nichts passiert wäre. Aber was ist denn eigentlich passiert? Ich habe mich mit Lukas gestritten, bin ausgezogen, er hat versucht mich zurückzugewinnen, ich habe zu lange gewartet, und jetzt ist es an mir, ihn zurückzugewinnen. Ist das viel? Es gibt Menschen, die zeugen in dieser Zeit Zwillinge, bauen ein Haus, also zumindest ein Fertighaus, oder verhindern den dritten Weltkrieg. Ich weiß nicht, was passieren wird, wenn Lukas und ich uns jetzt wiedersehen. Ich fürchte, dass es nicht so läuft wie in meinen Lieblingsfernsehfilmen, nämlich dass sich am Schluss alle um den Hals fallen und alles besser ist, als es vorher war. Ich fürchte, dass wir tatsächlich an unserer Beziehung arbeiten müssen und das, wo ich doch total arbeitsscheu bin.

Die drei Minuten und die 35 Sekunden sind mal wieder vorbei und das Licht geht aus. Ich will mich gerade hochhieven, als es wieder angeht. In der Hoffnung, dass es Lukas ist, springe ich auf, ziehe meinen zerknüllten Pullover wieder einigermaßen zurecht, streiche mir eine Haarsträhne aus dem Gesicht und setze ein dezent freundliches Lächeln auf. Bestimmt sehe ich aus wie die Mona Lisa nach sieben Schnäpsen. Meine Hände fangen exakt in dem Moment an zu zittern, als ich die Schritte im unteren Stockwerk höre. Auf meinen Körper kann ich mich eben verlassen. In mir tobt ein bitterer Kampf der Gefühle. *Angst* hat *Freude* in diesem Moment fest im Würgegriff, wird aber von *Aufregung* gestört, die der *Angst* brutal an den Haaren zieht, obwohl sie doch so was wie Halbgeschwister sind. Als *Angst* durch *Aufregung* abgelenkt ist, tritt ihr *Freude* mit voller Wucht in die Eier und kann sich befreien. Ich habe kurz die *Hoffnung*, dass *Freude* den Kampf für sich entscheiden wird, allerdings lässt sich *Angst* nicht so schnell unterkriegen und biegt *Freude* sehr schmerzhaft einen Arm auf den Rücken. Die *Aufregung* hat sich derweil gelegt und greift nicht mehr in das Kampfgeschehen ein. Für eine Sekunde fällt mein Blick auf die Tür zur Abstellkammer, aber zur Flucht ist es jetzt zu spät. Ein paar Augenblicke später ist es dann endlich soweit, er kommt um die Ecke. Ich lächle. Herr Spiller lächelt zurück. Meine Emotionen fühlen sich sofort total verarscht, hören schlagartig auf, sich zu streiten und ziehen sich beleidigt zurück. Das würde ich jetzt auch gerne tun.

»Ach, Frau Roos«, begrüßt er mich freundlich, »Sie habe ich hier ja schon länger nicht mehr gesehen.«

»Hab ich Ihnen etwa gefehlt?«

»Nun ja, sagen wir mal so, es gab zumindest keine Überraschungen mehr im Hausflur.« Er grinst und ich muss es auch. So viel Humor hätte ich ihm gar nicht zugetraut.

»Und die Luft war wahrscheinlich auch besser, oder?«

»Stimmt!« Sein Grinsen wird breiter und er sieht trotz seines tannengrünen Pullovers und der nazibraunen Cordhose richtig nett aus. »Haben Sie Ihren Schlüssel wieder verloren?«

»Eher meinen Freund.« Er guckt irritiert und ich seufze. »Ja, hab den Schlüssel verloren.« Mit dieser Antwort ist er offensichtlich zufriedener.

»Soll ich Ihnen den Schlüsseldienst rufen?«

»Nein, nicht nötig. Lukas müsste demnächst kommen. Wenn er nochmal kommt.« Beim letzten Satz nuschle ich so, dass Herr Spiller ihn nicht verstehen kann. Ich will ihn nicht komplett aus dem Konzept bringen.

»Möchten Sie vielleicht bei mir warten? Ist ja doch nicht so angenehm hier im Hausflur.«

Ich gucke ihn an, und das was ich vor kurzem noch für undenkbar gehalten habe, ziehe ich nun tatsächlich in Betracht.

»Ja, warum eigentlich nicht.«

Ich stehe auf und folge Herrn Siegfried Spiller in die Etage über Lukas' und meiner Wohnung, wo er zunächst die dreifach gesicherte Tür aufschließt. Anscheinend gibt es bei ihm Dinge, die sich lohnen, geklaut zu werden. Warum sollte man sich sonst so einschließen, als ob man freiwillig in der Justizvollzugsanstalt Berlin-Moabit einsitzt? Es sei denn, man möchte, dass niemand mehr aus der Wohnung herauskommt. Ein eisiger Schauer läuft mir bei dem Gedanken über den Rücken und lässt meine Nackenhaare soldatengleich strammstehen. Ich bin kurz davor, einfach abzuhauen. In diesem Moment hat Herr Spiller auch das letzte Schloss geöffnet und bittet mich in die Wohnung. Ich trete ein und stehe in einem dunklen Flur. In diesem Flur befindet sich exakt überhaupt nichts, keine Garderobe, kein Schlüsselschränkchen, kein Bild an der Wand, noch nicht mal eine alte Postkarte aus Ibiza. Es wirkt, als ob in dieser Wohnung gar keiner wohnt. Drei Schlösser für nichts? So langsam gerate ich in Panik. Gott sei Dank schließt Herr Spiller nicht von innen ab. Bevor ich erneut zu einem Fluchtversuch ansetzen kann, öffnet er die Tür zum Wohnzimmer und es ist wie so oft bei mir: *Neugierde* besiegt *Angst* und zwar haushoch. Herr Spiller, ganz Gentleman, hält die Tür auf und lässt mich wieder vorgehen. Das sehr große Wohnzimmer sieht auf den ersten Blick relativ normal aus. Der Boden ist wie bei uns, mit Laminat ausgelegt. In der Mitte des Raumes steht eine große braune Cord-Couch – welche Farbe sollte sie auch sonst haben – ein dazu passender brauner Sessel und ein gläserner Couchtisch. Das Ganze sieht in dem großen Raum ein bisschen so aus wie eine kleine Oase in der Wüste, nur ohne Pflanzen. An der einen Wand steht ein großes, gut gefülltes Bücherregal, das bis zur Decke reicht, wahrscheinlich eine Maßanfertigung. An den anderen Wänden hängen riesige Ölgemälde in imposanten und schweren hölzernen Rahmen, die den Raum wesentlich dunkler machen, als er wahrscheinlich ist. Die Bilder sind sehr düster und sehen aus, als ob sie schon mehrere tausend Jahre auf dem Buckel hätten. Ich muss näher rangehen, um sehen zu können, was darauf dargestellt ist. Herr Spiller beobachtet mich dabei. Ich trete an das erste Bild. Es zeigt eine Frau in einem grünen mittelalterlichen Gewand, das bis zum Boden reicht. Auf dem Kopf trägt sie eine weiße Haube, die ihre Haare verbirgt. Ihr Gesicht ist verzerrt. Sie sieht so aus, als ob sie große Schmerzen hätte.

»Möchten Sie vielleicht einen Kaffee, Frau Roos?«

»Ja, gerne«, antworte ich, ohne den Blick von dem Bild abzuwenden.

Herr Spiller verlässt das Wohnzimmer. Mein Blick wandert an der mittelalterlichen Frau hinunter und ich sehe, warum sie so schmerzverzerrt guckt. In ihrem Bauch steckt ein riesiger Dolch. Ihr Gewand ist an dieser Stelle blutgetränkt und auch der Boden zu ihren Füßen ist mit Blut bedeckt. Ihre Hände umschließen den Dolch so, als ob sie ihn herausziehen möchte, aber zu schwach dafür ist. Man spürt richtig, wie gerade das Leben aus dieser Frau entweicht. Absolut grauenvoll. Ich gehe zum nächsten Bild. Auch hier stammt die abgebildete Szene höchstwahrscheinlich aus dem Mittelalter. Es handelt sich um einen Mann und eine Frau, die miteinander einen ungleichen Kampf führen. Die Frau ist bereits in die Knie gegangen, an verschiedenen Stellen blutet sie stark und ringt nicht nur mit dem Mann, sondern auch mit dem Tode. Der Mann blickt sie hasserfüllt an. Er hat ein Messer in der Hand, das er so hält, als wolle er der Frau jeden Moment den endgültigen Todesstoß versetzen. Mir ist vollkommen schleierhaft, wie man sich so etwas ins Wohnzimmer hängen kann. Auch das dritte Bild zeigt eine sterbende Frau. Sie liegt mit dem Kopf auf einem Tisch, neben ihr ein umgestoßener Becher. Es sieht so aus, als ob sie vergiftet wurde.

»Mit Milch?«, fragt Herr Spiller aus der Küche. Ob die Frau auf dem Bild auch Kaffee getrunken hat, bevor sie gestorben ist? Außerdem frage ich mich, warum in der Wohnung von Herrn Spiller nur Frauen sterben. Eine leichte Übelkeit steigt in mir auf.

»Frau Roos? Mit Milch?«

»Nein, danke!«

Kurz darauf kommt Herr Spiller wieder in den Raum. In der Hand hat er ein Tablett mit zwei Tassen Kaffee und ein paar Keksen. Ich finde, dass die Tasse große Ähnlichkeit mit dem Becher auf dem Bild mit der toten Frau hat.

»Setzen Sie sich doch, Frau Roos.« Er deutet auf die braune Couch. Da mir nichts Besseres einfällt, setze ich mich. Er stellt die Tasse Kaffee vor mich und lächelt mich an. Ich finde, er sieht dabei ein bisschen aus wie Hannibal Lecter, kurz bevor er am Oberschenkel von Jodie Foster knabbert. Ich lächle schief zurück, nehme die Tasse in die Hand und tue so, als ob ich davon trinken würde.

»Einen Keks dazu?« Er nimmt den Keksteller in die Hand und hält ihn mir erschreckend nah ans Gesicht.

»Äääääh, nein danke, ich bin auf Diät.«

»Das sind Diabetikerplätzchen, die können Sie ruhig essen.« Hannibal Spiller lässt nicht locker. Ich gucke ihn an und finde, dass sich sein Gesicht, das ich vor einer halben Stunde noch ganz nett fand, verändert hat. Die blassblauen Augen in seinem noch blasseren Gesicht sind weit aufgerissen und schauen ins Leere. Die Nase ist unterhalb des Nasenbeins leicht schief. Hat sich vielleicht mal jemand gewehrt und ihm dabei die Nase gebrochen? Eine Frau vielleicht? Die Falte an der Nasenwurzel erinnert an den Mariannengraben, so tief ist die. Anscheinend ist Herr Spiller des Öfteren unglaublich zornig. Auch die schmalen und blutleeren Lippen tragen nicht gerade zu einem vertrauenswürdigen Äußeren bei und überzeugen mich endgültig davon, dass es besser ist, keinen Keks von Herrn Spiller zu essen.

»Wirklich ganz lieb von Ihnen, vielleicht später.«

In diesem Moment klingelt sein Handy in seiner Hosentasche. Herr Spiller nimmt es aus der Hose, entschuldigt sich und verlässt den Raum und schließt die Tür. Anstatt schnellstmöglich das Weite zu suchen, nutze ich die Gelegenheit, um die Bücher in dem Bücherregal näher in Augenschein zu nehmen. Was ich dort sehe, versetzt mich erst recht in Angst und Schrecken: *Serienmörder in Deutschland*, *Komm süßer Tod*, *Die große Enzyklopädie der Serienmörder*, *Psychogramm eines Killers*, *Leidenschaften eines Psychopathen* und *Der perfekte Mord*. Der Sülzer Schlitzer hätte seine wahre Freude an dieser Bibliothek. Ich bin mir jetzt vollkommen sicher, dass Herr Spiller nicht mehr alle Latten am Zaun hat, ja, dass er sogar gefährlich ist. Was mache ich hier überhaupt? Ich wollte doch Lukas suchen. Kein Mensch weiß, wo ich bin, und niemand würde mich hier suchen. Und die Polizei würde garantiert auch nichts unternehmen, da man davon ausgehen würde, dass ich wahrscheinlich wegen Liebeskummer nach Botswana ausgewandert bin. Herr Spiller hat mittlerweile aufgelegt und kommt zurück ins Wohnzimmer. Ich sitze wieder brav auf der Couch und versuche, nicht in Panik zu verfallen und mein Herzrasen wieder in den Griff zu bekommen. Um mich und ihn abzulenken, fange ich ein Gespräch an.

»Sagen Sie, Herr Spiller, die Bilder, die hier hängen, sind das alles mittelalterliche Motive?«

»Ja genau! Interessiert Sie das?« Seine Augen funkeln.

»Ja klar«, lüge ich, »schließlich habe ich in der Uni einen Kurs Mediävistik belegt.« Ich muss ihm ja nicht auf die Nase binden, dass ich da nur zweimal hingegangen bin und bei der Prüfung gepfuscht habe. Das Mittelalter mit seiner geschnörkelten Sprache konnte mich einfach nicht überzeugen. Herr Spiller dagegen ist begeistert.

»Wirklich? Das ist ja toll. Ich bin nämlich ein großer Fan der mittelalterlichen Kunst und Kultur.«

»Aber Ihr Interesse geht schon in eine bestimmte Richtung, wenn man sich die Bilder so ansieht.«

Ich bin mir darüber im Klaren, dass ich mich auf dünnem Eis bewege, kann es aber mal wieder nicht lassen.

»Was meinen Sie?«

»Na ja, wie soll ich sagen, die Frauen auf den Bildern sehen nicht gerade glücklich aus.« Er lacht.

»Das stimmt, aber das war damals auch für die meisten Menschen keine besonders glückliche Zeit, vor allem nicht für die Frauen. Krankheit, Vergewaltigung, Tod …«

Die drei Wörter stehen im Raum. Herr Spiller lässt sie wirken und blickt mir dabei in die Augen. Meine Pulsfrequenz erklimmt in einem Sekundenbruchteil den Mount Everest. Wann kommt Lukas denn endlich nach Hause? Kommt er überhaupt?

»Herr Spiller, ich glaub, ich hab im Hausflur was gehört. Vielleicht ist mein Freund ja gerade nach Hause gekommen.« Demonstrativ stehe ich auf.

»Ich hab nichts gehört.«

»Doch, ganz sicher. Ich schau eben mal nach.«

Blitzschnell greife ich nach meiner Jacke, da ich keineswegs vorhabe, ein zweites Mal in diese Mörderbude zurückzukehren, und bin innerhalb eines Sekundenbruchteils durch den Flur. Ich reiße an der Haustür und falle fast wieder zurück in den Flur, als diese problemlos aufgeht. Ich hatte irgendwie erwartet, dass die Tür doch abgeschlossen ist, aber sie geht ohne Probleme auf und ich stürze in den Hausflur. Als ich die ersten beiden Treppen runtergestolpert bin, merke ich, dass ich meine Tasche in seiner Wohnung vergessen habe. Wie kann man nur so bescheuert sein? Am liebsten würde ich mir selber eine runterhauen für soviel Blödheit. Stattdessen wäge ich ab. Lohnt es sich, wegen eines neuen Motorola Razor zu sterben? Da es sich um die Sonderedition in edlem Pink handelt, komme ich zu dem Ergebnis, dass es sich auf jeden Fall lohnt, darüber nachzudenken. Ich überlege, was noch in der Tasche ist. Kattas Haustürschlüssel. Sie würde es mir niemals verzeihen, wenn ich ihren Schlüssel in den Fängen eines Serienkillers lassen würde. Und was ist mit meinem Filofax? Der schräge Vogel da oben hätte die Adressen von meiner Familie und meinen Freunden. Nicht auszudenken, wenn der auf Serienkiller-Tournee geht. Ich muss also nochmal zurück – und wenn es das Letzte ist, was ich tue. Ich atme mehrmals tief ein und aus und gehe tatsächlich wieder rauf in die vierte Etage. Als ich wieder vor der Tür von Herrn Spiller stehe, rufe ich laut in den Flur:

»Ach, hallo Herr Olschinsky, ... Ja, ich warte bei Herrn Spiller auf meinen Freund, ja, genau, bei Herrn Spiller ... das wünsch ich Ihnen auch ... ja ... Bis dann, Herr Olschinsky.«

Der leere Flur starrt mich an und wenn er könnte, würde er mir einen Vogel zeigen. Aber schließlich bin ich ja nicht lebensmüde. Die Tür ist noch angelehnt und ich betrete wieder den dunklen Flur. Ich bin mir nicht sicher, ob ich das Richtige tue, gehe aber trotzdem langsam weiter. Plötzlich höre ich seltsame Laute aus Herrn Spillers Wohnzimmer. Eine Art Musik. Das Herz rutscht mir in die Jeans. Ich denke daran, dass in meinem Handy ja auch schon alle Nummern gespeichert sind, und was das für eine Arbeit wäre, das alles nochmal einzugeben. Erneut betrete ich das Wohnzimmer. Herr Spiller sitzt auf der braunen Couch, auf dem Kopf trägt er einen eigenartigen roten Schlapphut und in der Hand hat er eine Laute, auf der er zupft und diese komischen Töne produziert. Er blickt auf, lächelt, als er mich sieht, und fängt an zu singen:

Gelbe Haare güldne Stricke,
Taubenaugen, Sonnenblicke,
Schönes Mündlein von Korallen,
Zähnlein, die wie Perlen fallen.

Es fallen keine Perlen, sondern mir fällt mal wieder alles aus dem Gesicht. Herr Spiller flötet ungerührt weiter:

Lieblichs Zünglein, in dem Sprachen
Süßes Zörnen, süßes Lachen,
Schnee- und lilienweiße Wangen,
Die voll lauter Rosen hangen.

Ich stehe wie vom Donner gerührt in der Tür. Herr Spiller hört auf zu spielen.

»Das ist von Georg Greflinger. An eine vortreffliche, schöne und tugendbegabte Jungfrau.«

Herr Spiller will gerade eine weitere Strophe zum Besten geben, als mein Handy klingelt. Ich nehme meine Tasche, die noch auf dem Cordsessel liegt, und greife erleichtert nach meinem Handy. Es ist Katta: Sie fragt, ob ich noch einen Liter Milch mitbringen kann.

»O Gott, Katta, das ist ja schlimm!«

»Häh? Dass wir keine Milch mehr haben? So schlimm ist das nun auch wieder nicht und du kannst …«

»Ja sicher kann ich sofort kommen. Bin schon auf dem Weg. Keine Panik, ich bin sofort da.«

»Antonia, alles in Ordnung? Es ist nur Milch, und auch erst für morgen früh. Ich hab keine Panik …«

»Nur die Ruhe, bin gleich bei dir.«

»Antonia …« Katta kapiert gar nichts und ich lege schnell auf. Herr Spiller sitzt immer noch mit seiner Laute und dem Schlapphut auf der Couch.

»Ein Notfall, Herr Spiller. Ich muss leider sofort zu einer Freundin.«

»Ach, ja?« Er wirkt sehr enttäuscht.

Ich bedanke mich noch höflich für den Kaffee, den ich nicht angerührt und die Kekse, die ich nicht gegessen habe, und verlasse fluchtartig Herrn Spillers Wohnung. Die Freude darüber, noch am Leben zu sein, währt nur kurz. Schnell wird mir wieder bewusst, warum ich eigentlich im Haus bin. Von Lukas immer noch keine Spur. Aus der Haustür rausgekommen, schaue ich nach links und rechts die Straße hinauf und hinunter – nichts. Nur ein paar abgerissene Studenten, die die letzte Gelegenheit des Tages zum Einkauf im Supermarkt nutzen. Auch Lukas' Auto ist weit und breit nicht auszumachen. Ich will und kann auf gar keinen Fall mehr im Flur warten und setze mich deshalb auf den Rand eines großen Betonblumenkübels auf der gegenüberliegenden Straßenseite. Ich sitze zwischen achtlos weggeworfenen Kippen und ein paar übrig gebliebenen, vertrockneten Betonblumenkübelpflanzen und warte. Und Warten war noch nie gut für mich, da sich meine miesen kleinen Gedanken dann sofort zusammenrotten und Schlimmes aushecken. Heute versuchen sie, sich vorzustellen, was Lukas gerade macht. Und eine kommt dabei immer vor: SABS. Sabs mit Lukas im Bett, Sabs mit Lukas beim romantischen Candle-Light-Dinner, Sabs mit Lukas am Strand. Ich werfe meinen Gedanken vor, dass sie ganz schön phantasielos sind und lediglich Klischees bedienen. Danach konzentriere ich mich wieder auf die Straße und fühle mich ein bisschen so wie ein abgehalfterter Privatdetektiv, der für fünfzig Euro rausfinden soll, ob Herr Müller Frau Müller mit der Sekretärin Fräulein Meier betrügt.

Ich halte es genau eine Stunde aus. Privatdetektivin könnte ich nur werden, wenn man alle Fälle innerhalb einer Stunde lösen könnte und es in Deutschland immer konstant 28 Grad warm wäre. Es bleibt mir also nichts anderes übrig, als wieder zu Katta zu fahren. Vorher versuche ich es zum 480sten Mal bei Lukas auf dem Handy, wieder ohne Erfolg.

ZWEIUNDZWANZIG
Treppenlift für Lachse!

Am nächsten Morgen rufe ich erneut in Lukas' Unternehmensberatung an. Dieses Mal geht nicht Frau Buszello ans Telefon, sondern die Sekretärin, Frau Beulker.

»Büro Pfleglich und Partner, mein Name ist Eva Beulker, was kann ich für Sie tun?« Anständig meldet sie sich ja, das muss man ihr lassen.

»Hallo Frau Beulker, Antonia Roos hier. Ist mein Freund Lukas vielleicht gerade zu sprechen?« Meine Stimme zittert ein bisschen. Ich hätte nicht gedacht, dass mir das nochmal passieren könnte, wenn ich den Mann anrufe, von dem ich weiß, dass er im Bett am liebsten Bündchen-Schlafanzüge trägt und auf dem Klo leidenschaftlich gerne Computermagazine liest.

»Guten Tag, Frau Roos. Herr Lammert hat doch Urlaub. Wussten Sie das denn nicht?«

Ich fühle mich wie eine Ehefrau, die gerade erfahren hat, dass ihr Mann seit zehn Jahren fremdgeht und es alle außer ihr gewusst haben. Um mein Gesicht zu wahren, lüge ich genauso schlecht, wie man das immer in den Sat1-FilmFilm-Filmen tut:

»Ach ja, stimmt ja. Das hatte ich total vergessen. Er wollte ja ins Sauerland.« Was für ein Schwachsinn. Sauerland.

»Sauerland? Ich dachte, er wollte an einer Greenpeace-Aktion teilnehmen. So etwas sagte er zumindest.«

»Ähh, ja genau. Eine Greenpeace-Aktion im Sauerland. ›Rettet den Winterberg‹ war es, glaube ich.«

Entweder ich rede mich gerade um Kopf und Kragen oder ich erfahre so tatsächlich, wo Lukas sich gerade aufhält.

»Rettet den Winterberg? Meinen Sie die Stadt Winterberg? Ich fahre da ab und zu mal übers Wochenende hin. Aber ich dachte, dass es ich um eine Aktion auf dem Rhein handelt.«

»Frau Beulker, ich muss jetzt leider auflegen, meine Bahn kommt gerade. Vielen Dank für die Auskunft.« Ich drücke den roten Telefonhörer und lasse Frau Beulker mit ihren Sorgen um den oder das Winterberg eiskalt im Regen stehen.

Am Abend sitze ich vor Kattas Laptop und surfe auf der Greenpeace-Seite. Irgendwo muss doch stehen, was diese Wald- und Wiesenretter gerade tun.

»Und was willst du machen, wenn du es rausgefunden hast?« Katta steht hinter mir und schaut mir über die Schulter.

»Na, irgendwas wird mir schon einfallen. Ich könnte ihn zum Beispiel entführen.«

»Ich mag deine Art, die Dinge realistisch und erwachsen anzugehen, Antonia.«

Nach einigen vergeblichen Klicks werde ich in der Rubrik »Aktionen« endlich fündig:

> ***Große Rheinaktion: Greenpeace kämpft aktiv für neue Artenvielfalt***
> *Die Wasserqualität im Rhein hat sich in den letzten Jahren aufgrund der Initiative von zahlreichen Umweltschützern in ganz Europa stark verbessert, sodass sich wieder einige Fischarten im Rhein ansiedeln konnten, darunter auch der Lachs. Auf diesem Erfolg dürfen wir uns nicht ausruhen, es gibt mehr als genug zu tun. Ein großes Problem ist die fortschreitende Begradigung des Rheins, welche die Strömungsgeschwindigkeit erhöht und ihn von Altar-*

men sowie Abwässern abtrennt. Letztere sind aber von eminenter Wichtigkeit als Vermehrungs- und Brutstätte für viele Fischarten. Der Bau von Stauanlagen und Wehren hat vor allem den Wanderfischen (Forellen, Lachse, Neunaugen, Maifische) das Leben schwer gemacht. Ohne Fischtreppen ist ein solches Hindernis für sie das Aus.

Unsere Aufgabe ist es, dafür zu kämpfen, Altarme wieder mit dem Hauptstrom zu verbinden und eine biologische Durchgängigkeit der Gewässer zu schaffen. Deshalb werden wir am Samstag den Rhein in Höhe Köln-Deutz von 15:00–17:00 Uhr für den Schiffsverkehr sperren, um so öffentlichkeitswirksam auf das Problem hinzuweisen. Alle Greenpeace-Aktiven sind herzlich eingeladen, vorher das dreitägige Seminar »Wasserqualität: Rhein-Kaviar bald möglich?« zu besuchen.

Morgen ist Samstag. Das ist meine Chance. Ich muss und werde sie nutzen. Nur wie? Ich könnte mich als Fisch verkleiden, in den Rhein stürzen und vielleicht von Lukas gerettet werden.

»Kennst du niemanden, der ein Boot hat?«, fragt mich Katta.

»Woher soll ich denn bitte schön jemanden kennen, der ein Boot auf dem Rhein hat?«

»Keine Ahnung, vielleicht einer von deinen Exfreunden. Da war doch der eine oder andere Angeber dabei, oder?«

»Hahahahah, sehr lustig.« Plötzlich fällt mir was ein. »Du, Katta, ich kenne tatsächlich jemanden, der ein Boot auf dem Rhein hat!«

»Sag ich doch!« Katta ist ja so was von altklug, »Wen denn?« Und neugierig.

»Lars und Frieder, die beiden Jungs, mit denen ich letztens in der Schwulenkneipe war. Die haben erzählt, dass sie ein

Boot auf dem Rhein haben, die Latte, ja genau, so hieß das Ding.«

»Hmmm, auf 'ner Latte übern Rhein zu fahren, stell ich mir schon komisch vor.« Sie grinst anzüglich.

»Katta! Ich hab jetzt keine Zeit für deine Albernheiten, ich muss telefonieren.«

Ich schnappe mir mein Handy und suche die Nummer von Lars aus dem Handy-Telefonbuch. Er meldet sich nach kurzer Zeit und freut sich, meine Stimme zu hören. Endlich mal einer! Ich erkläre ihm die Situation und er ist, wie erwartet, sofort bereit zu helfen. Wir verabreden uns für den nächsten Tag am Rheinauhafen, in dem die Latte Macchiato vor Anker liegt.

»Und was willst du dann machen, wenn du mit der Latte auf das Greenpeace-Schiff triffst?« Katta ist skeptisch, ob ich so wirklich an Lukas rankomme.

»Ganz einfach, ich werde mich in mein Lara-Croft-Outfit werfen, das Schiff entern, Sabs über Bord werfen und Lukas im Sturm zurückerobern.«

Katta guckt immer noch kritisch, ich dagegen bin freudig erregt. Endlich kann ich was tun. Morgen werde ich Lukas wiedersehen und alles klären.

DREIUNDZWANZIG
Der Hintern von Jeanette

Ich bin viel zu früh am Kölner Rheinauhafen und kann mir in Ruhe die sehr unterschiedlichen Schiffe ansehen, die hier in einem kleinen künstlichen Seitenarm des Rheins vor Anker liegen. Die Latte Macchiato ist das kleinste Boot, das ich entdecken kann. Ich bin sehr froh, dass Lars und Frieder nicht so ein Schmockboot haben, mit dem man grenzdebile Blondinen im Bikini auf und ab schippern kann. Macht auch wenig Sinn, wenn man schwul ist. Die Latte ist weiß, hat Platz für circa vier Personen und sieht aus, als ob man damit herrlich Greenpeace-Schiffe entern könnte. Sie liegt neben der Seadream und der Lollorosso. Ich frage mich, wie man auf solche Namen kommt. Meerestraum auf dem Rhein? Salat im Fluss? Und Latte Macchiato? Auch nicht viel besser. Aber immerhin hat die Farbe des Rheins tatsächlich was von einem umgerührten Milchkaffee. Ein paar Minuten später kommen Lars und Frieder über den Steg getapert und ich finde, dass sie am Tage noch viel besser aussehen als in der Nacht. Ich freue mich wirklich sehr, die beiden wiederzusehen und laufe ihnen entgegen. Der Empfang ist herzlich und wir umarmen uns innig. Man könnte meinen, wir kennen uns schon viele Jahre und nicht nur aus einer einzigen Rausch-Nacht. Ich erzähle den beiden die ganze Geschichte, während wir die Latte von verschiedenen Planen und Stricken befreien und flussfertig machen.

»Und dein Freund glaubt wirklich, du hättest was mit uns gehabt? Mit uns beiden?« Frieder lacht. Der Gedanke scheint ihm zu gefallen.

»Irgendwie schon.«

»Aber warum hast du ihm nicht gesagt, dass wir erstens schwul und zweitens auch noch zusammen sind?«

»Na ja, erst war ich beleidigt, weil er mir unterstellt hat, dass ich ihn betrüge, und dann hatte ich irgendwie keine Gelegenheit mehr dazu.«

Lars guckt mich ungläubig an.

»Aber Antonia, das ist doch jetzt fast zwei Wochen her. Da hattest du keine Gelegenheit?«

»Wollen wir jetzt die Latte klarmachen, oder was? Wenn wir so weiter trödeln, werde ich es Lukas in diesem Leben auf jeden Fall nicht mehr sagen können.«

Ich habe wenig Lust, den beiden von meinem kleinen Regie-Debüt in der Welt der privaten Soap-Opera zu erzählen. Ich kann mich ja nicht total demontieren. Die beiden Jungs beeilen sich und in wenigen Minuten sind wir startklar. Lars wirft mir eine Schwimmweste zu.

»Muss das sein? Ich wollte eigentlich gut aussehen, wenn ich Lukas wiedersehe.«

»Glaub mir, Antonia, du wirst in dieser Weste hinreißend aussehen. Orange ist ganz deine Farbe. Und ich weiß, wovon ich rede.« Lars' Charme kann ich mich einfach nicht entziehen.

»Also gut, überredet.« Ich ziehe die Weste an und steige in die schwankende Latte. Frieder steuert, Lars sitzt vorne neben ihm und ich sitze hinten, lasse mich von den beiden gut aussehenden Jungs chauffieren und frage mich, warum eigentlich die prominenten Bikinischönheiten an der Côte d'Azur nie Schwimmwesten tragen. Oder reichen Silikonbrüste und höchstens 30 Kilo Körpergewicht, um an der Wasseroberfläche zu bleiben? Die Latte ist wesentlich schneller, als ich gedacht habe, und es macht großen Spaß, mit hoher Geschwindigkeit über den Rhein zu pesen. Wenn ich nicht so aufgeregt wäre, könnte ich unsere kleine Bootsfahrt allerdings noch wesentlich mehr genießen. Wir fahren circa zehn Minuten, bis wir endlich in Köln-Deutz angekommen sind. Kapitän Frieder drosselt das Tempo und wir schippern langsam weiter. In ein paar hundert Metern Entfernung kann ich zwei Schiffe ausmachen, die quer zum Strom liegen. Das müssen Greenpeace-Schiffe sein. Ich bin so aufgeregt, dass ich auf der Stelle pinkeln muss. Ich frage mich allerdings, wie das auf diesem kleinen Schiff gehen soll und bete, dass sich in der kleinen Kabine eine Toilette befindet.

»Lars, gibt es eine Toilette an Bord?«

»Klar, du musst nur runter in die Kabine und an dem Salon und der Kombüse vorbei. Also die dritte Tür links.«

Ich bin erleichtert und will mich gerade auf den Weg in die Kabine machen, als ich höre, wie Lars lauthals anfängt zu lachen. Ich ärgere mich, weil ein Stück Weißbrot wahrscheinlich schneller denkt als ich.

»Sehr lustig! Jetzt mal im Ernst.«

»Tja, da unsere kleine Yacht hier nun mal kein Badezimmer beherbergt, musst du wohl deinen kleinen Hintern aus dem Boot hängen.«

»Wie bitte?«

»Ganz einfach: Du musst da pinkeln, wo auch die Fische pinkeln, nämlich im Rhein.« Der liebe Gott hat mich offensichtlich nicht erhört.

»Für euch ist das ja vielleicht auch kein Problem, aber für mich schon. Oder wisst ihr schwulen Männer vielleicht gar nicht wie Frauen pinkeln?« Lars lacht.

»O doch, das wissen wir und wir finden es ziemlich umständlich. Die Latte hat schon einige Frauenhintern über der Reling gehabt. Letzte Woche war es der von Jeanette.«

Das mag vielleicht sein, dass irgend so eine Jeanette hier ganz cool ihren Hintern in Europas größte Frachtstraße gehalten hat, aber ich will auf gar keinen Fall in diese Pissbrühe pinkeln. Wahrscheinlich würde ich bei meinem Glück auch sofort verhaftet oder von der Wasserschutzpolizei zu einem Ordnungsgeld verdonnert werden. Ich merke, dass ich ein bisschen eifersüchtig bin auf Jeanette, die im Gegensatz zu mir so wenig Hemmungen zu haben scheint.

»Jetzt stell dich nicht so an!«, mischt sich auch noch Frieder ein.

Ich will nicht als total verweichlicht dastehen und versuche zumindest kurz, mich nicht so anzustellen. Also bewege ich mich einen Schritt zum Ende des Bootes, da wo eine kleine Badeleiter in den Rhein geht. Auf dem Fluss ist relativ viel los, was bedeutet, dass der eine oder andere holländische Frachterkapitän in den Genuss kommen würde, meinen blanken, untrainierten und extrem weißen Hintern zu begutachten. Außerdem sind Lars und Frieder lediglich einen Meter fünfzig von mir entfernt, was die Sache auch nicht einfacher macht. Ein Mann auf dem vorbeikommenden Koksfrachter schaut rüber und winkt mir zu. Diese Jeanette war bestimmt ein fürchterliches Mannweib, dem es scheißegal war, wer so alles ihren behaarten und unförmigen Arsch zu Gesicht bekommt.

»Frieder?«

»Fertig?«

»Neeeee, ich kann das nicht.«

»Was kannst du nicht?«

»Na aus dem Boot pinkeln. Hier kann mich doch jeder sehen.«

»Ja und. Meinst du, die gucken dir was weg?«

»Wenn sie mir ein paar Kilo vom Hintern gucken würden, würde ich sofort hier rauspinkeln. Aber das funktioniert ja soweit ich weiß nicht.«

»Frauen! In der Kajüte steht ein Eimer, den kannst du

zur Not auch benutzen. Aber danach bitte wieder gut auswaschen.«

Damit kommt der jetzt erst um die Ecke. Männer! Ich quetsche mich sofort durch die Tür in eine winzig kleine Kajüte, die auch noch mit diversem Kram vollgestopft ist. Seile, Schwimmwesten und Werkzeug sind in der etwa einen halben Quadratmeter großen Zelle untergebracht. Es riecht unangenehm nach Benzin und brackigem Wasser. Zwischen dem ganzen Schiffszeug steht tatsächlich ein leerer Eimer. Ich mache die Kajütentür zu und es ist auf einen Schlag stockdunkel in dem engen Raum.

»Gibt es hier unten Licht?«, schreie ich nach oben. Wahrscheinlich halten mich die beiden jetzt für eine totale Tussi, die alleine im Leben nicht klarkommt und die höchstens dazu in der Lage ist, einen Termin zur Maniküre/Pediküre zu verabreden, den sie dann auch noch vergisst.

»Nur eine Taschenlampe, und die hängt an einem Haken neben der Tür!«, kommt es von oben. Ich taste neben die Tür und finde tatsächlich die Lampe. Ich mache sie an und stelle sie neben mich. Dann versuche ich, mir meine Hose runterzuziehen, was in der engen Kabine, die auch noch schwankt, gar nicht so einfach ist. Als ich endlich soweit bin, rücke ich den Eimer zurecht und versuche, mich darauf zu setzen, was ich ja eigentlich aufgrund früherer Erfahrung beherrschen müsste. Letztendlich funktioniert das Ganze auch, nur schaffe ich es nicht ganz auf den Eimer, weil ich mit meinem Hintern zwischen den beiden schmalen Bänken an der Seite der Kajüte hängen bleibe. Ich nehme mir ganz fest vor, in Zukunft mehr auf meine Figur zu achten. Ich werde so lange Joggen gehen, bis ich meinen Hintern voller Stolz über eine Reling hängen würde – und das in einem Schiff, das an der Côte d'Azur vor Anker liegt. Gott sei Dank ist der Eimer aber groß genug, und ich treffe ihn auch aus größerer Entfernung.

Ich hoffe nur, dass das jetzt nicht zur Gewohnheit wird, diese Eimer-Pinkelei. Aber alles besser, als am hellichten Tag in den Rhein zu pullern. Ich nehme den Eimer, zwänge mich aus der engen Kabine, entsorge den Inhalt und spüle den Eimer mit Rheinwasser aus. Mittlerweile sind wir den beiden Greenpeace-Schiffen schon sehr nahe gekommen.

»So, Frau Roos, ab hier übernehmen Sie! Was soll jetzt passieren?« Frieder zieht mich nach vorne und ich bin ab sofort der Kapitän und frage mich, warum es für Kapitän kein weibliches Pendant gibt, oder heißt es Kapitänin?

»Näher ran!«, befehle ich meinem Steuermann.

Vor uns liegen zwei Schiffe, die durch ein riesiges Transparent verbunden sind. Darauf steht: »Rhein 2010: Freies Schwimmen für freie Fische!«

»Antonia, viel näher geht nicht. Das ist zu gefährlich. Außerdem ist da hinten die Wasserschutzpolizei, die sieht so was gar nicht gerne.«

Das ist jetzt natürlich blöd. Mit diesem Problem hatte ich Landratte nicht gerechnet.

»Dann fahr wenigstens mal von rechts nach links, damit ich Lukas suchen kann.«

Jetzt, wo wir mit der kleinen Latte an den viel größeren Schiffen Argus und Esperanza vorbeifahren, frage ich mich schon, ob das Ganze wirklich eine so gute Idee war. Die riesigen Schiffe machen mir Angst, der Motorenlärm dröhnt in meinen Ohren und einen richtigen Plan habe ich auch nicht. Wie soll ich Lukas so finden? Eines weiß ich allerdings: Ich muss ihn finden, koste es was es wolle.

»Und jetzt?« Frieder ist mit der Aktion auch nicht zufrieden.

»Nochmal zum anderen Schiff!«

Frieder wendet die Latte und lenkt das Boot vorsichtig an den anderen Schiffen, die nicht passieren können, vorbei.

Nachdem wir mehrfach von links nach rechts geschippert und bereits von der Wasserschutzpolizei argwöhnisch ins Visier genommen worden sind, sieht es fast so aus, als ob die Aktion gescheitert ist. Ich bin total enttäuscht und todtraurig. Ich habe so viel Hoffnung gehabt. Ja, ich war mir fast sicher, dass ich Lukas heute hier finden würde. Lars steht neben mir und nimmt mich fest in den Arm.

»Ach Süße, es gibt bestimmt noch eine andere Möglichkeit ihn zu treffen. Hast du nochmal versucht, ihn anzurufen?«

»Ach, ich weiß nicht wie oft! Er geht einfach nicht dran.« Lars drückt mich noch ein bisschen fester, streichelt mir über den Kopf, derweil Frieder grummelnd in der kleinen Kabine verschwindet.

»Der Anlasser spinnt mal wieder. Wo ist denn der verdammte Schraubenzieher?«, nölt er.

Ich schaue nochmal an dem stolzen Greenpeace-Schiff hoch, immer noch bei Lars im Arm. Da! An der Reling steht Lukas und schaut zu uns rüber. Neben ihm steht Sabs. Er starrt mich an, schüttelt leicht den Kopf, dreht sich zu Sabs, sagt ihr etwas ins Ohr und verschwindet. Er verschwindet! Ich fasse es nicht. Ich will ihm etwas hinterherrufen, aber der Laut bleibt schon kurz hinter den Stimmbändern hängen und es kommt lediglich ein leises Gurgeln aus meinem Mund.

»Alles in Ordnung?«, fragt mich Lars besorgt. Aus der Kajüte kommen Flüche.

»Lukas …«

Ich höre mich an wie ein Baby, das zum ersten Mal »Mama« sagt. Es würde mich nicht wundern, wenn Lars jetzt sagen würde: »Ja, das hast du aber fein gesagt. Ja, ganz toll, ja toll. Sag nochmal Lukas. Luuuuuuuuukas.« Stattdessen fragt er:

»Was ist mit Lukas?«

»Er stand eben auf der Reling.«

»Echt? Und? Hat er dich gesehen?« Lars ist ganz aufgeregt.

»Ja.«

»Ja?«

»Ja.«

»Ja, und? Was hat er gemacht. Kommt er?«

»Sah nicht so aus. Er hat mich entsetzt angestarrt und ist einfach gegangen.«

Mir läuft eine kleine Träne über das Gesicht, wurde ja so langsam auch Zeit. Schließlich habe ich bestimmt seit zwei Tagen nicht mehr geheult.

»Aber warum will er noch nicht mal mit mir reden? Ich verstehe das nicht. Tagelang ist er jeden Abend bei Katta vorbeigekommen um mit mir zu sprechen und jetzt, jetzt dreht er sich einfach um und verschwindet.« Ich schluchze.

»Antonia, du hast doch gesagt, dass Lukas glaubt, dass du mit mir und Frieder oder zumindest mit einem von uns beiden was hattest, richtig?«

»Ja«, schniefe ich.

»Dann weiß ich, glaube ich, warum er jetzt nicht mit dir reden möchte.«

»Warum denn? Nun sag schon.« Wie kann Lars mehr wissen als ich?

»Na ja, versetz dich doch mal auf die Reling und guck mal gedanklich auf die Latte runter.«

Im Geiste schwebe ich von der Latte auf die Reling der Esperanza hoch und versuche, mit den Augen von Lukas zu gucken. Was ich sehe, bringt mich fast um den Verstand: Meine Freundin Antonia, die in den Armen eines gut aussehenden Mannes liegt, der sie zärtlich streichelt und von dem ich sowieso schon glaube, dass sie mich mit ihm betrogen hat. Das Ganze ist eine einzige Katastrophe. Frieder, der von der ganzen Geschichte noch nichts mitbekommen hat, schnauzt Lars an:

»Jetzt hilf mir doch mal. Ich krieg den scheiß Anlasser nicht in Gang. Und wo zum Teufel ist der Schraubenzieher?«

»Ja, gleich.«

»Nein, sofort!«

»Warte kurz, Antonia, ich bin gleich wieder da.« Mit diesen Worten löst er sich von mir und eilt Lars zu Hilfe. Wenn ich eins sicher weiß, dann, dass ich nicht mehr warten kann. Ich habe schon viel zu lange gewartet und ich tue etwas, von dem ich dachte, dass ich niemals dazu in der Lage wäre. Vielleicht war das auch ganz gut so und hat dafür gesorgt, dass ich zumindest 34 Jahre alt geworden bin. Ich bücke mich, ziehe meine Schuhe und Socken aus, pelle mich aus meiner Jeans und springe – die Füße voran – in den Rhein.

VIERUNDZWANZIG
Open Water

In dem Moment, in dem mein Körper mit dem Rheinwasser in Berührung kommt und das eiskalte Wasser meinen Verstand wieder aktiviert, weiß ich, dass ich mit an Sicherheit grenzender Wahrscheinlichkeit einen Fehler gemacht habe. Ich komme fast um vor Ekel, als mein Gesicht in die braune Rheinbrühe taucht. Da kann die Presseabteilung von Greenpeace erzählen, was sie will, ich glaube nicht, dass dieses kackbraune Wasser von irgendeiner Qualität ist und ich kann verstehen, dass die Lachse überhaupt keinen Bock haben, in dieser Drecksbrühe irgendwohin zu schwimmen – mit oder ohne Treppe. Ich merke direkt, wie die Herpesbläschen sich an meinem Mund verabreden. Es riecht nach Abwasser und totem Fisch. Ich verdränge all die Unannehmlichkeiten und versuche, mich auf mein Ziel zu konzentrieren. Wenn ich nicht mit der Latte zur Esperanza komme, dann eben schwimmend. Schließlich handelt es sich lediglich um ungefähr zwanzig Meter, die ich schwimmen muss. Außerdem trage ich ja eine Schwimmweste, was die Sache wesentlich sicherer macht. Das einzige Problem ist, dass ich auf die andere Seite der Esperanza gelangen muss, wo ich eine Leiter vermute.

Die Strömung hilft mir zunächst und zieht mich sofort in Richtung Esperanza, also meinem Ziel entgegen. Das Wasser hat höchstens 15 Grad, beziehungsweise gefühlte minus 80 Grad und mir ist nach zwei Minuten bereits arschkalt. Nie hätte ich gedacht, dass ich mal froh darüber sein würde, dass die Industrie ihr Kühlwasser in den Rhein leitet, ansonsten wäre es nämlich noch kälter hier. Ich bewege mich schneller, um warm zu werden und um so schnell wie möglich wieder hier rauszukommen. Es sind nur noch wenige Meter bis zum Schiff, das jetzt nicht nur einfach groß ist, sondern aus meiner jetzigen Perspektive monströse Ausmaße annimmt. Ich habe Angst vor großen Schiffen, vor allem, wenn ich mich nicht darauf, sondern im Wasser davor befinde. *Open Water* Teil 1 mit Antonia Roos in der Hauptrolle. Meine größte Angst ist es, in die Schiffsschraube zu geraten und wie von einem riesigen Mixer zu Hackfleisch verarbeitet und danach von einer Horde Haie aufgefressen zu werden. Obwohl das keine Rolle mehr spielen würde, da ich die Schiffsschraube ja wahrscheinlich schon nicht überlebt habe. Trotzdem, vor Haien habe ich immer Angst, auch über den Tod hinaus. Und auch wenn ich hundertprozentig sicher weiß, dass Haie nicht in Flüssen leben, nicht im Süßwasser und schon gar nicht im Rhein vorkommen, bilde ich mir ein, dass gleich einer mal von meinem Fuß probiert. Das geht mir übrigens auch im Hallenbad so. Ein derart mit Ängsten beladener Mensch wie ich, sollte wahrscheinlich nicht hier durchschwimmen.

Ich merke, wie die Panik in mir hochsteigt, die Geschwindigkeit meiner sowieso schon schnellen Atmung sich verdoppelt und ich kurz davor bin, in eine unkontrollierte Schnappatmung zu verfallen, was garantiert zum Ertrinken führen würde. Ich versuche, an Sabs' blöden Gesichtsausdruck zu denken, wenn ich wie der *Mann aus dem Meer* alias Bobby Ewing den Fluten entsteige. Die Esperanza kommt nun immer schneller auf mich zu, und das, obwohl ich gar nicht schneller schwimme. Die Strömung wird immer stärker und meine Angst wächst proportional. Ich werde also immer schneller und bin jetzt nicht mehr mit Schwimmen beschäftigt, sondern lediglich damit, meinen Kopf angestrengt über Wasser zu halten. Ohne Schwimmweste wäre ich wahrscheinlich schon tot. Lars, ich bin dir zu ewigem Dank verpflichtet – falls ich das hier überleben werde. Ich schlucke immer wieder fieses Rheinwasser und wahrscheinlich komme ich doch nicht wie der *Mann aus dem Meer* aus dem Wasser, sondern viel eher kotzend. Ob man vom Rhein sterben kann? Im Rhein auf jeden Fall!

Die Strömung zieht mich in die Mitte des Flusses, rechts von mir liegt jetzt die Esperanza und links die Argus. Ich strample wild und schaffe es tatsächlich unbeschadet zwischen den beiden Schiffen hindurch. Ich komme meinem Ziel näher! Yippie! Es wird auch Zeit, meine Füße werden langsam taub, und ich merke wie meine Kräfte nachlassen. Ich schaue nochmal hinter mich, was schwierig genug ist, und sehe die Latte hinter dem Bug der Esperanza und dem Heck der Argus verschwinden. Lars und Frieder müssten doch schon längst gemerkt haben, dass ich nicht mehr an Bord bin, schließlich handelt es sich lediglich um die vier Meter lange Latte und nicht die MS Deutschland. Aber das Boot liegt ruhig im Wasser.

Ich versuche, direkt rechts abzubiegen. Die Strömung ist so stark, dass ich es genau einen Meter nach rechts schaffe, um dann sofort wieder in die Mitte gezogen zu werden. Ich versuche es erneut, schaffe aber dieses Mal noch nicht mal einen halben Meter weit. Die Esperanza zieht an mir vorüber und verlässt gleich mein Blickfeld. Das darf ja wohl nicht wahr sein. Ich versuche nochmal alles, um aus der Strömung rauszukommen, scheitere aber kläglich und muss erkennen, dass ich es aus eigener Kraft nicht schaffen werde. Ich versuche, auf mich aufmerksam zu machen, indem ich wild mit den Armen fuchtele und schreie, was das Zeug hält, in der Hoffnung, dass mich auf der Esperanza jemand bemerkt. Aber anscheinend retten die nur Wale und keine verrückten

Frauen. Ich muss das Gefuchtel und die Schreierei dann auch relativ schnell wieder einstellen, weil ich trotz Schwimmweste kurz davor bin unterzugehen. Die Esperanza liegt mittlerweile weit hinter mir und vor mir liegt die längste Wasserstraße der Welt, die irgendwo in Holland in die Nordsee mündet. Es ist wirklich nicht zu glauben, ich springe in den Rhein, um zu einem Schiff zu schwimmen, und treibe saublöd daran vorbei. Vielleicht ist es auch besser, dass mich keiner bemerkt hat. Das Ganze ist nicht nur oberpeinlich, sondern auch noch extrem dämlich. Hätte nicht gedacht, dass man ums Überleben kämpfen und sich gleichzeitig in Grund und Boden schämen kann.

Die Kälte macht mir immer mehr zu schaffen, meine Beine und Arme werden schwer und ich merke, dass mich eine extreme Müdigkeit überfällt. Mir wird klar, dass ich schnellstens raus muss. Ich versuche erneut verzweifelt aus der Strömung zu kommen, verbrauche dabei aber lediglich wertvolle Energie. Nachdem ich ein paar weitere Minuten strampelnd im Rhein verbracht und wahrscheinlich gerade Duisburg passiert habe, höre ich hinter mir ein Brummen. Ich schaue mich um und sehe einen großen Frachter, der stetig näher kommt und zwar direkt auf mich zu. Anscheinend hat Greenpeace die Blockade beendet. Meine sowieso schon große Angst steigert sich ins Bodenlose. Mein Körper wird von Adrenalin überschwemmt und versetzt mich tatsächlich in die Lage, ein paar Meter nach rechts zu schwimmen und so aus der direkten Fahrlinie des Schiffes zu kommen. Das Schiff fährt an mir vorbei, ohne dass irgendjemand Notiz von mir nimmt. Der Frachter wirkt wie ein Geisterschiff, und ich habe das Gefühl, dass der Sensenmann gerade von Bord gegangen ist und mich nun holen möchte. Ich frage mich, wer denn zu meiner Beerdigung kommen würde. Ich sehe Lukas vor mir, der wie ein Schlosshund heult, weil er Schuld an meinem

Tod hat. Alle anderen meiden ihn deshalb, und er steht ganz alleine da. Mit Sabs hat er natürlich Schluss gemacht, weil die ihn soweit getrieben hat. Der Gedanke gefällt mir und ich schließe die Augen. Irgendetwas berührt plötzlich meinen Fuß und ich schreie spontan auf. Der Tod greift nach mir. In einem Affenzahn paddle ich aus der Gefahrenzone. Das ist wirklich das Schlimmste, was mir je passiert ist. Ich versuche trotzdem, nicht zu verzweifeln, sondern tapfer weiter zu kämpfen. Schließlich bin ich doch erst 34 Jahre alt. Das ist zwar nicht mehr ganz jung, aber doch auch noch nicht alt. Statistisch liegt noch mehr als die Hälfte meines Lebens vor mir. Ich schaue auf und sehe plötzlich das Ufer in greifbarer Nähe. Die Berührung durch das unbekannte Wesen an meinem Fuß hat mich so erschreckt, dass ich es aus Versehen geschafft habe, aus der Strömung rauszukommen. Nur ein paar Meter bin ich noch von meiner Rettung entfernt. Ich aktiviere meine letzten Reserven und schwimme beziehungsweise paddele was das Zeug hält. Die Stelle am Ufer ist günstig, da der Rhein hier von einer Art Strand seicht abfällt und ich mich an Land robben kann, um dort fix und alle liegen zu bleiben. Wenn mich hier jemand liegen sieht, wird er denken, dass ein weißer Wal gestrandet ist, der sich aus Versehen in einer orangenen Schwimmweste verhakt hat. Ich habe es geschafft. Ich bin dem Tod nochmal von der Schippe geschwommen. Mir wird schmerzlich bewusst, dass ich keine Hose anhabe. Zu allem Übel trage ich auch noch durchsichtige Spitzenunterwäsche, da ich ja mit einem Wiedersehen mit Lukas gerechnet habe. Na großartig, ein Wal in Spitzenhöschen.

FÜNFUNDZWANZIG
Camping für Fortgeschrittene

Nachdem ich mich ein paar Minuten ausgeruht habe, raffe ich meine 214 Knochen zusammen und richte mich langsam auf. Wenn ich hier liegen bleibe, mache ich wahrscheinlich in kürzester Zeit der Gletscherleiche Ötzi Konkurrenz. Ich schaue mich um. Hinter mir ist ein Schild angebracht, auf dem in verwitterter Schrift steht: *Strand nur für Gäste des Campingplatzes.* Ein Campingplatz! Ich bete, dass sich auch zu dieser Jahreszeit Menschen auf dem Campingplatz befinden, und mache mich schwerfällig auf den Weg. Die Schwimmweste ziehe ich aus und binde sie mir um meine Spitzenunterwäsche. Muss ja nicht jeder sehen, wie ich mein Schamhaar trage. Ich überquere den Strand, lasse ein paar Bäume hinter mir und stehe dann tatsächlich auf einem Campingplatz. Es handelt sich um eine typische Anlage für Langzeitcamper, es stehen also keine Zelte herum, sondern Wohnwagen, mit festen Vorzelten und Vorgärten, die zwar aufwändig aber vollkommen geschmacksfrei mit Gartenzwergen und Keramikhunden dekoriert sind. Manche haben sich sogar einen richtigen Kamin aus Steinen in ihren Vorgarten gebaut. Einer hat tatsächlich für seinen Hund eine Hundehütte gezimmert, die exakt so aussieht wie der eigene Wohnwagen und auf der ein Foto von seinem hässlichen Terrier-Mischling thront. Man fragt sich schon, wie diese Leute zu Hause leben, wenn sie das hier als Urlaub empfinden. Es ist kein Mensch zu sehen, niemand, der einen Gartenzwerg wienert oder den zwei Quadratmeter großen Rasen vor dem Wohnwagen mäht. Aber irgendwo muss es eine Verwaltung geben. Ich gehe weiter durch die kleinen Eigenheime und laufe direkt auf ein Gebäude zu, das so aussieht, als könnte hier die Anmeldung sein. Meine Füße sind gefühllose Eisklötze, und langsam habe ich wirklich Angst, dass meine Zehen bereits abgefroren sind und ich zukünftig so rumlaufen muss wie Reinhold Messner, der insgesamt nur noch vier ganze Zehen hat. Ich jubele innerlich, als ich ein beleuchtetes Fenster sehe. Rettung naht! Ich gehe um das Haus, finde schließlich den Eingang, betrete das Gebäude und stehe in einem holzgetäfelten Flur, wo ziemlich viele Zettel hängen. *Die Waschmaschinen befinden sich im Keller. Wertmarken gibt es am Empfang, Campingplatzparty mit DJ Jörg jeden ersten Samstag im Monat* steht da zum Beispiel. Die anderen Zettel ignoriere ich und gehe weiter, wobei ich nasse Fußabdrücke auf dem dunkelroten PVC-Boden hinterlasse. Rechts kommt eine Tür, ich höre Stimmengewirr. Ich öffne die Tür und mir schlägt eine dicke Rauchwolke entgegen. Vielleicht findet hier ja gerade die erste Sitzung eines Allen-Carr-Nichtraucherseminars statt. Direkt links neben der Tür befindet sich eine Theke, hinter der ein Mann gerade eine grobe Frikadelle auf einen Teller packt. Ich gehe einen Schritt weiter und kann jetzt auch nach rechts in den Raum gucken. An mehreren Resopaltischen sitzen Menschen, ungefähr acht insgesamt. Jeder der Anwesenden hat tatsächlich eine Kippe in der Hand, aber keiner sieht so aus, als ob er demnächst mit dem Rauchen aufhören möchte. Die Campingplatzkneipe hat ein Fenster am Ende des Raumes, das aber nicht geöffnet ist. Anscheinend stört die schlechte Luft hier keinen. Dafür, dass nur so wenige Menschen hier sind, ist es laut und die Stimmung ausgelassen, was wahrscheinlich daran liegt, dass fast alle Bier trinken, auch die Frauen. Das Durchschnittsalter der Dauercamper beträgt ungefähr sechzig Jahre, den Kleidungsstil würde ich als äußerst leger bezeichnen, die meisten tragen bunt bedruckte Jogginganzüge oder ähnlich Unansehnliches. Der Mann hinter der Theke hat mich jetzt entdeckt und spricht mich an:

»Was is denn mit dir passiert? Ins Wasser gefallen?«

Ich erschrecke kurz, weil er aussieht wie Wolle Petry: Vokuhila, Minipli und Schnäuzer. Mein Blick wandert an seinem Arm entlang und ich bin beruhigt, dass nicht ein Meter schmutzige Freundschaftsbändchen darum gewickelt sind.

»So ähnlich. Ich war ein bisschen im Rhein schwimmen. Darf ich mal telefonieren?«

»Mmh.« Er reicht mir ein Telefon über die Theke, das tatsächlich noch ein Kabel hat. Modell Signo der Telekom, das einfachste und billigste, was die vor fünfzehn Jahren zu bieten hatte. Ich rufe die Auskunft an und habe Glück, Frieders Handynummer ist eingetragen und ich lasse mich verbinden. Es ist besetzt. Ich versuche das Gleiche bei Lars, da ist aber auch besetzt. Meine Hand mit dem Hörer zittert unkontrollierbar und meine Zähne klappern.

»Entschuldigung, könnte ich vielleicht bei Ihnen heiß duschen? Ich stehe kurz vorm Kältetod. Außerdem bräuchte ich ganz dringend noch trockene Klamotten.« Wolle schaut an mir runter, zeigt aber zunächst keine Regung.

»Vier Minuten heiß duschen kostet 50 Cent, Klamotten leihen kostet extra«, erklärt er nach einer gefühlten Ewigkeit. Sehe ich so aus, als ob ich Geld dabei habe?

»Also Wenner, nu sei doch nit so unfreundlisch zu dem Mädschen. Du siehst doch, dat die kein Geld dabei hat.«

Wenner guckt mich jetzt von oben bis unten an und scheint zu mögen, was er sieht. Seine Mundwinkel zucken leicht in Richtung Kneipendecke. Neben mir steht mein rettender Engel, eine etwa sechzig Jahre alte Frau, die Werner Wolle Petry streng anguckt. Werner öffnet sofort eine Schublade und legt mir eine Duschmarke in die Hand.

»Wenner!« Die Dame neben mir ist jetzt richtiggehend angesäuert. »Vier Minuten duschen reicht doch nicht für 'ne Frau, wennse so friert.«

Werner greift in die Schublade und packt nochmal zwei Duschmarken dazu.

»So, und jetzt gehste mal schön heiß duschen, Mädchen, ich bring dir auch ein paar trockene Klamotten.« Sie schiebt mich aus der Tür in den Flur.

»Aber ich muss noch dringend telefonieren!«

»Das kannste auch gleich noch machen. Los jetzt! Ich bin übrigens die Ruth.«

Weil mir so unglaublich kalt ist, füge ich mich der resoluten Ruth und gehe in die Dusche. Auf dem Weg greift sie sich noch ein Handtuch aus einem Schrank und drückt es mir in die Hand. Der Duschraum ist groß und für einen Campingplatz sehr komfortabel. Ich ziehe die Schwimmweste, mein T-Shirt, BH und das Spitzenhöschen aus und steige in die Duschkabine. Ich werfe eine der drei Münzen in den Automaten an der Wand und erlebe die schönste heiße Dusche meines Lebens. In Minute eins bis vier bleibe ich einfach nur komplett unter dem Wasserstrahl stehen und danke dem lieben Gott, dass ich noch am Leben bin. In Minute vier bis acht tauen meine Füße langsam wieder auf und ich danke nochmal dafür, dass sie nun wahrscheinlich doch nicht so aussehen werden, als ob ich 95-mal barfuß den Mount Everest bestiegen hätte. In Minute acht bis zwölf kommen meine Lebensgeister wieder zurück, und mir wird klar, dass ich mich beeilen muss. Ich muss Lars und Frieder dringend Bescheid sagen, dass alles in Ordnung ist. Ich trockne mich ab. Ruth war anscheinend inzwischen in dem Duschraum, ohne dass ich sie gehört habe. Auf einer Bank liegt ein grauer Jogginganzug mit jeweils zwei neongelben Streifen an Armen und Beinen. Man sieht dem Anzug an, dass er schon einiges durchgemacht hat und dass eine Frau ihn getragen haben muss, die wesentlich fülliger ist als ich. Nicht gerade schön, aber schön trocken. Ich ziehe den Jogginganzug über die nackte Haut. Er ist zwar viel zu groß, dafür aber herrlich warm. Die schicken Bündchen an Armen und Beinen sorgen dafür, dass die Wärme nicht austreten kann. Jetzt weiß ich, warum Lukas immer Bündchenschlafanzüge trägt. Auf der Bank steht noch ein Paar alter Turnschuhe, mit zum Jogginganzug passenden zwei weißen Streifen, und ein paar weiße Socken. Die Frau denkt an alles. Ich stelle mich kurz unter den Fön, der an der Wand hängt, und trockne meine Haare zumindest ein bisschen an. Auf dem Weg zurück in die Kneipe komme ich an einem Spiegel vorbei. Es ist unglaublich, wie sehr ein paar Klamotten und eine nicht vorhandene Frisur einen Menschen verändern können. Ich sehe aus wie eine Frau, die ihren Lebensunterhalt damit verdient, Pfandflaschen aus Mülltonnen zu holen.

Ich gehe zurück in die Kneipe. Der Rauch ist dichter geworden, aber ich kann Ruth ausmachen, die auf mich zukommt.

»Ruth, ich muss dringend telefonieren. Es gibt wahrscheinlich Leute, die denken, dass ich ertrunken bin.«

»Ja, mach nur. Wenner, gib mal das Telefon rüber und mach dem Mädchen einen Tee.«

»Antonia«, stelle ich mich vor.

»Mach der Antonia mal einen Tee, Wenner! Mim anständigen Schluck Rum!«

Wenner reicht das Telefon nochmal rüber und trollt sich in die Küche. Ich rufe erneut die Auskunft an. Diesmal habe ich Glück, Frieder geht ans Telefon.

»Frieder! Antonia hier!«

»Antonia, Gott sei Dank! Wo um Himmels willen bist du?«

»Auf einem Campingplatz.«

»Und wie verdammt nochmal kommst du da hin? Wir haben gedacht, du bist tot. Die Wasserschutzpolizei sucht den ganzen beschissenen Rhein nach dir ab!« Frieder ist erleichtert und sauer zugleich.

»Frieder, jetzt reg dich ab. Das war so nicht geplant. Kannst du der Polizei Bescheid sagen, dass alles in Ordnung ist?«

»Ja klar, mach ich. Wir sind gerade auf dem Weg zu dir nach Hause. Die Polizei meinte, wir sollen nach Hause gehen und warten, wir könnten hier sowieso nichts machen.«

»Okay, wartet da auf mich. Ich komme auch nach Hause.« Ich lege auf.

»Ruth, Sie müssen mir nochmal helfen. Ich muss irgendwie nach Köln-Sülz kommen, ich hab allerdings überhaupt kein Geld.«

»Ach, das ist doch kein Problem, Wenner fährt dich gerne, nich Wenner?«

Wenner grummelt in seinen Schnäuzer. Ich nippe an dem Tee mit Rum, den Werner mir hingestellt hat. Es ist der beste Tee, den ich jemals getrunken habe. Während ich Ruth ganz kurz erzähle, was passiert ist, wischt Werner akribisch die Theke vor uns. Er findet einen Fleck nach dem anderen, den er intensiv bearbeitet, wobei er so tut, als ob er nicht zuhört. Ruth geht hinter die Theke und schubst Werner nach vorne.

»Komm Wenner, los jetzt. Du hast doch gehört, dass es sich um einen Notfall handelt. Ich mach derweil die Theke.«

Werner nimmt gehorsam seine schwarze Fransenlederjacke vom Hocker und einen Autoschlüssel in die Hand. Als er hinter der Theke vorkommt, sehe ich, dass Werner exakt den gleichen Jogginganzug trägt wie ich: mausgrau mit zwei neongelben Streifen. Ein Traum in ausgebeult. Ich bedanke mich herzlich bei Ruth und verabschiede mich von ihr, nicht ohne ihr zu versprechen, irgendwann mal bei ihr zu zelten.

Als wir den Raum verlassen, kommen von den anderen Gästen anzügliche Bemerkungen und Pfiffe: »Ein schönes Paar!«, »Viel Spaß, Werner!«, »Ihr passt wirklich gut zusammen, ihr zwei Süßen. Knick, knack!« Dass ältere Menschen so kindisch sein können.

Werner und ich laufen um das Haus herum, hinter dem ein weißer und ziemlich alter Mercedes-Benz steht. Werner hält mir die Tür auf, bevor er selber einsteigt.

»Und, wo soll ich dich hinfahren?«, fragt er und schaut mich an.

»Ich wohne in Köln-Sülz in der Redwitzstraße. Wissen Sie, wo das ist?«

»Sag ruhig du und Wenner zu mir. Ja, weiß ich ungefähr.« Er lässt den Motor an und wir verlassen den Campingplatz, der nicht in Duisburg, sondern kurz hinter Köln-Vingst liegt, in Richtung Innenstadt. So weit bin ich anscheinend dann doch nicht getrieben.

»Wirklich sehr nett von dir, mich nach Hause zu fahren«, versuche ich, ein Gespräch anzufangen.

»Kein Problem.«

»Gehört der Campingplatz dir?«

»Meiner Mutter.«

»Ruth?«

»Mmmmh.«

»Und, wie läuft es so?«

»Okay.«

»Ist der Platz das ganze Jahr geöffnet?«

»Mmmmh.«

Ich gebe auf. Werner scheint an einem Gespräch nicht sonderlich interessiert zu sein. Nachdem wir zwei Minuten geschwiegen haben, sagt er plötzlich von sich aus:

»Bist du echt wegen deinem Typen ins Wasser gesprungen?«

»Ja, bin ich. Ganz schön bekloppt, oder?«

»Ich find's toll. Wenn 'ne Frau so was für einen tut …« Er scheint ehrlich beeindruckt.

»Tja, du weißt das vielleicht zu schätzen, ob mein Freund Lukas das auch tut, weiß ich nicht. Wenn er überhaupt noch mein Freund ist«, seufze ich unglücklich.

»Also wenn nicht, kannste dich ja mal melden.« Ich gucke rüber zu Werner, weil ich wissen will, ob er mich verarscht. Werner guckt todernst auf die Straße. Sieht ganz so aus, als hätte mein wortkarger Wolle Petry hier gerade einen Anmachversuch gestartet. Ich muss lächeln.

»Das mach ich, Werner.«

SECHSUNDZWANZIG
Die Jungfrau von Orléans

Als wir endlich in die Redwitzstraße einbiegen, sehe ich schon Lars und Frieder vor unserem Haus stehen. Mein Herz macht einen Riesensprung, Lukas steht ebenfalls dabei. Endlich. Endlich sehe ich ihn wieder und er sieht gut aus.

»Halt an, Werner, hier wohne ich!«

Werner fährt rechts ran und wir halten fast vor dem Haus. Die drei Jungs gucken gespannt. Ich will gerade aussteigen, als Werner sagt »Warte!« Ganz Gentleman steigt er zuerst aus, geht um das Auto herum und öffnet meine Tür. Lars, Frieder und Lukas gucken ein bisschen so wie die drei Musketiere, denen man während eines Gefechts die Säbel geklaut hat. Mit Wolle Petry haben sie anscheinend nicht gerechnet. Ich steige aus und stehe nun Werner im Partnerlook gegenüber. Wir müssen ein schönes Bild abgeben.

»Werner, vielen Dank fürs Fahren. Das war echt richtig nett von dir. Die Klamotten bring ich euch wieder vorbei.«

»Mmmmh, kein Problem.«

Wir stehen nun ein wenig blöd voreinander, weil Werner keine Anstalten macht zu gehen.

»Ja Werner, dann …«

Ich sehe die drei Jungs im Augenwinkel, die innehalten und die Szene mit großen Augen verfolgen.

»Welcher ist es denn?«, fragt Werner plötzlich. Ich weiß nicht, was er meint und gucke ihn fragend an.

»Na, dein Typ! Welcher von den Dreien ist es?«

Ich zeige auf Lukas, der jetzt guckt wie ein Musketier, dem

man auch noch das Pferd weggenommen hat. Werner geht auf ihn zu und hält ihm seinen ausgestreckten Zeigefinger unter die Nase:

»Hömal, so 'ne Frau, ne, da kannste mal so froh sein, so eine zu haben, das sach ich dir.«

Jetzt sieht Lukas ein bisschen so aus, als hätte man ihm nicht nur Säbel und Pferd geklaut, sondern auch alle seine Klamotten vom Leib gerissen. Er sagt gar nichts. Werner dreht sich wieder um und kommt zu mir. Er nimmt mich plötzlich und ungeschickt in den Arm und drückt mich ziemlich fest an sich. Er riecht nach Rauch und Frikadelle. Ich werde auf der Stelle feuerrot, was sich mit den neongelben Streifen meines Jogginganzuges beißt.

»Alles Gute!«, sagt Werner und schaut mir dabei tief in die Augen.

»Danke, dir auch!«, stammle ich und bin mal wieder von der Situation total überfordert. Für Lukas muss das ja ein grandioses Bild abgeben: seine Freundin im Jogging-Partnerlook mit Wolle Petry, der sie auch noch in aller Öffentlichkeit abknutscht. Jetzt steht der Versöhnung ja nichts mehr im Wege. Werner löst sich von mir, stapft um den Mercedes herum, steigt wortlos ein und fährt los. Die drei Jungs würdigt er keines einzigen Blickes mehr, mich auch nicht. Ich stehe da, wie eine Feldmaus in der Mausefalle, kurz bevor der Bügel runterkracht. Ich wage es noch nicht mal aufzuschauen. Wahrscheinlich ist Lukas auch schon verschwunden, so wie er auf dem Schiff einfach verschwunden ist. Plötzlich legt sich ein Finger unter mein Kinn und schiebt es nach oben, sodass ich gezwungen bin aufzuschauen. Eigentlich hasse ich Finger unter dem Kinn, das hat was von »Hey Baby, du weißt ja noch nicht mal, wo du hingucken sollst. Komm, ich zeig's dir!« Aber in diesem Fall will ich mal nicht so sein, da ich direkt in Lukas' Gesicht blicke. Er lächelt.

»Warum hast du mir denn nicht gesagt, dass du so dringend Geld brauchst, Tönchen?«

So ein Mistkerl – aber bevor ich mich beschweren kann, küsst er mich. Es ist der zärtlichste, liebevollste und tollste Kuss, den ich jemals bekommen habe. Die Rocky Mountains fallen mir vom Herzen und poltern in den Rinnstein. Es fühlt sich einfach so richtig an, diesen Mann zu küssen und ich bin in diesem Moment der glücklichste Mensch der Welt. Er flüstert mir ins Ohr, dass er vor Angst um mich fast umgekommen wäre und dass ich bitte niemals wieder unbeaufsichtigt in irgendwelche Flüsse springen soll. Da auch ich alles andere als scharf darauf bin, verspreche ich es ihm sofort.

Nachdem wir uns ein paar Minuten in den Armen gelegen sind, gucke ich, wo Lars und Frieder sind. Die beiden sind verschwunden.

»Wo sind Lars und Frieder?«, frage ich Lukas.

»Ich glaube, die beiden haben sich dezent zurückgezogen.«

»Ach Mensch, ich wollte mich doch noch bedanken.«

»Das kannste später noch machen.«

»Aber nicht, dass du dann wieder austickst, weil ich andere Männer anrufe.«

»In dem Fall nicht mehr. Die beiden haben mir sehr eindrucksvoll gezeigt, dass sie ein Paar sind«, er lacht bei dem Gedanken, »die haben echt eine Minute vor meinen Augen wild rumgeknutscht, bis ich geschnallt habe, was das bedeutet.« Ich sag ja, Lars und Frieder sind einfach großartig.

»Besser spät als nie! Lass uns nachher in Ruhe darüber reden. Ich glaube, wir haben einiges nachzuholen. Aber erst mal will ich unbedingt aus diesem hässlichen Jogger raus.«

»Also, ich finde …«

»Sag jetzt bitte nichts. Wir nähern uns gerade erst wieder an, also trampel nicht auf dieser zarten Pflanze der Versöhnung herum.«

Ich gehe zur Haustür. Lukas schließt die Tür auf.

»Antonia, ich muss dir noch was sagen …«

»Ich glaube, dass wir uns noch ganz viel zu sagen haben.«

»Ja aber, es ist so …«

»Ach, ich bin einfach froh, dass wir wieder miteinander reden. Die letzten Wochen waren echt nicht schön. Und ich hätte wirklich nicht gedacht, dass ich mal in den eiskalten Rhein springen muss, um mit dir zu sprechen«, plappere ich und hüpfe beschwingt die Treppe hoch.

»Ääähhhh Tönchen, da ist aber was …«

»Du glaubst gar nicht, wie widerlich das im Rhein ist, da schwimmt lauter ekliges Zeug drin rum …«

»Antonia …«

Ich bin mittlerweile auf unserer Etage angekommen. Die Wohnungstür ist angelehnt und ich gehe in die Wohnung. Es riecht anders.

»Jetzt … Antonia, hör doch mal!«

Ich traue meinen Augen nicht. In unserem Flur steht Öko-Sabs, die Frau, deretwegen eigentlich alles soweit gekommen ist. Sie steht einfach da, mit einer Tasse Tee in der Hand, als wäre es das Selbstverständlichste auf dieser Erde. Und das Schlimmste: Bei der Tasse handelt es sich um meine *Desperate-Housewives*-Tasse, meine absolute Lieblingstasse. Mein Herz schafft das, wofür die Erde Jahrmillionen gebraucht hat, in weniger als einer Sekunde: Die Rocky Mountains sind sofort aufgebaut und wiegen schwerer als vorher. Ich will gerade komplett ausrasten, als sich Gundula Gause auf meiner Schulter zu Wort meldet. Ich hatte eigentlich gehofft, dass der Rhein sie weggespült hat und sie mittlerweile unsere holländischen Nachbarn mit ihrem Sauberfrau-Image nerven kann.

»Antonia!«, schimpft sie, »wenn du jetzt ausrastest, hast du nichts, aber auch gar nichts dazugelernt. Also, reiß dich verdammt nochmal zusammen!«

Ich bete, dass sich jetzt nicht auch noch der desolate abgewrackte Typ meldet, der normalerweise die andere Schulter bevölkert, aber anscheinend sitzt der jetzt irgendwo in den Niederlanden und raucht vermutlich schon den achten Joint. Ich lasse mir den Ratschlag von Gundula kurz durch den Kopf gehen, klappe meinen Unterkiefer wieder nach oben und – es ist unglaublich – sage erst mal nichts. Eine ganz neue Erfahrung für mich. Ich höre mir einfach das an, was Lukas schon die ganze Zeit versucht, mir zu sagen.

»Tönchen, Sabs hat einen Wasserrohrbruch in ihrer Wohnung und konnte da nicht bleiben. Deshalb hab ich ihr angeboten, für ein paar Tage in unser Gästezimmer zu ziehen. Ich hoffe, dass das okay ist für dich, hätte dich ja auch gefragt, aber … na ja, aber du weißt ja …«

Ich nehme einen riesigen Anlauf, beschleunige so gut ich kann, löse mich von unserem Laminatboden und springe in einem riesigen und nahezu unmenschlichen Satz über meinen eigenen Schatten.

»Kein Problem. Ist doch klar, dass wir helfen.«

Habe ich da richtig gehört? Kam dieser Satz gerade tatsächlich aus meinem Mund? Habe ich das wirklich gesagt? Und dabei auch noch Sabs angelächelt? Ich habe. Das kann ich an Lukas' Gesicht sehen, in das sich jetzt ein erleichterter und glücklicher Ausdruck fräst. Er kommt auf mich zu und nimmt mich vor Sabs fest in den Arm. Das ist das Schönste, was er seit langem getan hat, und so wie er es tut, bleiben keine Fragen offen. Ich bin die Nummer eins, war es wahrscheinlich die ganze Zeit. Sabs zieht sich ins Gästezimmer zurück. Antonia erobert ihre Wohnung zurück, so wie einst die Franzosen das Elsass. Ich fühle mich großartig, als Siegerin, als Feldherrin, als die Jungfrau von Orléans. Als Rückkehrerin werde ich vom geknechteten Volk, also von Lukas, gefeiert.

Sabine ist sogar so rücksichtsvoll, dass sie den Abend

woanders verbringt, um uns Raum für unsere Wiedervereinigung zu lassen. Das hätte ich ihr nun wirklich nicht zugetraut.

Es wird eine lange Nacht für Lukas und mich. Endlich reden wir über all die Dinge, die mich in den letzten Monaten bewegt haben, über all die offenen Fragen. Und dieses Mal sitze ich nicht feige hinter einer Tür, sondern blicke meinem Freund ins Gesicht und fühle mich sehr erwachsen dabei. Wir räumen beide ein, dass wir Fehler gemacht haben und nehmen uns für die Zukunft vor, anders miteinander umzugehen und vor allem unser Kommunikationsverhalten zu ändern. Uns ist beiden klar, dass nicht plötzlich alles wieder eitel Sonnenschein ist, aber wir wissen zumindest, dass uns eine blöde Hormontheorie nicht auseinanderbringen kann. In den frühen Morgenstunden fallen wir vollkommen erschlagen ins Bett. Wir haben zwar keinen Sex, aber wir liegen ganz innig und voller Zärtlichkeit ineinander verschlungen. Lukas hat sogar auf seinen Bündchenschlafanzug verzichtet. Ich fühle mich unglaublich geborgen und spüre wieder eine Nähe zu Lukas, von der ich dachte, dass es sie zwischen uns nicht mehr geben wird. Es ist toll. Plötzlich höre ich ein Geräusch aus dem Hausflur und fürchte, dass es Herr Spiller ist, der auf Freiersfüßen durch die Gegend läuft, auf der Suche nach seinem nächsten Opfer. Ich tippe Lukas an.

»Lukas, wusstest du eigentlich, dass wir mit einem Psychopathen im Haus wohnen?«

»Ein Psychopath? Wer?«

»Der Spiller-Spinner von oben. Du weißt schon, der mit den hässlichen Klamotten aus den Siebzigern.«

»Der Kriminologe?«

»Kriminologe?«

»Ja, der ist doch Professor für Kriminologie. Ich glaube, an der Ruhr-Uni in Bochum. Und der soll ein Psychopath sein? Wie kommst du darauf?«

Ach du Scheiße, deshalb die ganzen Bücher.

»Ach, vergiss es einfach. Ich rede manchmal Unsinn.«

Lukas lacht. »Ich weiß!«

Und so wie er es sagt, weiß ich, dass er mich wirklich vermisst hat.

ENDE

Inhalt

1	Der Anfang vom Ende?	7
2	Thekenschlampen	13
3	Das Spinning Desaster	29
4	Butt Ugly Martians	43
5	Eier auf Hartz IV	50
6	Schlauchkleid in XL	63
7	Stephan Derrick	77
8	Mr und Mrs Smith	87
9	Kippen-Katta	95
10	Grunge-Look	107
11	Schnarchnasige Soleier	115
12	»Bärbel, nein!«	133
13	Die Königin der Herzen	142
14	Kalte Pommes	150
15	Panzer gegen Krümel	163
16	Stell dir vor, er ruft an	169
17	Wer ist Christel Grünlich?	176
18	Lauschangriff	186
19	Private Soap	190
20	Drei Wörter für Tönchen	195
21	Die tugendbegabte Jungfrau	206
22	Treppenlift für Lachse	217
23	Der Hintern von Jeanette	221
24	Open Water	230
25	Camping für Fortgeschrittene	235
26	Die Jungfrau von Orléans	243

Ich danke …

… meinem Freund **Tommy** für seine großartige und uneingeschränkte Unterstützung. Ohne ihn hätte ich dieses Buch wahrscheinlich nie angefangen, nie weitergeschrieben und bestimmt nicht zu Ende gebracht.

… **Markus Barth**, der mir zahlreiche wertvolle Tipps geben konnte. Ich weiß jetzt zum Beispiel, dass in eine Playstation Portable keine Batterien kommen. Besonderer Dank gebührt natürlich Markus' Hund **Bärbel,** der gar kein Mops ist, sondern ein Beagle (sorry, Bärbel!).

… **Markus Ockenfels** für die Kölsche Übersetzung von Taxifahrer Karl.

… **BRAINPOOL**, insbesondere **Katja Plüm, Jörg Grabosch** und **Ralf Günther**.

… meinem Lektor **Volker Jarck**, der es mit mir und Antonia bestimmt nicht immer ganz leicht gehabt hat.

Kriss Rudolph

Das Beste von heute

Roman

Band 16736

Franka war jung und brauchte das Geld. Außerdem hat sie sich blöderweise in der Tür geirrt – und von da an ihr Studium mit Telefonsex finanziert. Macht ja nichts, merkt ja keiner! Jahre später macht sie Karriere beim Radio und hat immer noch mit reichlich verrückten Typen zu tun: einem neurotischen Chefmoderator, einem Klokünstler und einem Charmebolzen auf der Hörer-Hotline, dessen Stimme Franka ziemlich bekannt vorkommt ... Eine wunderbar freche romantic comedy, in der schlimme Chefs und intrigante Kolleginnen ordentlich was auf die Ohren kriegen!

Unsterblich kopiert

Roman

Band 17185

Die Nicht-mehr-Studentin Conny jobbt ziemlich lustlos in einem Copyshop, in dem die Kopierer wie Star-Wars-Figuren heißen und auch sonst alle ein bisschen verrückt spielen. Alle paar Wochen kommt Anno (schüchtern, aber interessant) in den Laden, um sein Manuskript ausdrucken zu lassen. Conny wirft heimlich einen etwas zu neugierigen Blick auf ihn und seine Geschichte – und weil deren Ende ihr so traurig erscheint wie der Autor, beschließt sie, etwas zu unternehmen ... Das Leben ist viel zu kurz, um es so schrecklich ernst zu nehmen.

Fischer Taschenbuch Verlag

fi 555 076 / 1

Tommy Jaud

Millionär

Der Roman

»Ein Drittel der Menschheit ist bekloppt. Manchmal ist es auch die Hälfte, das hängt vom Wetter ab. Unsinn? Vielleicht erklärt mir dann ja mal jemand, warum fast alle Fußgänger bei den ersten Regentropfen sofort ein unfassbar blödes Gesicht machen und die Schultern hochziehen. Glauben sie im Ernst, sie würden durch eine dämliche Grimasse auch nur einen einzigen Tropfen weniger Regen abkriegen? Das ist eine rhetorische Frage mit einer sehr, sehr traurigen Antwort: Sie glauben es.«

Simon nörgelt, Simon nervt – aber Simon verbessert die Welt. Glaubt er. Außerdem braucht der inzwischen arbeitslose Vollidiot mal eben 1 Million Euro, um eine nervtötende Nachbarin loszuwerden. In seiner Not entwickelt Simon eine derart abgefahrene Geschäftsidee, dass die Chancen hierfür gar nicht so schlecht stehen ... Nach ›Vollidiot‹ und ›Resturlaub‹ der neue Comedy-Roman über die gnadenlose Rückkehr eines liebenswerten Chaoten!

»Der Autor Tommy Jaud hat mit den Bestsellern ›Vollidiot‹ und ›Resturlaub‹ ein brachliegendes Genre neu belebt – den deutschen Männerroman.«
Wolfgang Höbel, Der Spiegel

www.tommyjaud.de

Scherz Verlag

fi 4-11033 / 1